新潮文庫

新版　トットチャンネル

黒柳徹子著

新潮社版

10538

はじめに

　この本は、三十二年前に、私が書いた『トットチャンネル』の新版です。本はまず「あとがき」を読む、って人も多いと思うけど、今回、私もこの本の、あとがきから読み返して、三十二年前も、前の年（一九八三年）の暮れに「紅白歌合戦」の司会をしたばかりだったんだ、と思い出した。そして、その「紅白」や「夢であいましょう」などで、長いあいだ一緒に働いてきたNHKのディレクター末盛憲彦《すえもりのりひこ》さんが、五十四歳という若さで亡くなったのは、そうだ、あの頃だった、とも思い出した。

　あとがきに書いてあることを、先に引用したらいけない気もするけど、私は、「『戦友』というものが、どういうものか、本当には、私には、わからないけど、もしかすると、私と末盛さんは、テレビの中での、戦友だったかも知れない」と書いている。

　戦友、というのは、手垢《てあか》がついた言葉のような感じもあるから、同窓生とか同志とか呼んでもいい。私がこの本で書きたかったのは、日本のテレビが始まった時に、将来どんなふうになるか全然わからないまま、そしてまだ技術もあまり進歩していない中で、次々にいろんな困難が起きても、綱渡りのように、毎日のナマ放送を一緒に乗り切ってきた、テレビの中の戦友、同窓生、同志たちとのことだった。

昭和二十八（一九五三）年から、日本でテレビ放送が始まった。その頃、私たちはNHK東京放送劇団の五期生で、同時にNHKが養成したテレビの一期生だった。今でもときどき、私が〈テレビ女優の第一号〉なんて言われたりするのは、そのせいだ。私たち五期生、通称〈ゴキラ〉の仲間たち、劇団で私たちを教えてくれた先生たち、放送の現場のスタッフや先輩の俳優たち、みんなで、テレビを手さぐりで作り始めた。どうやれば正解なのか、誰もはっきりとは知らなかった。暗闇《くらやみ》の中で手をたずさえて、一歩一歩、歩いているようなものだった。それも、ナマ放送（まだビデオの撮影などできなかったから、いつだってナマ放送）という、秒単位の時間に追われながら。

誰一人として、テレビが今のような大きな存在になるなんて、思っていなかった。小さな悲劇や喜劇は、毎日、数えきれないくらい起きた。かりにもNHKで、あるいは芸能界で、大のおとなたちが、こんな、ばかばかしく、哀しく、切なく、一途《いちず》で、面白い、ふざけたようなことを本当にしていたのかって、今の人が読むと呆《あき》れるかもしれないけど、日本のテレビはこうやって始まったのに間違いはない。だって、私はそこにいたんだもの、信用してくださっていいんです。

テレビが始まって、今年で六十三年、ずっと私はそこにいて、例えば「徹子の部屋」を四十年以上続けている。このあいだの土曜の午後、「徹子の部屋」の特番をやったら、同じ時間帯の視聴率が全局でいちばん高かった、という。それは、視聴率はいいに越したことはないし、ひとつの番組を何十年も続けていられるのも、有難いなと思う。でも、私は心のどこかで、ほんの微《かす》かにだけど、「だから、どうしたの？」って思ってる。芸能の世界は水商売だ、とはよく言ったもので、私たちの仕事は、川の水に流される泡のように、後へ残る、ということをあまり考えられない。どんなに名優でも、どんなに面白い人でも、うまい歌手でも、すごい演出家でも、「あの舞台が、あの番組が、本当に素晴らしかった」と言ったところで、後の時代の人にはほとんど伝えることはできないだろう。同じ時代の人にだって、実際に見てない人にはなかなか伝えられないかもしれない。私たちの仕事って、そういうものだ。

それでも、こうやって、テレビの最初の時代を、ちゃんと書き残しておいてよかったな、とも思っている。書かなければ、あの頃あった、すごく大事なことや、大切な志や、愉快なエピソードや、ちょっとした優しさなんかも、ふっと忘れてしまっていただろうから。もう、私が忘れちゃうと、ほかに思い出してくれる人も少なくなっているんだし。

そして、テレビの理想、なんていうのも、思い出す人は少なくなっただろうか？　NHKがテレビ放送を始めるにあたってアメリカから招聘《しょうへい》した、テッド・アレグレッティーさんの「今まで人類が夢想《むそう》だに出来なかった国際間の、より大いなる理解と永遠の平和の可能性が生れてくる。これがテレビジョンの力なのである」という言葉を書き残せたのもよかった。詳しくは、この本の「テレビジョン」という章を読んでください。

あの頃、テレビはまだ地味なものだった。見ている人も少なかった。電気紙芝居、なんて馬鹿にもされていた。ただ、テレビがものすごく高価な貴重品だったせいもあってか（ラーメンが三十五円か四十円の時代に一台二十五万円くらいした）、みんな、略さずに、きちんと「テレビジョン」と呼んでいた。そんな初々《ういうい》しい時代だった。私は、テレビジョン、という響きが今でも好きだ。見ている人が少ない、ということは、まだ視聴率も問題にされなかった。何かを言って、問題にされることもなかった。思えば、窮屈《きゅうくつ》なところがおよそない、自由な時代だった。

二〇一六年一月

黒柳徹子

目次

新版　トットチャンネル

細面

のぞきこんでいた新聞から目を離《はな》すと、トットは、小さな溜息《ためいき》をついた。

「どうして、日本人て、細面《ほそおもて》が好きなのかなあ」

いま、トットは新聞の求人欄《きゅうじんらん》を見ていたのだった。その年頃《としごろ》になっていた。ところが、新聞を見る限り、どこにも自分をやとってくれるところは、なさそうに見えた。どの求人広告も、細面を希望していた。

「求む・ウェイトレス・細面」「求む・女子事務員・細面」「求む・麗人《れいじん》・細面」

トットは立ち上ると、ママの鏡の前に立って、自分の顔をよく観察した。正面は勿論《もちろん》、右ななめ横から、左ななめ横……。どう見ても、丸に近かった。トットはもう一度、溜息をついてから、いった。

「これじゃ、仕事は見つからない」

トットは鏡の前を離れた。音楽学校の同級生の、細面の女友達《おんなともだち》の顔が目に浮《う》かんだ。

（ああ、彼女《かのじょ》なら、仕事がいっぱいあるな）

トットは、中をくりぬいて乾《ほ》したカボチャの外側に、いろんな色を塗《ぬ》って、なんとか、しゃれた花瓶《かびん》に見えないものかと格闘《かくとう》してるママに声をかけた。

「ねえ、なんで、みんな細面が好きなの？」

「細面？」

トットは新聞をママの目の前にひろげると、指さした。ママは絵具《えのぐ》の筆を置き、その求人欄を、じっと見た。注意深く。それから、いった。

「これ、細面《ほそおもて》じゃないわよ。委細面談《いさいめんだん》とかいうことじゃないの？　それをちぢめて、新聞じゃ、細面って、書くのよ」そして、また筆をとった。

「そうか！」

トットは安心した。（細面《ほそおもて》なら絶望的だけど、委細面談なら、なんとかなる……）

そのとき、トットは、反対側の頁《ページ》に、NHKの広告が出ているのに気がついた。

「NHKでは、テレビジョンの放送を始めるにあたり、専属の俳優を募集《ぼしゅう》します。プロの俳優である必要はありません。一年間、最高の先生をつけて養成し、採用者はNHKの専属にします。なお、採用は若干名《じゃっかんめい》……」

テレビジョンというものが日本に出来つつあることは、トットも、なんとなく知っていた。昔《むかし》、小学校のトモエ学園での親友の山本泰明《やすあき》ちゃんが、木の上で、たしかにテレビジョンのことを教えてくれた。「アメリカには、テレビジョンという箱《はこ》のようなものがあり、それが日本に来たら、家にいても、お相撲《すもう》が見られるんだって！」泰明ちゃんは、うれしそうに説明した。小児麻痺《しょうにまひ》だった泰明ちゃんにとって、家にいて相撲が見られることが、どんなにうれしいことか、それがよくわかる話しかただった。ただ、そのとき……、トットちゃんと呼ばれていた、その頃、どうしてもわからなかったことは、

「どうやって、自分の家の小さな箱の中に、おすもうさんが入るのか?!」ということだった。その、わからないことは、ＮＨＫの、

「テレビの放送を始めます！」という広告を見た、いまも同じだった。

（……採用は、若干名か。若干名って、何名のことかな）

「ねえ?」と、聞こうと思ったとき、カボチャを塗り終ったママは、出窓にカボチャを置き、「まるで、外国製の陶器《とうき》としか、見えないじゃないの！」と自分だけで満足して、手を洗いに部屋を出ていった。

　戦争が終って、八年目に近づこうとしていた。

戦争中、カボチャの一切れは、宝物だった。その頃を思うと、陶器と見えようと、

ただカボチャに色を塗ったとしか見えなかろうと、それは幸福な光景だった。

(それにしても、若干名って、何名かなあ)

新聞にまた目をやったとき、ヴァイオリンの弓に松脂《まつやに》をこすりつけながら、パパが入って来た。今日、パパがコンサート・マスターをしてるオーケストラは休日だった。

パパは、窓の上のカボチャを見ると、トットにいった。

「ママ、うまいねえ。どう?」

「うん」といいながら、トットはおかしくなった。パパときたら、なんでも、ママが「いい」と思うものは、自分もいいと思うんだから。なにしろ、パパのママ好きは有名で、仕事に出かけるときはいつもグズグズしていて、たいがい遅《おく》れて行くのに、帰って来るときは、大いそぎで、つんのめりそうになって帰って来るから、いつもパパの靴《くつ》は、前がすりへっているんだ。

「ねえ、若干名って、何名のこと?」

トットは、少しずつ、NHKの広告の内容を本当に知りたがっている自分を感じていた。パパは、あっさり答えた。

「別に、何名って決まってるわけじゃなくて、いい人がいたら採用することで。でも、まあ、数人って、とこかな。でも、どうして?」

丁度、このころのパパとママ。

トットは、その瞬間《しゅんかん》（しまった！）と思った。

なんとなく、このＮＨＫの件は、パパに秘密にしておいたほうがよさそうだ、と直感したからだった。

「ううん。なんとなく聞いただけ」

ありがたいことに、パパはそれ以上追求せずに、カボチャをまたうっとりと眺《なが》めると、日課であるヴァイオリンの練習にもどって行った。トットはもう一度、ＮＨＫの広告を読みなおした。そして、とても、この広告が気に入った。どこにも細面とは書いてなかった。なんとなく、さい先がいいような気がした。

「履歴書《りれきしょ》、送ってみよう！」

とうとう、トットは結論を出した。

細面のかわりに、第六次にもわたる、物凄《ものすご》い試験があろうとは夢《ゆめ》にも考えなかったから出た、結論だった。トットは自分の部屋の机にむかうと、神妙《しんみょう》な顔で書き出した。

学歴

トモエ学園に入学……。

生まれて初めて書く履歴書だった。

ソプラノ・ブス

「ねえ、NHKだったら、いいお母さんになるやりかた、教えてくれるかしら？」トットは履歴書《りれきしょ》を書き終ったとき、もし誰《だれ》かがそばにいたら、こんな風に聞いてみたいな、と思った。でも、本当のところ、この質問の意味を理解するのには、かなりの説明が必要だった。そして、その説明とは次のようなものだった。

それは、音楽学校の卒業を前にして、なぜ、トットが新聞の求人欄《きゅうじんらん》などを一生懸命《いっしょうけんめい》、見ていたか、ということになり、それは〝世界的なオペラ歌手になる予定だった〟というところにさかのぼり、では、どうして〝なりたいと思ったのか？〟ということになると、こうなるのだった。

高校一年のとき、イタリア製のオペラ映画〝トスカ〟を見て、「あれになる！」とトットは決めた。トスカは美しい歌姫《うたひめ》の役なので、その扮装《ふんそう》は、終戦後、まだ着るものまで余裕《よゆう》のなかった日本人の服装とくらべると、もう、夢《ゆめ》としか見えなかった。

大きく豊かに胸をあけたドレス。その胸元や袖《そで》などには、豪華《ごうか》なレースやリボン。首には、揺《ゆ》れるたびに、ピカッ！　と星じるしがいくつも出る、ダイヤモンドのネックレス。髪型《かみがた》は、何本もの縦《たて》ロールで花飾《はなかざ》りつき。そして、その美しい人は、大きい扇《おうぎ》でちょっと顔をかくすようにして、優雅《ゆうが》に現れると、いきなり、世にも高いソプラノで、

〽ア・ア・ア・ア〰〰〰

と、歌ったのだった。それは圧倒《あっとう》的で、トットの、すべての感覚をかき乱した。

「ああ、あの人になろう！」

躊躇《ちゅうちょ》なく、トットは決心した。

「あれは、どこに行ったら、教えてもらえるのかな？」

「やっぱり音楽学校じゃないの？」ということだった。次の日から音楽学校さがしが始まった。学校の友達《ともだち》に相談すると、ところが、東京中、走りまわり、いくつかの音楽学校の窓口で、かけあってみたものの、高校一年で入れてくれるところはなかった。でも、トットは必死だった。（ほかの人より、一日でも早く学校に入ろう。早く入れば、それだけ早く役がもらえる！）

顔も才能も、肉体的条件も無視だった。この幼稚《ようち》な考えは、〝なんでも先着順〟という戦争中の配給制度が、小さい時から身にしみついている結果に違《ちが》いなかった。一列に並《なら》んで、たべものや着るものを貰《もら》うときには、早く並んだものの勝ちだった。そ

の頃《ころ》は、何を配給してるのか、わからなくても、人が列になってれば、すぐその列のうしろに並ぶ、というのは習慣だった。あわてて列のうしろについたら、お葬式《そうしき》だった、なんて笑い話があるくらいだった。

そんなわけで、トットは、とうとう東洋音楽学校（現在の東京音大）と話をつけ、次の年、高校二年になったらば、試験を受けさせてもらうことにこぎつけた。その頃はまだ、いろんな所に空襲《くうしゅう》で焼けた学校があり、建物は復興できずにいた。だから一人でも多くの生徒を学校は欲《ほ》しがっていた。なにしろ、この東洋の前に、期日的に試験に間に合ったM音楽学校の試験官は、トットに、はっきり、こう聞いた。

「いくら、寄付してもらえますか？」

トットは、何のことか、始めはわからなかった。そして、（寄付の額で入れるのかも知れない！）とわかったときは、とても驚《おどろ》いた。でも残念ながら、こう答えるしか、なかった。本当だったのだから。

「私、両親に内緒《ないしょ》で試験、受けに来てますから、それは駄目《だめ》だと思います……」

そして、当然のことだけど不合格だった。それと、もう一つ。この頃は、六三三制が決まった過渡期《かとき》だったので、世の中は、中学五年で卒業する人、高三で卒業する人、混乱の時代だった。だからこそ、こういう約束《やくそく》も、トットは音楽学校と、とりつけることが出来たのだった。

次の年、本当にトットは試験を受け、合格し、東洋音楽学校の生徒になった。生徒になった途端《とたん》、すぐわかったこと。それは、オペラ歌手には、先着順ではなれない、ということだった。

それと、もう一つショックだったのは、あの映画〝トスカ〟の美しい女の人の歌った声は本人のものではなく、他の声のいい人が歌ったものに、トスカ役の人が、口を合わせたのだ、と知らされたことだった。同級生の少し意地の悪い男の子が、あたりを見廻《みまわ》してから、小声で教えてくれた。大声でいっては、さしさわりがありすぎるからだった。

「ほら、ソプラノ・ブスに、テノール馬鹿《ばか》って、昔《むかし》からいうじゃないか? あれだよ」

そんなことがいえるのも、その子がバリトンだったからで、失礼しちゃうことに、トットはソプラノだった。

それでも四年間、トットは頑張《がんば》った。たまには、自分の声の中に、あのトスカのときの雰囲気《ふんいき》を感じるときさえあった。

学校は雑司《ぞうし》ヶ谷《や》で、有名な鬼子母神《きしもじん》のすぐ近くにあった。お昼休み、よくトットは友達たちと境内《けいだい》のベンチに腰《こし》をかけ、焼きいもを喰《た》べては、音楽の話をした。その焼きいもは、鬼子母神の隣《とな》りの小さな店、おじいさんとおばあさんがやってる石焼きいも屋さんから、毎度、買ったものだった。鬼子母神は安産の神様だとかで、お腹《なか》の大きい女の人が、毎日、何人も来ては、お祈《いの》りをしていった。お母さんらしい人につきそわれた若奥《わかおく》さん風の人もいたし、子供をゾロゾロ連れて、「またですよ！」という感じのオバさんもいた。寒そうな顔で走って来て、おがんで、またすぐ走って帰る、やせた女の人もいた。たまには、お腹の大きい犬が、お寺の境内を横切ることもあって、トットたちは大笑いをした。そして、卒業も間近になったある日、トットが気がついたとき、友達みんなは就職が決まっていた。みんなは、焼きいもを喰べて、楽しくしていただけではなかった。別にトットに秘密にしてたわけではないらしかったけど、トットが「アレレレ……」と思ったときには、

「私、コロムビア」

「あたし、藤原歌劇団！」

「僕《ぼく》、テイチク」

「私、中学の先生」

と、口々に、いっていた。中でも三《み》浦洸一《うらこういち》さんという人は、すでにレコーディングというのを済ませて、レコード歌手としてのデビューが決まっている、という話だっ

た。

そして、トットは何も決まっていなかった。本当のことといって、こんなに、びっくりした事はなかった。自分のぼんやりにも、あきれた。でも、トット本人だけでなしに、パパにもママにも、あまり真剣《しんけん》に、卒業してから就職、ということについての考えはなかったらしい、と思えて来た。パパは前から、なるべく早いとこ、お嫁《よめ》に行ってほしい、というようなことを、ほのめかしていた。女の子が、男の社会で苦しむのを多く見て来たし、特にパパの音楽の世界では、泥《どろ》まみれになっていった女の子も沢《たく》山《さん》、知っていた。

それにしても、自分だけ、身のふりかたが決まっていない！　とわかったとき、トットは悲しかった。オペラ歌手が駄目にしても、この四年間は、自分にとって何だったのだろう、と、はればれしなかった。

〝お母さんになる！〟

そんなある日、学校の帰り、駅の近くの電信柱に、ポスターがななめに貼《は》ってあるのを、トットは見つけた。

〝人形劇「雪の女王」公演。銀座・交詢社《こうじゅんしゃ》ホール〟

「人形劇って、どんなものかな？」

想像しても、わからなかった。それまで人形劇というものを見たこともなかったし、話にも聞いたことがなかった。

ほんの偶然《ぐうぜん》から見たこのポスターが、NHKの新聞広告につながってくるなどとは、思いもつかないことだった。当時、トットの住んでいた洗足池《せんぞくいけ》の自分の家のあたりから、銀座に行く、ということは、かなり大変なことだった。銀座は、若い女の子が、あまり一人で行くようなところではなかった。でも、なんとなく気をひかれて、ある日曜日の昼間、トットは一人で、その交詢社ホールというところに出かけて行った。

ホールは、子供でいっぱいだった。気持のいい音楽が始まると、少しふとった元気のいいお姉さんが、両手にそれぞれ、男の子と女の子の人形をはめて登場し、おじぎをしてから、体をステージの下に沈《しず》めた。ステージの上には、お人形だけが残った。そして、始まった。トットは少し椅子《いす》から体をずらして、ステージの下にもぐってるお姉さんを、横から、のぞいて見た。お姉さんは、ひざをついて、両手のお人形を動かしていた。手をいっぱいに、のばして。そして、子供の声みたいのを出して歌ったり、しゃべったりしていた。そして、ステージのはじからはじまで走ったり、とびはねたりした。汗《あせ》びっしょりになって。一瞬《いっしゅん》たりとも、休まなかった。見てる子供たちは、好奇心《こうきしん》まる出しの、あどけない顔で身をのり出し、笑ったり拍手《はくしゅ》をしたりした。クライマックスに近づき、雪の女王が、主役の男の子のカイと、女の子のゲルダに、恐《おそ》ろしいことを命令したときは、シーンとなって、「かわいそう」とか口々にいった。このときトットは不思議な感動に、おそわれた。トスカの映画を見たときとも、また小学生のとき見て、バレリーナになろうと決心した「白鳥の湖」を見たときとも、全く違《ちが》った……、なにか、やさしいもので満たされていた。昔《むかし》から知ってる友達《ともだち》といるような、なつかしさすら感じていた。と同時に、生まれて初めて見た、この〝人形劇〟というものに、ショックも受けていた。大拍手のうちに、人形劇は終った。新橋の駅まで歩きながら、トットは考えた。

（もし、ああいうことが、私にも出来たら。沢山《たくさん》のお客さんに見せる人にはなれないけど、自分の子供に見せられたら……）

いつの間にか、職業婦人になる、という夢《ゆめ》は遠いものになり、結婚《けっこん》ということが、妙《みょう》に身近になってきていた。

（結婚すれば、子供が生まれる。掃除《そうじ》、洗濯《せんたく》、お料理、これは、みんな、お母さんな

らやれる。でも人形劇の出来るお母さんは、そうはいないんじゃないかな)

トットは家に帰る道を歩きながら、いろいろ想像した。

(人形劇ほど、むずかしくなくても、子供が寝《ね》つくまで、枕元《まくらもと》で、上手に絵本や童話を読んでやれるお母さんになろう! そうしたら、きっと、子供も尊敬してくれるに違いない!)

結婚の相手は、全く見当もつかなかった。だのに、ベッドに入って、ふとんから首を出してる子供の姿が、しかも何人もの姿が、はっきり見えるようだった。自分の拡《ひろ》げる絵本に期待してる子供の息づかいが感じられるようにさえ、思った。

この日の人形劇「雪の女王」の音楽が芥川也寸志《あくたがわやすし》という人の作曲であり、男性四人のコーラスが、まだプロになる前の、ダーク・ダックスだったなどとは、知るはずもなかった。でも、この人形劇を見たことが、トットの人生を決める一つのきっかけになったことは、間違いなかった。

家に帰ってから、トットは、人形劇をやってたお姉さんが、どんなに一生懸命《いっしょうけんめい》にやってたか、とか、子供がとても喜んでいた、とかを、ママに報告した。そしてママに聞いた。

「どっかに絵本を上手に読むこと、教えてくれるところか、人形劇のやりかた、教えてくれるとこって、ないかなあ?」

同級生の就職に刺戟《しげき》され、何か仕事はないかと拡げた新聞に、NHKの広告が出ているのを見つけ、(NHKなら、いいお母さんになるやりかた、教えてくれるかも知れない)とトットが考えたのは、人形劇を見てから、ちょっとしか経《た》っていない、冬の午後だった。

郵便受け

「マンモスの夢《ゆめ》を見ると、次の日、必ずいいことが起る」これが、このころのトットの得意な話だった。そして、事実そうだった。だから、トットをよく知ってる人は、「どう最近、マンモスのほうは。出てる?」と聞くくらいだった。

さて、履歴書《りれきしょ》をNHKに送ってからというもの、トットの落ち着かないことといったら、なかった。何しろ、パパにもママにも内緒《ないしょ》で出した履歴書だから、NHKから返事が来たら、誰《だれ》よりも早く、それを受けとらなくちゃならなかった。郵便屋さんは朝一回と午後一回、来る。トットは履歴書を出した二日後くらいから、なんとかかんとか胡麻化《ごまか》して学校を休み、なるべく外にいて、郵便屋さんを待つようにした。そういうときに限って、パパも仕事が休みで、庭で植木の手入れなどしたりする。もうトットは、気が気じゃなかった。なんかの加減で郵便屋さんが、パパに「はい」なんて手渡《てわた》したりしたら、どうしよう。とにかく、なるべく郵便受けの近くにいるのに限る。でも、体操というのもわざとらしいし、発声練習をずーっとやっているわけにもいかないし……。外にいるのも大変だ。

（こういうとき、犬でもいればいいのにね。そうしたら、一緒《いっしょ》に遊んでるふりして、待ってれば、いいんだからさ）トットは子供のとき友達《ともだち》だった犬のロッキーのことを思い出した。でも、目は、ずーっと、道路のむこうから姿を現すはずの郵便屋さんを待っていた。

四日ほど、そうやっていたけど、そして、何通かの手紙は、うまく直接、受けとったけど、NHKからのはなかった。そのうちに、なんだか、もう通知は来《こ》ないような気がしてきた。そう思うと気が楽になって、学校に行き始めた。そうして何日かが過ぎた。

その日は、どうしても、家で勉強しなければならないものがあった。トットは朝から熱心に自分の部屋で机にむかっていた。もうNHKのことは、ほとんど忘れかけていた。パパは仕事、ママは出かけていた。

「ごめん下さい」という男の人の声が玄関《げんかん》でした。出てみると、郵便屋さんが立っていた。そして、いった。

「書留《かきとめ》です。ハンコ下さい」

ハンコを押《お》して、書留を受けとった。パパかママのだろうと思い、そのへんに置こうとして、何気なく宛名《あてな》を見ると、トット宛だった。そして、それは、ＮＨＫからのものだった。とたんにトットは思い出した。

（そういえば、ゆうべマンモスの夢みたんじゃないの！　すっかり忘れてた！）

手の上の書留はハトロン紙の封筒《ふうとう》でいかめしく、いままでトットが受けとっていた、ピンクや、ブルーのとは、全く違《ちが》っていた。

書留《かきとめ》

ＮＨＫからの書留を、自分の部屋の机の上に置くと、トットは考えた。

（これは、「採用します」か、または、「落第」の、どっちかの知らせに違《ちが》いない）

もう一度、封筒《ふうとう》を手の上にのせてみる。思いなしか部厚く、意味あり気な重さを感じた。トットは結論を出した。

「私は採用されました!」

なぜなら、もし「落第」の通知なら、一枚の紙きれで充分《じゅうぶん》のはず。

(この重さは、採用されたための、いろいろの書類が入っているからです)

トットは、いつもなら歯のはじで、かじって切れ目をつけ、ビリビリと指で開ける封筒を、ちゃんとハサミをとり出して開封した。心臓が気持よく早くなり、幸福な気持だった。

(もっと大変かと思ったら、案外、早く決まったんじゃないの!)

こういうところ、トットは非常に楽天的だった。開封して、中の紙をひっぱり出すと、最初に見えたのは写真だった。

「あっ、どっかで見たことある写真!」

と思ったのも当り前で、それはトットが履歴書《りれきしょ》に貼《は》りつけて出した、自分の写真だった。そして、部厚いと思った中味は、なんと、トットが郵送した履歴書だった。一瞬《いっしゅん》にして、トットの気持は暗くなった。履歴書が送り返されること、それは不採用のしるしに違いなかった。

（やっぱりダメだったのか！）と思ったとき、一枚の便箋《びんせん》が四つ折になって履歴書の間にはさまっているのに気がついた。いそいで開《ひろ》げた、その便箋の几帳面《きちょうめん》な字はトットを物凄《ものすご》く、おどろかせた。

「拝啓《はいけい》。あなたは、なぜ、この履歴書を郵送なさったのですか。新聞には、履歴書本人持参のこと、と書いてあったはずです。締切日《しめきりび》までに、田村町のＮＨＫまで、御持参ください」

（あれ？　持参って、書いてあったっけ……）

トットは、あわててＮＨＫの広告ののった新聞を、そこいらじゅう探した。でも、必要のものが必要のときにあったためしがない、という、いつものことで、どこにも見つからなかった。郵送した安心から、そのときに捨てたのかも知れなかった。よろこびから落胆《らくたん》、そして拍子抜《ひょうしぬ》け、とトットの気持は目まぐるしく変った。あんなに何日も、パパとママに見つからないかとビクビクして郵便屋さんを待ちつづけ、くたびれて忘れた頃《ころ》に手にした書留が、これだった。

（どうしよう）

トットは自分の履歴書に目をやりながら考えた。毎度のことだけど、自分のぼんやりさにも、がっかりしていた。おまけに締切日は、あと二日後に迫《せま》っていた。

（持参したところで、合格するとは限らないし）

それに……と、トットは、つぶやいた。

「若干名《じゃっかんめい》しか採用しないんだから、きっと、ダメだわ」

履歴書の写真は、いまの混乱を味わう、ずーっと前のトットらしく、陽気に笑っていた。トットは、何枚もない写真の中から、やっと、その写真をえらんだ時の楽しかった気分を思い出すと、悲しくなった。

（こんなつもりじゃ、なかったのに……）

こんなに深刻なことになるとは考えていなかった。人形劇を見て、ＮＨＫなら自分がお母さんになったとき、上手に童話を読めるように教えてくれるに違いない。そう思いついて出した履歴書だった。

（でも！）と、そのときトットは頭をあげた。（少なくとも、この書留は、締切の前に私のところに、もどったのだし、有難《ありがた》いことに、今日、私は家にいて、これを受け取った。もし学校に行ってたら郵便屋さんは、家中、留守《るす》でハンコを押《お》す人がいないから、局に持って帰り、明日もう一度、配達する。その場合、私が学校から帰るのが夕方だから、二日後の締切には間に合わないかも知れない。今日、偶然《ぐうぜん》学校を休んで家にいたのは、なにかの、めぐりあわせ！）

時計を見ると、夕方までには間があった。NHKは、一度、前を通ったことがあったから、どのくらい遠いか見当はついた。お財布《さいふ》を調べてみた。電車賃ぐらいのおこづかいは、ギリギリ持っていた。天気もよかった。

（行ってみようかな、NHK……）

トットは椅子《いす》から立ち上った。

受付

大井町線にのり、終点の大井町で乗りかえて、京浜東北線《けいひんとうほく》で新橋まで。ついこの間、交詢社《こうじゅんしゃ》に人形劇を見に行ったときは、のん気な気分で、この新橋駅で降りた。あれから、そんなに経《た》っていないのに、今日、トットは重苦しい気分で駅を出た。駅の人に聞いたら、NHKは銀座とは逆の、左のほうで、田村町という所にあると教えてくれた。左のほうの駅前は広場で、雨ざらしのベンチがあり、なんだか、人がいっぱいで、小さい飲み屋が並《なら》んでいた。トットは、なるべく、よそ見をしないように、人の間をすりぬけ、本屋さん、薬屋さん、お寿司屋《すしや》さんの店が続く通りを、どんどん歩いた。

少し行くと、角に交番があったので、トットは念のために聞いた。若いおまわりさんは、目の前を指さした。

「あれ！」と、いって。

そこがＮＨＫだった。トットは道路の反対側に立って観察した。

ＮＨＫは大通りに面していて、とても大きかった。コンクリートで四角くて、背が高く、どっしりとしていた。屋上に、塔《とう》だの、なんだかキラキラ光る丸いものとかを発見したとき、（やっぱり放送局という名前に合ってるところがある！）と、トットは思った。でも、これから、あの大きな建物の受付に行くのかと思うと、少し心細い気がした。

そのときトットは、ＮＨＫの右のほうに、日比谷公会堂《ひびやこうかいどう》を見つけた。突然《とつぜん》、昔《むかし》、あそこのステージに出演したことを思い出した。まったく忘れていたことだった。

（そう、たしかに、出演した）

それは、「歯のいい子」ということで。

幼稚園《ようちえん》のとき、はっきり憶《おぼ》えてはいないけど、十人くらいステージに並び、誰《だれ》かの合図で口を大きく横にあけて〝歯〟を見せたら、みんなが拍手《はくしゅ》したのだった。

少なくとも、歯はいいのだ、と、トットは気を強くし、道路を横切って、ＮＨＫの入口に立った。入口には守衛のおじさんがいて、トットが履歴書《りれきしょ》をさし出すと、親切に、受験者用の受付を教えてくれた。その受付は臨時の事務所で、ＮＨＫの裏手の、カマボコ形の建物の一角にあった。トットが、ガラガラとすりガラスの戸を開けてのぞくと、大きな机のむこうに何人か男の人がいた。トットの前には、すでに数人の若い女の人が立っていた。面接でもしているのかと思ったら、その女の人達《ひとたち》は何やら書類みたいなものを受け取って、出て行った。いれ違《ちが》いにトットが履歴書をさし出すと、若い男の人が受け取り、目を通し、写真とトットを見くらべると、「はい」といって安全ピンのついたカードをくれた。「五千六百五十五番」と数字が書いてあった。「受験番号です」と男の人がいった。トットの前に、すでに五千六百人以上の人が来たことが、これでわかった。それから印刷物をくれた。それには第一次の試験の日づけと時間と、ＮＨＫで受験する部屋のナンバーなどが書いてあった。

トットは、想像もしていない、大規模なものに応募《おうぼ》してしまったことを、はじめて知った。お礼をいい、ガラガラと音のする戸をしめて外に出ると、トットは深呼吸をした。面接でもあるのかと、そのためにあわてて着てきた一張羅《いっちょうら》のよそゆきのオレンジ色のスカートが、いまとなると、なつかしく親身に思えた。

「とにかく」と、トットは自分にいった。でも、そのあとの、気のきいた言葉は見あたらなかった。トットはいった。

「泣くほどのことじゃなし！」でも、本当のところ、泣きたい気分だった。あちこちに電燈《でんとう》がつき始めた。トットは駅にむかって走り始めた。

五千六百五十五番のカードが、バッグの中でとびはねていた。

赤巻紙　青巻紙　黄巻紙

第一次試験の当日、ＮＨＫに行って、トットは仰天《ぎょうてん》した。たしかに、自分の受験番号が五千番台ということはわかっていたけど、実際に、ＮＨＫの廊下《ろうか》といわず、トイレといわず、階段といわず、どこもかしこも若い男女で身動きも出来ないのを見たときは、「わあー凄《すご》い！」というしかなかった。女の人の服装《ふくそう》もいろいろで、これもびっくりした。帽子《ぼうし》にレースの手袋《てぶくろ》という社会人みたいな人もいたし、宝塚《たからづか》みたいな、はかま姿の人もいた。それから、バレエのタイツ風、中国服、訪問着、セーターにズボン、セーラー服。そしてトットのように、落下傘《らっかさん》スタイルの、胴《どう》から裾《すそ》へ大きく広がったパラシュート・スカートの人も多かった。誰《だれ》も彼《かれ》もが、きれいに見えた。トットはまだお化粧《けしょう》をしていなかったけど、中には、すっかりお化粧して、つけまつ毛をトイレで直してる人もいた。トイレといえば、待ってる間に、白粉《おしろい》をはたく人、口紅をつける人、髪《かみ》をとかす人、靴下《くつした》の曲ってるのを直す人などで一杯《いっぱい》で、ドアが開かないくらいだった。そして、みんなが口々にしゃべっているので、その賑《にぎ》やかなことといったらなかった。

そんな中で試験が始まった。男女の試験場は別だった。みんな二枚ずつ紙を手渡《てわた》され、五人ずつまとまって部屋に入り、順々に、試験官の前で紙に書いてある言葉を読み、済んだら出て行く、という仕組みだった。試験官は六人で、ほとんどが男の人だった。

トットは五人のうちの四番目で、椅子《いす》にすわった。順番が来て、トットの前の人が立ち上った。髪を短かくして、スーツを着た、少しトットより年上に見える美しい人だった。その人は、すっきり立つと紙を斜《なな》めに持ち、

「赤巻紙《あーかまきがみ》、青巻紙《あおまきがみ》、黄巻紙《きまきがみ》！」

と、世にも流暢《りゅうちょう》に、そして少し気取った風に、一息に読み切った。トットは強烈《きょうれつ》なショックをうけた。演劇の経験のないトットは、その紙をもらったとき、とてもゆっくり、明瞭《めいりょう》に、

「アカマキガミ！（呼吸）アオマキガミ！（呼吸）キマキガミ！（呼吸）」

という風に、力を入れて、ひとことずつ読むように廊下で練習し、それでいいと思っていた。夢《ゆめ》にもこんな風に、スラスラと、まるで、

「あーる晴れた日に！」といったのかと思うくらいに、さり気なく、このややっこしい三つの言葉をいっちゃう、なんて考えてもいなかった。試験官は、うなずくと、いった。

「じゃ、もう一枚のほう読んでみて？」

一枚目のがうまくいくと、「もう一枚」のほうを読ましてもらえることは、もっと前の人のでわかっていた。「赤巻紙」でダメな人は、それだけで「はい、結構！」といわれるんだから。その女の人は勿論《もちろん》、「もう一枚のほうを」といわれた。その人は次の紙を手にすると、いきなり試験官にむかって、

「あーら、しばらく、お元気？」

と聞いた。トットは、

（ああ、この女の人は、試験官と知り合いなんだな。だったら、きっと受かる。いいなあ）

と、うらやましく見ていた。ところが試験官のほうが、「ああ、しばらくだね」と、

いわない。

（おかしいな……）とトットが思ったら、なんと、それはもう一枚のほうに書いてあるセリフだった。トットはおかしくなった。それは、自分の思い違《ちが》いということもあるけれど、（あんな知らない人に、本当に知ってるみたいに、馴《な》れ馴れしくいったら、みんな笑っちゃうんじゃないの？）

ところが、誰も笑わずに、熱心に聞いている様子だった。トットは狼狽《ろうばい》した。

（セリフって、あんな風にいうものなの？）

女の人は終ると丁寧《ていねい》におじぎをし、もう一度、試験官に自分の顔が見えるようにニッコリすると、出て行った。いよいよ、トットの番になった。とにかく、トットは試験官の前に立つと、おじぎをした。自分流に、ゆっくり読むか、前の人のように、プロ的にやってみるか、迷っていた。頭を上げたとき、トットは決めた。（出来るだけ、さっきの人みたいに、流暢風に、やってみよう！）

息をすいこむと、トットは急いで読んだ。少し気取ることも忘れなかった。

とたんに試験官が、全員のけぞって、ドッ‼　と笑った。トットは驚《おどろ》いた。たしかにトットの耳にも、

「あーかまき紙、青巻紙、黄巻紙！」とは聞こえず、なんとなく、

「アーカマキキキ、アキキキキキ、キキキキキキ！」と、キだけしか聞こえなかったけど、自分ではちゃんと読んだつもりだった。

（もうダメだ……）と思ったとき、試験官の一人がポケットからハンカチを出すと、涙《なみだ》をふきながら、まだ笑いの残る声でいった。

「もう一枚のほう、読んでみて？」

「えっ？　いいんですか？」

トットはすっかりうれしくなって、これで挽回《ばんかい》しなくては、と思ったから、さっきの人のように、目を少し斜めに見すえるように試験官を見て、

「あーら、しばらく、お元気ーい？」

といった。今度は、うまくいったかしら。

また試験官は全員、わあ!!　っと、のけぞって笑った。なんでだか、トットにはわからなかった。（喜劇女優を募集《ぼしゅう》してるんじゃないのに、こんなに笑われたら、もう絶望！）すっかり、がっかりして部屋を出た。ドアを閉めるとき、トットの次の人が「赤巻紙……」と読み始めたのが耳に入った。試験官は笑っていなかった。

これが、第一次の試験だった。トットは、これでもう、あきらめた。いくらＮＨＫが新聞広告で「プロの俳優である必要はありません」といっても、結局、うまい人が

受かるに決まっているんだから。

発表は三日後、ＮＨＫの裏玄関《うらげんかん》の外に、番号がはり出される事になっていた。

トットは行っても無駄《むだ》だと思っていた。だから、当日は朝から学校に行った。勿論、試験を受けたことは、パパにもママにも話していなかった。友達《ともだち》にも。午後の授業になるまで、トットは平静だった。ところが、お昼休みのあと、午後になると、なんだか落ちつかなくなった。胸がしめつけられるみたいな風で、なにも手につかなくなった。

（やっぱり、発表が気になってる……）

ダメってわかってても、行くだけは行ってみよう。トットは友達に「早退する」と告げ、いつも授業中に逃《に》げ出すとき、そうするように、窓から外に出て、あとは新橋まで一目散《いちもくさん》だった。ＮＨＫの前に行ってみると、大きい木の立看板が立っていた。トットは自分の番号を間違えないように、何度も口の中でくり返した。早いうちに見に来た人が多かったのか、閑散《かんさん》としていた。それにしても、沢山《たくさん》の番号が残っていた。ずーっと見ていった。五千番台は、うしろのほうだったから見当はついた。ゆっくり見た。ダメに決まってる！　と思いながら、こんなにドキドキするのは、やっぱり、どこかに（もしかしたら！）という気持があるからかと、少しなさけない気もした。

「……五千六百五十五番」トットの目は、そこに止まった。そして、（似てるけど、残念！）と思った。あとで考えると、落語「富久《とみきゅう》」の籤《くじ》の場面と同じだったけど、本当に、（ちょっと近いけど、違ってる……）って思った。

……もう一度、見直した。まぎれもなく、それは自分の番号だった。のけぞって笑った試験官の顔が浮《う》かんで、消えた。

（受かってた！）

トットは、この気持を、誰かに伝えたいと思った。信じられない、この気持を。誰かに。守衛さんが通りかかった。

「あたし、受かりました!!」

トットは少し恥《はず》かしそうに、でも、はっきり守衛さんにいった。人の良さそうな、やせたおじさんは「おめでとう」といって、歩いていった。結局、この第一次試験の合格のよろこびをトットが伝えたのは、このＮＨＫの守衛さんだけだった。秘密にことを運《はこ》ぶというのは、こういうことなのだと、トットは少し残念に思いながら、でも胸の中で、はねまわる〝うれしさ〟という心地いいものを抱《だ》いて、ＮＨＫを、はなれた。

筆記試験

　第一次で終るのかと思ったら、それはとんでもないことで、次々と試験があることがわかった。でも、第一次が受かったということは、希望を持てたということでもあった。発表から三日後、今日は筆記試験だった。

　芝居《しばい》に関係のあることはダメでも、筆記試験なら。トットは鉛筆《えんぴつ》をよくけずり、消しゴムもちゃんとあることを確認《かくにん》し、筆箱《ふでばこ》をカタカタいわせて、NHKに着いた。

　ところがNHKは、この間にくらべて、シーンとしていて、若い受験生らしい姿は見あたらなかった。

（あーら、みんな落ちちゃったのかしら）

　呑気《のんき》な足どりで、トットは受付の女の人に聞いた。

「今日の筆記試験の部屋、どこですか？」

　その受付の女の人はトットの顔を見ると、隣《とな》りの同僚《どうりょう》の女の人に聞いた。

「筆記試験って、今日、ありましたっけ？」

トットはドキッ!! として、何か悪い予感がした。聞かれた女の人は、どこかに電話をした。それから電話を置くと、いった。

「今日の試験、ここじゃ、ありませんよ」

(ここじゃない?)トットは、とび上った。

「じゃ、どこですか?」頭の中がガーンとした。受付の女の人は気の毒そうにいった。

「お茶の水の、明治大学の階段教室です」

このときトットの頭に浮《う》かんだこと、それは、小さいときから、面倒《めんどう》なことを一切《いっさい》いわないママが、これだけはくり返して、トットにいってたことだった。

「学校から、どっかに出かける時とか、いつもと違《ちが》うことがある時は、必ず、先生のおっしゃることをよく聞いて、紙に書いて、ママに渡《わた》して頂《ちょう》だい」

(こういうことがある、と、ママは前からわかっていたのかしら。いいつけを守っとけばよかった)いまさら、そんなことを後悔《こうかい》しても遅《おそ》かった。第一次の発表のとき、ちゃんと場所を見て帰るべきだった。明治大学がどこなのか、お茶の水がどこなのかも、わからなかった。トットは誰《だれ》のせいにも出来ない、なさけない気持で駅にむかった。(今から行っても、もう間にあわない)

新橋の駅の手前まで来たとき、トットは足を止めた。これまで、ただの一度もヘソクリをしたことのないトットが、千円札《さつ》を一枚、定期入の中に大切にしまってあることを思い出したのだった。千円あったら、タクシーに乗って、そのお茶の水ってとこに行けるかもしれない。どこから、こんなにまとまった考えが浮かんだのか、自分でもわからなかった。昭和二十八年頃《ころ》、学生が一人でタクシーに乗るなんてことは、絶対にないことだったから。でも、トットはその千円札をとり出すと、ヒラヒラさせながら、タクシー乗り場へとんで行って運転手さんに聞いた。「これで、これで、お茶の水の明治大学って行かれます？」若い運転手さんは、たのもしそうにいった。「あ、大丈夫《だいじょうぶ》！」

明治大学の門についたとき、ＮＨＫの係りの肥《ふと》ったおじさんが、運よく外を見てるとこだった。

トットは叫《さけ》んだ。「筆記試験！」

おじさんは手まねきをすると、いった。

「早く、早く、もう始まってるよ」

トットはかけ出した。試験場になってる階段教室の一番上のドアを開けた。静かだった。みんなの鉛筆のサラサラいう音だけだった。トットは、自分の番号の書いてある机にすわった。

白く光っていた。

両隣りは男の子で、どんどん書いていた。答案用紙が、トットを待っているように、

（とにかく、間にあった）

素直《すなお》

「上と下で、関連のあるものを、線で結んで下さい」

これが答案用紙の、まず最初のセクションの問題だった。トットの目は、上の段の「カルメン」に止まった。いそいで下を見る。沢山《たくさん》、名前とかが並《なら》んでいる中に、（あった、あった！）「ビゼー」が。トットは筆箱《ふでばこ》から鉛筆《えんぴつ》を取り出すと、グニャグニャしない線になるように、息をつめ、力を入れて、カルメンとビゼーをななめの線で結んだ。走って来たのと、試験に間にあった、という興奮で、まだ息は少しハアハアしてたけど、安堵《あんど》感は充分《じゅうぶん》にあった。一つ出来たので、ほっとした。次に知ってるもの……と探したら、

「ありました！」

「イサム・ノグチ」――「彫刻家《ちょうこくか》」これで二つ。ところが、それからがいけなかった。上の段にも下の段にも、トットに馴染《なじ》みのあるものは何もなかった。それでも、上と下との数が同じなら、なんとか辻褄《つじつま》を合せることも出来るのに、数えてみると、上の段が二十個なのに下の段は二十五個もあった。そして、どうやら放送劇だの芝居《しばい》のことらしい、トットの知らない分野の名称が、きっちり並んでいた。例えば、

「昭和二十七年度、放送劇《ラジオ・ドラマ》の芸術祭受賞作品」

　正解は「ぼたもち」なんだけど、トットは当時、ぼたもちと芸術祭がくっつくとは思わなかった。

　困ったトットは、何気なく、右の男の人の答案用紙をチラリと見た。驚《おどろ》いたことに、うらやましいことに、この人は放送通《つう》らしく、まるで幾何学《きかがく》模様のように、線を複雑にすっかり引いて、次のセクションにとりかかっていた。トットは勇気を出して、その男の人に、いった。

「教えて頂けませんか？」

　真面目《まじめ》そうな、眼鏡をかけたその男の人は身を起してトットを見ると、はっきり、いった。

「いやです」

「そうでしょうね」トットは小さい声でいって、自分の答案用紙に目を移した。

（誰《だれ》だって入りたいんだもの）ケチな人！　なんていう気持は全くなく、教えてくれないのが当り前と、わかっていた。でも、（教えてくれたら、もっといいのに）という、子供っぽい考えだった。時間はどんどん経《た》っていく。仕方がない。なんでもいいから埋《う》めていこう。

「巌金四郎《いわおきんしろう》」

（……？）当時、巌《いわお》さんは、ラジオの「向う三軒両隣《げんりようどな》り」で威勢《いせい》のいい江戸っ子の役で大変なスターだった。トットは残念なことに、夕方のその時間は聞いたことがないから知らなくて、関係のありそうなものを探した。「菊五郎劇団」（これかなあ？）

（巌金四郎って、古めかしい名前だから、これにしてみよう……）トットは自信なく線を引いた。これで、トットが歌舞伎《かぶき》にくわしくなく、放送劇団という、これからトットが入ることになるＮＨＫの劇団の大先輩《だいせんぱい》のことも知らない、と判明したわけで……。巌さんなら、「東京放送劇団」というのに線を引かなければ、いけなかった。

あとでわかったことは、この筆記試験を受けた人は五百人で、その中で「巌金四郎」を知らなかった人は、たったの二人しかいなかった。そして、その一人は誰か男の人で、あとの一人はトットだった。

それでもトットは、とにかく二十個全部、まじめに考えながら線を引いた。でも、考えれば出来る問題も世の中にあるけど、この種類の問題は、知らなければ答えられないことだった。「プロの俳優である必要はありません。NHKが養成します」という新聞募集《ぼしゅう》からすればNHKは、知らなくても仕方がないと考えた上で、出した問題なのかもしれなかった。でも、そんなこと考える余裕《よゆう》もなく、トットは、カルメンとイサム・ノグチ以外、全部間違《まちが》ったと思って、がっかりしていた。そして事実、全部、間違っていた。

次のセクションは、言葉の意味を書くことだった。

「丁丁発止《ちょうちょうはっし》」

これは、かなりの人が、馬に乗ったときの「かけ声」と書いたことを知って、トットは大笑いした。

「あれは、ハイシー、ドー、ドーです！」

人のことを笑うわりに、トットの答えもひどかった。

「あることが続いていて、止まるかと思うと、止まらない」

なんのことか、さっぱりわからないけど、死にもの狂《ぐる》いで、ねじり出すように作りあげた答えだった。広辞苑《こうじえん》によると、〝丁丁発止〟は「刀などで互《たが》いにうちあう音」

であり、〝丁丁〟は「物をつづけて打つ音」とある。

　口を刀のかわりにして、丁丁発止とわたりあう事もあるのだ、などとわかったのは何年も経《た》ってからのことだった。とにかく、こういうような問題が三つくらいあり、どれも明確にわかったものはなかった。そうこうしているうちに、早々と出来上った人は、多少誇《ほこ》らし気な感じで、係りの人に紙を渡《わた》して、階段教室を出ていった。

　三つ目のセクション。

「最近、聞いたNHKのラジオの番組名を書いて下さい」

　トットは目をつぶって、思い出そうと試みた。（ああ、思い出した）一つだけ。ドラマじゃないけど、とにかくラジオで聞いた番組なんだから。それは、このところ、お正月恒例《こうれい》になってる、宮城道雄さんのお琴《こと》と、パパのヴァイオリンによる「春の海」の二重奏だった。パパは、尊敬してる大天才の宮城さんと毎年、二重奏できることを喜んでいたし、楽しみにしていた。トットは答案用紙に大きく、

「宮城道雄の琴と、ヴァイオリンの二重奏による〝春の海〟」と書いた。パパの名前は、パパには勿論《もちろん》、誰にも内緒《ないしょ》にしてたから、書かなかった。そのかわり、「お正月らしく素晴《すば》らしい曲だと思います」とつけ加えた。

　とうとう最後の問題まで来た。

「あなたの長所と、短所を書きなさい」

（助かった！）

トットは、これに賭《か》けることにした。やっと自分を知ってもらえるチャンスがきた。長所・と書いてから、トットは、ためらわずに、「素直なとこ」と書いた。これには訳があった。少女になった頃《ころ》から、トットの家を訪問する人達《ひとたち》は、どういうわけか、トットを見ると、いった。

「お父さまも、お母さまも、お奇麗《きれい》なのにねえ……」するとママが必ず、それに続けて、いそいでいうのだった。

「でも、素直なだけは取り柄《え》です」

これは一つのパターンになるほど、何回もくり返された。思えば、傷つく話なんだけど、トットはちっとも気にしていなかった。

事実、パパは、女性のファンに大もてのハンサムで恰好《かっこう》が良かったし、ママは若い頃、映画女優にと何度も映画のプロデューサーが足を運んだという美人でグラマーだった。そのため、パパは仕事に出かけるとき心配で、アパートのドアの鍵《かぎ》を外から閉めていったという話も残ってるくらいなんだから。二人は、トットが見てもお似合の、お奇麗なカップルだった。そして、それはトットの自慢《じまん》でもあった。だから、

ママ。

「お父さまも、お母さまも、お奇麗なのにねえ……」という語尾《ごび》にふくまれる、（それなのに、お嬢《じょう》さまは似ていらっしゃらないわねえ）または、（お気の毒にねえ）ということより、ママがいってくれる、

「素直なだけは取り柄です」のほうが重要で、また、自分は素直なのだ、と信じていた。そんなわけで、まっ先に「素直」と書いたのだった。それからトットは次に、「親切」と書き、「友達がそういいます」と書き加えた。（受かりたい一心から自分をよく見せようと書くのはよくないけど、やっぱり、正直にいいと思ってることは書くべきだ）そこで、次に、

「いつも機嫌《きげん》が良くて、食欲もある」と書いたら、もう書くことがなくなった。考えてみると、これまで自分の長所なんて深く考えてみたことがないことに気がついた。「明朗」だとか、「嘘《うそ》をつかない」なんて、あまりにも幼稚《ようち》っぽい……。消しゴムで消したり書いたりしているうちに、とうとう紙が少し破けてしまった。この頃になると、あっちでもこっちでも、ガタガタガタガタ、答案用紙を提出するために立ち上る音が凄《すご》くなった。右隣《みぎどな》りの男の人は、気の毒そうにトットを見ると、「じゃ……」といって、立ち上って出て行った。（いい人なんだなあー）と、トットは気を使わしたことを気の毒に思った。（とにかく、短所を書いちゃおう。そして、短所のように一見、

みえるけど、よく読むと、長所とつながるようなことにしよう）
短所・大喰《おおぐ》い
まっ先に、こう書いちゃったものの、（俳優になるのに大喰いなんて、まずいかな？）と思ったけど、一応そのままにして、次に、
「散らかす」と書いた。これは家族の中で有名なことだったから、やはり書いといたほうが気が済むように思えた。それから、
「就職が決まっていない」と、少し小さい字で書いた。気がついてみると、長所につながる、逆説的なところは全くなく、短所そのものだった。そしてトットは、最後に、御丁寧《ごていねい》に、こんなことまで書いたのだった。
「私は楽天的なせいか、いろんなこと、すぐ忘れてしまいます。母は時々、私に、〝ちょっと参考のために聞いておきたいんだけど。さっきあなた、自分で、『失敗した』とかいって、ワァワァ泣いてたわね。でも、いま、そうやって、ゲラゲラ笑って、オセンベをボリボリ音をたてて、たべてるでしょう？　少しは、さっきの泣いたこと、どっかに残ってる？〟と聞きます。そんなとき考えてみると、私は、さっきのことすっかり忘れています。反省とか悩《なや》みをすぐ忘れるのですから、これも短所と思います」
時間がきた。せきたてられるようにトットが立ち上ったとき、もう大きな階段教室

はガランとして、ほとんど人は残っていなかった。

恋人《こいびと》からの手紙

ＮＨＫの内玄関の外に立てられた合格者発表用の木の立看板は、最初のときとくらべると、随分《ずいぶん》小さくなっていた。トットの五千六百五十五番という受験番号が、本当とは思えないくらいだった。第二次の筆記試験を受けた人が五百人という話で、それから更《さら》に少なくなったわけだから。それにしても、到底《とうてい》ダメと思っていた、あの筆記試験に受かった、とわかったときの驚《おどろ》きといったらなかった。（やっぱり、長所と短所を正直に書いたのが、よかったのだ）と、トットは勝手に決めていた。

今日は、パントマイムの試験だった。二度と同じあやまちをくり返さないため、トットは、今日の試験場がＮＨＫであることを、合格発表のとき、確かめてあった。

今日の試験から、ママに報告したので、心は少し罪の意識から解放されていた。二次の試験が通った、とわかったとき、トットはもう黙《だま》ってはいられなくなった。（うれしい）というより、これから先、どうしたものか恐《おそ》ろしくなってきたからだった。

「NHKの専属俳優の試験を受けている」

と、トットが打ち明けると、ママはいった。

「そうでしょう。なんか、やってると思ったわ」

それからトットは、パパには、反対されるから当分の間、秘密にしてほしいこと、ママも知ってるように、自分がお母さんになったとき、上手に絵本や童話を読んでやれる人になりたいので、NHKだったら、それを教えてくれると思うので受けたのだとも話した。ママは、よくわかってくれた。

「若いうちよ。なんでも、やってみるのがいいのよ」そんなわけで、トットは少し気分が楽になってNHKに着いたのだった。

着いたものの、パントマイムがどういうものか、わからなかった。しかも、人数が減ったとはいっても、まだまだ女の人は沢山《たくさん》いた。そして、廊下《ろうか》や待合室で、それぞれ夢中《むちゆう》になって演技のことを喋《しやべ》り合ったり、反対に頭をかかえて、うずくまって考えたりしていた。トットは、教えてくれそうな人を探して廊下をウロウロした。一階から二階へ上る階段の手すりのところに、プロ的な身のこなしで、一人で練習してる女の人を見つけたので、トットはそばに近よってみた。その人は丁度、練習をやり終って、一人で満足気に、こういったところだった。

「まあ、こんなとこじゃないの」

トットはおずおずと聞いた。

「あの、パントマイムって、どんなこと、やるんですか？」その人は、こなれてる調子でいった。「ああ、セリフをいわないで、体の動かしかたと表情で、表現するのね。筋書、もらったでしょ？　自分で創作するの。カンタンよ」

（カンタン？）トットは手の中の紙を見た。カンタンどころか、こんな難かしいこと、生まれてから見たことも聞いたこともなかった。筋書はこうだった。

「あなたの恋人から手紙が来ました。あなたはワクワクして、早く、その手紙を読もうとします。でも、まわりに人がいるので、誰《だれ》もいない部屋に行って読むことにしました。さあ誰もいない部屋に来ました。手紙を読み始めます。最初はうれしいことが書いてありますが、読むうちに、段々、それが別れを告げる手紙だとわかります。絶望！　嘆《なげ》くあなた」……こんな一本の映画が作れるくらい物凄《ものすご》い分量と内容。それを笑ったり、泣いたりして、赤の他人の前で演《や》って見せようというのだから、俳優という職業も変ってるといえば変ってる、見るほうも御苦労《ごくろう》なことに違《ちが》いない、とトットは思った。

この日もセリフの試験と同じように、五人ずつ部屋に入って、順番に試験官の前でやる、という方法だった。トットたちの十分くらい前にやった女の人が、「別れの手紙だ」とわかった途端《とたん》、悲嘆《ひたん》にくれるあまりの演技で、試験官の机の上にあった一輪《いちりん》挿《ざ》しの赤いカーネーションをムシャムシャ喰《た》べちゃった、というニュースが、廊下で待ってたトットたちのところに伝わってきていた。部屋に入ると、本当に、机の上のカーネーションは茎《くき》しかなかった。どう悲嘆にくれても、

（カーネーションは喰べないわ）と、トットは思った。ただ、人と違うことをやって見せようとする女優さんの気持は、わかるような気がした。五人が入って横に一列に並《なら》ぶと、男の試験官の一人がいった。少し東北ナマリが入っていたけど、やさしそうな声だった。

「スカート、ちょっと、まくってね、足、足、見せてね。膝《ひざ》まで」

突然《とつぜん》のことにびっくりしたトットは、（まるで、ミス・ユニヴァースみたい）といいたかったけど、生意気と思われそうなのでやめた。

それにしても、トットは例によって一張羅《いっちょうら》のパラシュート・スカートだけど、ペチコートをはいていたから、まくっても、まだ恰好《かっこう》がよかった。でも、トットの右横の人は袴《はかま》に着物だったので、モジモジした。東北弁の先生はもう一度いった。

「恥《はず》かしがらないで。はい、ちょっと」

草履《ぞうり》と足袋《たび》と、すねが、チラリと見えた。

「はい、結構ですよ」

今なら水着かもしれないけど、当時はこんなものだった。パントマイムが始まった。一人がやってる間、他《ほか》の人は、邪魔《じゃま》にならないように、壁《かべ》にくっついて見ているのだった。トットの番になった。うまくいくわけはなかった。それでもトットは、女事務員が会社で受けとった手紙というつもりで一生懸命《いっしょうけんめい》やった。人がいるところではわざとゆっくり歩き、誰も見ていないとわかったとき、猛《もう》スピードで走って、空《あ》いてる部屋にとびこむんじゃないかと想像して、トットは走った。丁度、試験官の机の前あたりを空き部屋と決めて、走りこんだ。部屋にとびこんだとき、木の床《ゆか》に靴《くつ》がすべった。両足が左右にどんどん拡《ひろ》がって、床にペタンとくっつき、丁度、フレンチカンカンのグラン・テカール（大股《おおまた》びらき）の形で止まった。試験官は、セリフのときのように、のけぞっては笑わなかったけど、我慢《がまん》できないように、口々にアハハハハと笑った。トットは、どうしようもないので、そのままの形で手紙を読み、床の上にいるのを幸い、まるまった形で嘆き、絶望し、終った。

東北弁の先生は、救うようにいってくれた。

「大丈夫《だいじょうぶ》？　怪我《けが》はしなかった？」

それでも、このパントマイムの試験、その次の第四次の歌の試験と、信じられないままパスして、トットは、とうとう最後の面接までこぎつけた。

もっとも歌の試験も、すんなりいった訳ではなかった。ラジオのスタジオのマイクの前で、渡《わた》された音階的のものを歌ったら、終ると同時に、おじさん風の試験官の人が、ゾロゾロ、ガラスのむこうの調整室から出て来て、トットにこう聞いた。

「この、あなたの履歴書《りれきしょ》に、音楽学校の声楽科ってあるけど、間違いないのね？」

でも、放送に出たい、というような憧《あこが》れも希望も持っていない人間の強みは、気軽なことだった。今度こそ落ちるかも知れない、と思いながらも、試験場や待ってる間の、いろいろな出来事がいちいち目新らしく、心たのしく感動的だった。友達《ともだち》は出来なかった。今日一緒《いっしょ》になってドキドキした仲間を、次の試験のとき発見することはなかった。毎回、知らない人と隣《とな》り合せになった。受験番号が何百番も離《はな》れている同士が、次のとき、隣り合せになることで、その間の何百人もの人が落ちたのだとわかった。みんな口々に「あなた何番？」と聞きあい、「もう、私、これで落ちるわ」と、必ずいった。

面接

　これまでの他の試験場にくらべて、落ち着いた部屋だった。いつもより試験官が多く、八人くらいが、まん中の受験者用の椅子《いす》を囲むように並《なら》べられた机のむこうに、すわっていた。廊下《ろうか》に出された折りたたみ式のイスにすわって順番を待ってるとき、腕章《わんしょう》をつけた係りの若い男の人が、トットの三人くらい先の女の人に、親切そうな声でいってるのが聞こえた。「あんまり緊張《きんちょう》しないほうが、いいですよ」トットがのぞくと、黒いスーツの胸に赤い造花をつけた、その女の人は下をむいたまま、うなずいた。耳が真赤《まっか》だった。その係りの人は、トットの前を通ったとき、何もいってくれなかった。トットは少しつまらなかった。

　いよいよ番が来て、トットはまん中の椅子に座《すわ》った。いままでの試験官とは違《ちが》った、するどい声の人が加わっていて、矢つぎばやの質問が八方から飛んだ。

「煙草《たばこ》、吸いますか?」「いいえ」

「酒は?」「飲みません」

「演劇の経験は、ないんだね」「はい」

「この受験用の、君の写真に写ってる自動車は君の？」「違います。私んじゃありません。でも、折角、新らしいオーバー作ってもらったんで、色はエンジなんですけど、で、知らない人の車だけど、その前で撮《と》ったら恰好《かっこう》いいと思ったんで。従兄《いとこ》に撮ってもらいました」

「ピアノ弾《ひ》けます？」「少し」

そのとき、眼鏡をかけた、一番中心のところにすわってた男の人が、机の上の紙をのぞきこみながら、いった。

「君、黒柳って、これヴァイオリンの黒柳さんと関係あるの？」「え?!」

履歴書《りれきしょ》の父の欄《らん》に、パパの名前を書かないで出したのだった。（どうしよう。嘘《うそ》はいえない）

仕方なく、トットはいった。「父です」

へーえという声が、試験官の中から聞こえた。

「そう、で、お父さんには相談したの？　この試験、受けること」（万事休《ばんじきゅう》す！）

「あの……してません」

「どうして？」

「だって相談したら、そんな、みっ、、、、ともないこと、、、、しちゃいけない、っていうに決まって……あーあ」

口を押《お》さえたけど、遅《おそ》かった。

だます人

（なんということを！）トットは、この瞬間《しゅんかん》、部屋の天井《てんじょう》が自分の頭の上に落ちて来て、自分をペタンコにしてくれればいいのに、と強く願った。でも、天井は落ちて来なかった。少なくとも、これから入れてもらおう、としているＮＨＫのことを、「父に相談したら、そんな、みっ、、、、ともないこと、、、、しちゃいけない、っていうに決まってますから、だまって受けました」なんて……。

（なんで、いっちゃったのかなあ）

短かく息苦しい時間のあとに、トットは、必死でこういった。

「でも、父はそういうかも知れませんけど、私は、入れて頂きたい、と思っています」

試験官が、自分にもだけど、パパに悪い感情を持つに違《ちが》いないということが恐《おそ》ろしかった。でも有難《ありがた》いことに、試験官は、敵意を持ったようには見えなかった。眼鏡をかけた中心の男の人が、眼鏡をはずすとまた聞いた。

「お父さんは、俳優になるのに反対なのかい」

トットは、今度こそ上手に答えなくてはと、心を静めて、いおうとした。

「反対かどうかは、相談してませんから、わかりませんけど……」

「じゃ、どういうんだい？」と、また、その人がたたみかけるように聞いた。トットは入れて頂くような、うまいことを答えなくちゃ、と思いながらも、こうなると本当のことしか、口からは出て来ないのだった。次の瞬間、トットはとても早口に、こういってしまった。

「こういう世界は、いろんな、だます人がいるからって……」

なんとなく、部屋の中がシーンとしたようだった。それから試験官のみんなは、第一次の試験のときのように、のけぞって笑った。東北弁の男の人がいった。

「はい。これで、いいですよ。終りました。ありがとう」

トットは、力がぬけたように立ち上った。さっきまでの、生き生きとした、闘争的《とうそう》な、スリル満点！　という気持は、すっかり消えていた。（もう、ダメ。全部、終った！）という悲しい気持だった。でも、ここまでだって、残るなんて思ってもいなかったんだもの。考えれば奇蹟《きせき》に近かった。

トットは立ち上ると、心からの感謝をこめて、おじぎをしてからいった。

「有難うございました。失礼なこと申し上げちゃって、本当に、御免《ごめん》なさい。ここまで残して下さって、とっても嬉《うれ》しかったです」

本当に、これまでつきあってくれた大人の人達《ひとたち》に、申しわけない、という気持で一杯《いっぱい》だった。トットは静かに部屋を出た。

芸能の世界や、音楽の世界に、自分の娘《むすめ》を入れたくない、という強い気持がパパにあったことを、トットはわかり過ぎるほどわかっていた。パパは絶対に、といっていいくらい、人の噂《うわさ》をしない人だけど、あるとき、自分が息子《むすこ》のように可愛《かわい》がってもらった山田耕筰《やまだこうさく》先生の家に、トットが一人でお使いに行くとき、こういった。

「誘惑《ゆうわく》されないように、気をつけてね」

当時、トットはまだ十八歳《さい》くらいで、山田耕筰先生はもう六十五歳になっていた。それでも、パパは心配した。そして、たしかに、山田耕筰先生は、

「そこに立ってごらん」といって、窓ぎわの光の射《さ》すところにトットを立たせ、自分は少し後に下《さ》がって、離《はな》れたところから、じーっと、トットの全体を見て、聞いた。

「いくつになったの？」

トットが、「十八」と答えると、

「いいねえ」といった。そして、もう一度、

「いいねえ、若くて」と、いった。暗い空間を背景に、先生の特徴《とくちょう》のある頭に斜《なな》めの光線が当っていた。

トットは、なんとなく、この日のことをパパには報告しなかった。

そういうことから、トットは、NHKだってパパが心配するに違いない、と思っていたのだった。

そんなわけで、あのとき、「みっともないこと」っていわなかったにしても、やっぱり、似たようなことを言ってしまったに違いないもの、（仕方ないわ）とトットは、後悔《こうかい》から、あきらめに変った気持で新橋の駅まで歩いていった。家に帰るとトットは、ママに、ひとこと報告した。

「ダメだったみたい」

ママは「そう」といっただけだった。NHKの廊下《ろうか》で待っていたときから、数時間しか経《た》っていないのに、もう、はるか昔《むかし》のことのように思えた。廊下の折りたたみ式のイスに並《なら》んですわっていた、仲間のように感じた人達も、遠い人になった。

小さい靴《くつ》

ところが次の日のことだった。トットが、夕方、少し遅《おそ》く学校から帰って自分の部屋にいると、すぐママがノックして入って来た。ママの面白《おもしろ》いところは、用事の内容によってだけど、母親というよりは寄宿舎の同級生が、秘密の話をしに忍《しの》びこんで来るみたいに、スルリと入って来ることだった。ママは声をひそめると、いった。

「大変！」

トットは、わけがわからずに聞いた。

「何が？」

ママは順序よく説明した。

「今日、ＮＨＫの偉《えら》いかたが、家に見えたのよ。それで、試験の結果、お宅のお嬢《じょう》さんを、是非、入れたいと思ってるけど、お父さまが反対らしいので、お気持を伺《うかが》いに来ました、って、おっしゃって……」

トットは呆然《ぼうぜん》と、部屋のまん中に立っていた。（ＮＨＫの偉いかたが、家に見えた……って?）ママは続けた。

「いい工合《ぐあい》に、パパが仕事から帰って来るのが遅くって、いなかったの。だから、〝折角、そんなに大変なところに入れて頂けるんでしたら、主人には、私からよく話しますので、よろしくおねがいします〟って申し上げたんだけど。あなたは、入れて頂きたいんでしょ?」

「それはそうだけど……。で、パパは?」

トットは、ためらいがちに聞いた。ママはますます、秘密を打ちあける同級生、という風な感じで、うれしそうにいった。

「そこは、ほら、例の、ママの上手な言いかたで、うまくやったわよ。パパって、いきなり頭から何かいうと、怒《おこ》ったり、傷ついたりするじゃない。だから〝NHKの偉いかたが見えて、こんな難関を突破《とっぱ》するくらいの才能がおありになるんだから、ぜひ許してほしい、って、おっしゃったのよ〟って……」

「へーえ、才能があるって?」と、トットは胸がふるえてくるような、うれしさで、聞いた。ママは少し考えてから、いった。

「とにかく、パパにはそういう風に説明したほうがいいから、そう言ったんだけど、NHKのかたが、そうおっしゃったかどうか。まあ、そんなようなことはおっしゃったけど……」

トットは少しがっかりしたけど、とにかく、思いがけない合格の知らせが、だんだん、本当なのだとわかって来た。

ママは続けた。

「それで、パパも、〝そんなら、やってみるといいね〟って！」

「わーい」とは、いわなかったけど、字にすると、そうなるくらい、トットは感激《かんげき》した。ママはトットにいった。

「よかったわね。おめでとう。それはそうと、そのＮＨＫの偉いかた、文芸部長の吉川義雄さんて、おっしゃるんだけど、とても小さい靴のかたでね。靴を揃《そろ》えるとき、びっくりしたの」ママは、体のがっしりとした、立派なかたが、ああいう小さい靴をはいてらっしゃるとは思えなかった、とくり返した。そのことが、ママには強い印象として、残ったようだった。トットは、合格と、パパの許可が出た、という二重の喜びで、小さい靴のことは忘れていた。

そのことを思い出したのは、後に、テレビ発展途上《とじょう》の最も華《はな》やかで、また難かしいことが沢山《たくさん》あった時代に、芸能局長となった吉川義雄さんが、〝旦那《だんな》〟という渾名《あだな》で、泣く子もだまる豪快《ごうかい》な人といわれながら、実は繊細《せんさい》で、心やさしい人、とトットにわかった時だった。でもトットは、靴のことは忘れても、将来どうなるかは勿論《もちろん》、なにがなんだかさっぱりわからない、ケサランパサランみたいな小娘《こむすめ》の意志を尊重するために、吉川さんがわざわざ家まで訪ねて来て下さったことは、絶対に、忘れなかった。

プロとアマ

トットが一張羅《いっちょうら》のオレンジ色のパラシュート・スカートに白のブラウス、という恰《かっ》好《こう》で、「合格者集合室」という貼《は》り紙のドアを開けて、恐《おそ》る恐るのぞくと、すでにかなりの男女が来ていた。あまり広くない会議室のような部屋だった。みんな、どこにすわっていいかわからない、という感じで、立ったり、机に腰《こし》かけたりしながら、二人とか三人とかのグループになって話をしていた。トットは、長いこと知りたいと思っていたこと、つまり（NHKの広告の、〝若干名《じゃっかんめい》〟って、何名なのか？）が、いよいよ今日、はっきりすると思うと、うれしくなった。トットは念のために、そーっと数えてみた。

「一人、二人、三人……」いまのところ、二十六人だった。ドアが開いて、女の人が入って来た。「二十七人……」今度は男の人が走って入って来た。「二十八人……」

（若干名は、二十八人か。ふーん）

数えるとき、ざっと見た感じでは、なんとまあ奇麗《きれい》な人ばかりだった。年齢《ねんれい》はバラバラだった。トットのような大学生くらいの人もいれば、高校生のような男の子もいたし、もう見るからに「女優」とわかる女の人も何人かいた。男の人の中には、会社員みたいに見える人もいた。（誰《だれ》か、顔見知りの人が居ないかなあ……）と、少し心細い気持で、トットがキョロキョロし始めたとき、前のほうのドアが開いて、中年の男の人が、書類を手にして入って来た。みんなはザワザワと立ち上り、その人のほうをむいた。その人は書類をテーブルの上に置くと、事務的な感じで言った。

「着席して下さい。私は庶務《しょむ》のものです。みなさんに今後の方針をお伝えします。これから三ヶ月の養成期間を持ちまして、そこで最終審査《しんさ》が行われることは御存知《ごぞんじ》ですね」

（えーっ!!）トットは、とび上った。

この上、まだ試験があるなんて、全然知らなかった。もうこれで全部終って合格だと思っていた。トットだけが、このことをどこかで聞き洩《も》らしたことは、他《ほか》の人達《ひとたち》が「えーっ!!」ともいわないいし、静かに聞いてることで、明らかだった。若干名は、二十八名ではなかった。それは、これから三ヶ月後に残った人の数《かず》だとわかった。庶務の人は続けた。

「そして、その三ヶ月間の、まあ、第一次養成が終りまして、残ったかたが、ひきつづき四月から来年の三月末までの一年間、第二次養成を受けまして、来年、昭和二十九年の四月から、NHK放送劇団の第五期生、つまりNHKの専属になって頂くわけです。では、来週からの時間割の紙を渡《わた》します」

これで説明は終りだった。みんなは時間割の紙をもらいに、前まで立って行った。トットもいそいで、机の間をぬって、庶務というところの人から紙をもらった。細かい、いろいろな授業の時間割や、授業を受ける「スタジオ」だとか「本読室《ほんよみ》」といった場所が書いてあった。そのとき、トットは、すぐ近くで、他の二人の女の人と話をしている黒いスーツに赤いバラの花をつけた女の人に気がついた。「あっ、あの人だ！」面接の日、廊下《ろうか》で待っていたとき、係りの男の人から、

「あんまり緊張《きんちよう》しないほうが、いいですよ」と親切そうに注意され、気弱そうに、耳を真赤《まつか》にして、下をむいたまま、うなずいた人だった。トットは、その人の耳を見た。今日は赤くなかった。トットは、

「私、あなたのこと、おぼえてるわ」といおうとして近づいた。その時、耳が赤かっ

た人が、こんなことを言ってるのが聞こえた。威勢《いせい》のいいカラリとした声だった。

「私、いまは演出のほうやってるの。最近演出したのはね、〝はまちどり〟って芝《しば》居《い》！」

トットは、びっくりした。面接のときとは、別人のようだった。顔も、色が白くて、奇麗だった。(わあー、人ってわからないもんだ)耳が赤かった人の前の、小柄《こがら》だけどグラマーな女の人が、少し甘《あま》ったれた口調でいった。

「じゃ、私の芝居、見て下さったのね」

耳が赤かった人はいった。

「そう。だから、あなたをさっき一目見たとき、〝あ、あのとき出た人！〟って、すぐわかったわ。あなた、凄《すご》くよかった」

もう一人の大柄の、ほっぺたのピカピカした女の人が、ハンカチを握《にぎ》りしめていった。

「だから、あの高校の学生コンクールのとき、私たち、知らなかったけど、みんな同じところに居たわけね。おかしいわねえ」若々しく、三人は声をあげて笑った。うれしそうに。トットは、うらやましく思った。

(みんな同じところに居た、っていったけど、私は、居なかった)それに、耳が赤かった人が、どうやら、監督《かんとく》、というような、凄い能力のあることをやった人らしいとわかったことは、大ショックだった。そして、他の二人も、プロの俳優に違《ちが》いない、とトットは判断した。大人の目で見れば、高校演劇をやっていた、ということは、それほどのキャリアではないけれど、全く経験のないトットにすれば、もう自分とはプロとアマの違いがある、と思ってしまった。トットは、耳の赤かった人に「あなたのこと、おぼえているわ」といいそびれたので、そこを離《はな》れた。そして、まだ、あっちこっちで話してる人の間を、なんとなく偵察《ていさつ》して歩いてみることにした。

一見して女優とわかるお化粧《けしよう》に、胸をぐーっと開《あ》けた赤いドレスの人が、ハンサムな大人の感じの男の人と話していた。二人の立ったポーズもさまになっていた。女の人がいった。

「あなたの映画、見たわ」

ハンサムな男の人が、髪《かみ》をかき上げながらいった。

「そうですか。あなた、大映ですか……」

男の人に珍《めず》らしく、えくぼがあった。

トットは、ますますユーウツになった。とにかく、これから三ヶ月間、今日集まった美しいプロの人達と、一緒《いつしよ》にやって行かなくちゃならないことが決まった。

夕方、台所にいたママは、帰って来たトットが玄関《げんかん》を開けるなり、

「もう、奇麗な人ばっかり。どうすればいいの?」というのを聞いた。

女座長

芝居《しばい》の経験がないことですっかり溜息《ためいき》をついたトットだが、運命によっては、旅まわりの女座長になっていたかも知れなかった。それは、戦争中、トットが疎開《そかい》をしていた、青森県三戸《さんのへ》郡諏訪《すわ》ノ平《たいら》というところでの出来ごとだった。戦争が終った次の年だった。

春の雪どけで川が氾濫《はんらん》し、鉄橋が落ちて、東北本線が不通になった。そんなわけで、もっと大きな町に行く予定の旅まわりの一座が、やむなく諏訪ノ平に途中下車《とちゆうげしや》した。当時、諏訪ノ平は小さな村で、芝居小屋はなかった。大急ぎで、駅前の野菜市場が小屋になり、急ごしらえの低い舞台《ぶたい》が出来た。お客は地面にむしろを敷《し》いてすわった。誰《だれ》もが興奮していた。

もと宝塚の男役出身という女の人が座長で、「雪之丞変化《ゆきのじようへんげ》」をやった。八人くらいの小劇団だった。トットは雪之丞変化より、前座のアコーディオンの、少し小肥《こぶと》りの小父《おじ》さんの歌が気に入った。茶色と白のコンビの靴《くつ》をはいた小父さんは歌った。

〽花咲《はなさ》き花散る宵《よい》も、銀座の柳《やなぎ》の下で、待つは　君ひとり、君ひとり……

「東京ラプソディー」だった。トットは銀座を知っていた。（小さいとき、パパに連れてってもらった！）そのとき初めて、東京に、ホームシックを感じた。それまで、そんなに帰りたいとも思わず、諏訪ノ平の生活が楽しいと思っていたのに……。土地の中学生の友達《ともだち》と、むしろの一番前にすわって、トットは涙《なみだ》をこらえるのに一生懸命《いっしょうけんめい》だった。もし、涙を友達に見られたら、こんなに親切にしてくれるみんなを、裏切るような気がしたからだった。鉄橋はなかなか回復せず、コンビの靴の小父さんは毎日〽花咲き花散る……を歌い、トットは毎日、むしろの一番前にすわって涙をこらえ、みんなと一緒《いっしょ》に拍手《はくしゅ》した。

　そんなある日、トットが学校から帰ると、珍らしく家にお客さんが見えていた。薄《うす》暗《ぐら》い電球の下、ママが困惑《こんわく》したような顔で、すわっていた。よく見ると、お客さんの一人は、あの茶色と白のコンビの靴の小父さんだった。もう一人は、やせた中年の女の人だったけど、トットには、その人が誰か、わからなかった。わからないのも道理で、その人はお化粧《けしょう》をしていない、素顔《すがお》の女座長さんだった。真白く顔を塗《ぬ》って、目をつり上げ、かつらをかぶり、男の人になってチャンバラをしてるとこしか見ていないトットには、見当がつかなかったのだった。

ママはトットを見ると、(助かった）という風な感じで、いった。

「こちらの座長さんが、あなたに一座へ入ってほしい、っておっしゃるの」

(私に？　入って、何をするの？）トットには、なんのことか理解できなかった。

女座長さんの説明によると、こうだった。

「毎日、あなたが一番前で見てらっしゃるのを、私たちは舞台から見ていまして、ぜひ一座に加わって頂きたい、と思ったわけです。そして、お母さま！　必ず、いつか座長にしてお返しにあがります。おねがいします」

いつも、さっそうとチャンバラをやる女座長さんが、ママに深々とおじぎをした。トットは、(そうだなあー。面白《おもしろ》いかなあー）と考えた。でも、反面、(ママや、弟や妹と別れて、どこか遠いところに一人で行ってしまうのは、悲しい）とも思った。ママは、トットに聞いた。

「どうする？」どんなときでも、子供の意志を優先させるママだった。トットは、(やっぱり、行かない！）と決めた。

〝面白そう〟なのと、〝みんなと別れる〟のを較《くら》べたら、別れるのが、いやだ。トットは、悪いなあ、と思ったけど、

「行きません」と、はっきりいった。ママも、

「まだ中学生ですし、主人も、シベリアの捕虜《ほりよ》になって、まだ帰ってまいりませんが、相談もいたしませんと」と、いった。

女座長さんと、コンビの靴の小父さんは、それでも、しばらく勧誘《かんゆう》を続けたが、あきらめて帰って行った。

そして、そのうち鉄橋も直り、一座は大きい町に出発してしまった。野菜市場の舞台も取りこわされた。トットも、すっかり、このことを忘れてしまっていた。

もし、NHKの合格集合日に、この話を思い出していたら、

「私ね、もしかすると、女座長になっていたかも知れないのよ」と、みんなみたいに、プロらしく、誰かと話が出来たかも知れなかった。

担任の先生

NHKの第一次養成が始まった。

六千人の中からやっと二十八人が残り、やれやれと思ったのも、つかの間、あと三

ヶ月間の第一次養成が終ったところで本当の採用者……トットが知りたがってる「若干名《じゃっかんめい》」が決定するのだ、とわかった。トットは落ち着かない気分と同時に、この、テレビのための養成という、思ってもみなかった新らしい事態にワクワクしていた。また、このとき、NHKも、テレビの放送開始を目の前にして活気に溢《あふ》れていた。

養成は夕方から始まった。これはNHKの配慮《はいりよ》で、もし昼間からやるとなると、いま行ってる学校とか会社をやめなければならない人も出てくるだろうし、また、もしやめても、三ヶ月後に採用されるとは限らない。いまの生活を変えずに、養成を受けられるように、ということで、音楽学校に行ってるトットにも有難《ありがた》いことだった。

時間は、毎日夕方の六時に始まり、終るのが九時だった。土曜日が休みで、そのかわり、日曜日は朝十時から午後三時まで、たっぷりだった。NHKの中の本読室や会議室が教室になった。交通費が、それぞれの住居《すまい》の駅から新橋まで支払《しはら》われた。

始業式の日、庶務《しょむ》の人が、お爺《じい》さんを連れて来た。その人は、毛のない頭に、茶色の毛糸の正《しょう》ちゃん帽《ぼう》をかぶり、ベッコウの丸い眼鏡をかけ、焦茶色《こげちゃいろ》のカーディガンを着ていた。顔の色は白く、ピンクの頬《ほお》をしていた。それまで見ていた、ネクタイに黒っぽいスーツという、NHKの人とは違《ちが》っていた。歩きかたや動作に、とても特徴《とくちょう》がある、とトットは思った。その人は腰《こし》をかがめて、部屋に入って来た。そしてトット達《たち》をチラリと見ると、はにかんだように、入口の近くに立ち止まった。もっと進むのかと思ったら、急に止まったので、ひどく中途半端《ちゅうとはんぱ》な感じだった。庶務の人が、みんなにいった。

「このかたが、みなさんに朗読や物語を教えて下さる、大岡龍男《おおおかたつお》さんです。そして、まあ、みなさんの担任の先生というか、面倒《めんどう》を見て下さるかたです」

その大岡さんというお爺さんは、紹介《しょうかい》されると、体を半身《はんみ》にした不思議な歩きかたをして、みんなの前に進み、また、中途半端な場所に止まった。それから手の甲《こう》で口をかくすようにして、少し照れたみたいな笑いをしてから、こういった。トットがこれまで聞いたことのない、丁寧《ていねい》な言葉だった。

「担任の先生なんて、そんなんじゃ、ございません。みなさまの、小使い……とでも思って頂けば、よろしいんで。それにしても、みなさま、ここまでお残りになるの、大変でございましたねえ。ほほほヽヽヽ」

ふっくらとした、やわらかそうな手の甲で口をかくしたまま、しゃべる、そんな風だった。トットは、今まで逢《あ》った、どの人とも違うタイプの、この老人がおかしくもあり、どんな人なのだろうか、と知りたくもあった。この人が、高浜虚子《たかはまきよし》の門下であり、「ホトトギス」派の写生文では一家をなしている大変な作家である、と、トットにわかったのは何十年も経《た》った、ずーっと後《あと》になってからのことだった。そんなことは、全くわかっていないトットだけど、この最初の挨拶《あいさつ》のときの印象を、いつまでも忘れなかった。そして、このあと直面する大人の社会の中で、トットが七転八倒を始めたとき、最初に、やさしく口をきいてくれ、トットを理解してくれようとしたのが、この大岡老人だった。

養成の内容は、「演劇・放送劇を中心とする」という約束《やくそく》通りだった。

大岡先生のほかに、セリフは、当時の演劇課長であり、ラジオの演出家でもあった中川忠彦《ただひこ》さんが先生だった。中川さんはハンサムで、「海老《えび》さま」という渾名《あだな》だと誰《だれ》かが、トットに教えた。後の市川団十郎、その頃《ころ》の海老蔵によく似ているからということだった。

動きの基礎《きそ》演技の先生は、あとでテレビの美術部長になった佐久間茂高《しげたか》さん――モコウさんと他《ほか》の先生方は呼んでいた。楽しい教えかたの先生だった。トットがうれしかったのは、タップ・ダンスと、バレエのレッスンもあったことだった。バレエは、小さいとき、すでに習い、そしてバレリーナになる夢《ゆめ》は捨てていたけど、タップ・ダンスは新らしい経験だった。日本のタップ・ダンスの草わけといわれ、日劇のスターだった荻野《おぎの》幸久先生が、手をとって教えてくれた。でも、トットはうれしかったけど、

ＮＨＫの裏玄関の壁のところで。この
ブーツは、当時としては流行の最先端。

すでに会社員だった男の人や、ふとった女の人は、タイツ姿になるのをいやがって、しばしば、もめた。声楽の時間もあった。先生は栗本正さん。芸能についての講義は、のちにＮＨＫの会長になった坂本朝一《ともかず》さんで、その頃は演芸課長だった。頭がよくて、〝カミソリ〟という渾名がある、とトットは知らされた。

そして、発声と音声生理の時間は颯田琴次《さつたことじ》さんが先生だった。この先生は東大の医学部の教授、芸大の教授で、また音楽評論家でもあった。そして、東大に音声障害科というのを作って、声楽家の治療《ちりよう》というのを日本で最初に始めた大先生だった。品のいい静かな先生だったけど、当時七十歳《さい》近くのお年にもかかわらず、毎回、熱心な授業だった。まだ、ＮＨＫに採用されるとも、俳優になるとも決まっていない人達を相手に、先生は、声とか、発声とか、それによる口の動きかた、などということを熱をこめて話し、また、ある時は質問もした。

「いい声を出そうとするために、変な顔になるのと、顔を奇麗《きれい》に見せるために、声を少し犠牲《ぎせい》にするのと、あなたならどちらを選びます？」いきなり聞かれて、トットは困った。これは、音楽学校で、散々見て来たことだった。いい声を出そうとして、アゴがはずれそうになって大騒《おおさわ》ぎをした先輩《せんぱい》を見たことがあったくらいだった。

「どっちもよくないと、ダメです！」とトットが答えると、

「そうね。でも難かしいことよ。お嬢《じょう》さん」と先生は、いった。

そう。お嬢さん、と呼ばれるくらい、全くの素人《しろうと》だったトット達に、このプロの先生方は、本当に一生懸命《いっしょうけんめい》、教えてくれた。骨惜《ほねお》しみをしないで、教えてくれた。さじを投げないで、教えてくれた。

五食《ごしょく》

こういう中で、トットが気に入ったものの一つに、五食があった。これはＮＨＫの五階にある食堂のことで、ＮＨＫの人が短かく、「ゴショク」と呼んでいるところだった。トットは、随分《ずいぶん》長いこと、放送界では、オショクジのことをゴショクというのだ、と信じていた。というのも、最初にさそってくれた人が「お腹空《なかす》いたから、ゴショクに行かない？」といったからだった。とにかく、五食には、Ａ定食・Ｂ定食・Ｃ定食とカレーなどがあった。音楽学校の売店の、コロッケや、メンチボールのはさまったパンが唯一《ゆいいつ》の外食のメニューだったトットにとって、〝おでん〟だとか〝サバの煮《に》つけ〟とか〝アジのフライ〟などといった定食は、社会人になったような気分を味わわせてくれた。

　トットは毎日、学校が終ると、走ってNHKの五食に行き、財布《さいふ》の中味と相談をしながら何かを喰《た》べる。その時間に五食に行けば、必ず、養成を受けてる仲間に逢《あ》えた。将来、NHKの女優になることより、友達《ともだち》と一緒《いっしょ》に話をしながら、にぎやかに五食で喰べてるとき、トットは、なんだか、とても充実《じゅうじつ》しているように思えた。自由にも思えた。

　まわりのNHKの男の人の中には、局に来てから、靴《くつ》と履《は》きかえたサンダルを、ズルズル引きずるようにさせて歩いて、五食に入って来て、定食の見本《サンプル》の並《なら》んだガラスケースを見て、「また、アジか！」とかいって、お金を投げ出すようにして食券を買い、テーブルにすわると、お茶をついで、つまらなそうにしている人もいた。大きなマスクをして、寒そうにすわってる人もいた。また、やはり五階にある、売店の薬局から胃薬を買って来て、御飯《ごはん》の前に、のんでる人もいた。でも、トットは、何を見ても、面白《おもしろ》く、興味があり、うれしかった。その五食の食券売り場の横に、小さな机を出して、一本五円でナイロンのストッキングの伝線病を直してる、おばさんがいた。その伝線してるところに、中から筒《つつ》をあてて、カギ針でしゃくっていくのだけど、その見事な手ぎわに感動して、トットは拍手《はくしゅ》した。

ある日、食堂に貼《は》り紙が出た。

「食堂内では、なるべく静かにして下さい」

これはトット達の騒《さわ》ぎを指《さ》していることは、あきらかだった。以来、ゴショクに行くとき、トットたちは出来るだけ、声をひそめ、静かにした。それでも、いつの間にか忘れて、「ここよ！」と友達を大声で呼んでしまったりして、口をおさえた。

営業妨害《えいぎょうぼうがい》

NHKの授業が九時に終ると、トット達《たち》は家へ帰るのに、新橋の駅まで歩いた。新橋の手前の志乃多寿司《しのだずし》の前に、毎晩、きれいな女の人がハンドバッグを持って、何人も立っていた。六時前にNHKに行く頃《ころ》はほとんどいないのに、帰る頃は、薄暗《うすぐら》いとこに、たいがい十人くらいいた。みんな背が高く、濃《こ》いお化粧《けしょう》をして、立ったり、ぶらぶら行ったり来たりしていた。洋服もスーツとかが多かったけど、中には、ワンピースにストールとか、カクテルドレス風の人もいた。ハイヒールのかかとが細くて高い時代なので、歩くと、みんな、コツコツと音がした。

それは、三ヶ月の養成の、丁度、まん中頃のことだった。相変らずトットは、一張《いっちょう》羅《ら》のオレンジ色の落下傘《パラシュート》スカートに、白のブラウスだった。それに、いとこが作ってくれた黒のビロードのチョッキを着ていた。そしてその晩、トットがとても自慢《じまん》だったのは、スカートの中に、ゴワゴワした白いナイロンのペチコートをはいていることだった。前から欲《ほ》しかったのが、昨日《きのう》やっと、ママの知り合いから手に入った。トットはうれしかった。うんと広がったスカート。これはトットが長いこと、夢《ゆめ》に見ていたものだった。体をゆすると、スカートもフワフワ揺《ゆ》れる。

授業が終って、いつものように、トット達は志乃多寿司の前まで来た。勿論《もちろん》、いつものように、奇麗《きれい》な女の人達がハンドバッグを持って立っていた。そのとき偶然《ぐうぜん》、トットは、地下鉄の風の来る穴の上を通りかかった。マリリン・モンローの、あの有名な、スカートをおさえるシーンがある映画「七年目の浮気《うわき》」は、まだ封切《ふうき》られていなかったけど、とにかく、丁度そのとき、地下鉄が下を通り、風が猛烈《もうれつ》に吹《ふ》いてトットのスカートがひろがった。パラシュート・スカート、というぐらいで、ほぼ円形に裁《た》ってあったから、実にうまく広がった。しかも、下の白のペチコートまで広がるから、トットは夢中《むちゅう》になった。まわりにいるのは、女の人ばかり。しかも、夜だし。トットはＮＨＫの女友達に、

「見て？　見て？」

　といっては、スカートがまくれるのを喜び、時には、後のほうでパンティーが見えるくらいになるのを手でおさえては、大笑いした。女友達の中にもフレアー・スカートをはいてる人がいたので、一列に並《なら》んでは、風が来ると、「キャー‼」といって大さわぎをした。それにしても、凄《すご》い風が下から吹いて来る穴があるものだった。それと、新橋のあたりはひんぱんに地下鉄が通るらしく、たて続けにスカートが広がる時もあり、トット達は飽《あ》きずにやっていた。そのときだった。物凄い声が、聞こえた。

「なに、いつまでもやってんだよ！　このガキ！　営業妨害だぞ！　この野郎《やろう》‼」

　一瞬《いっしゅん》、誰《だれ》が出した声だか、わからなかった。それは恐《おそ》ろしく、低い、男の人の声だった。でも、男の人の姿は見えなかった。トット達はスカートをおさえたまま、キョロキョロした。途端《とたん》、もう一度聞こえた。

「早く、そこをどきなよ！」

　トットが声の出た方角を見ると、それは、そこに立ってる女の人の、一人だった。赤い口紅の唇《くちびる》から出た声だった。トットは「キャ〜‼」というと駈《か》け出した。他《ほか》の女の子も、駈け出した。なんだかわからないけど、こわかった。新橋の駅の明るいところまで来て、みんなで顔を見合せ、「あー、おどろいた」と口々にいった。

次の日、五食で「ゆうべ、どんなに、びっくりしたか」という話をトット達がしていると、映画女優からNHKを受けた、仲間の女の人が、こともなげにいった。

「あら、あれ、オカマよ」

「オカマ？」

トット達の知らない言葉だった。今のように情報のない時代だったから、そういう人がいることを知らなかった。姐《あね》ご肌《はだ》の、その女優さんは、いろいろ説明してくれた。

「女装《じょそう》して、あそこで客が通るの、待ってんのよ。それなのに、あんた達が本当の女の子で、それがスカートまくって、お尻《しり》だしたりしてたら、そりゃ怒《おこ》るわよ。こわいわよ。本当は男なんだから……」

トット達は、驚《おどろ》くと同時に、興味を持った。

（男とは、絶対に見えない！）

その晩、トット達は手をつなぐと、地下鉄の穴の上を通らないように注意しながら、あまりキョロキョロしないようにして、志乃多寿司の前まで来た。今日のトット達の目的は、

（いつも女だと思っていたけど、本当は男だとすると、どんなに上手に変装してるのか、よく見てみよう）ということだった。

いつものように、おねえさん達は立っていた。トットは、昨日のことがあるので、少しこわいから、下をむき、上目使いに観察しようとしていた。ところが、昨日はいなかったけど、話だけトット達から聞いて、面白《おもしろ》そうだと一緒《いっしょ》について来た女の子は、無邪気《むじゃき》そうに、ジロジロ見た。瞬間、昨日と同じ凄味のある声が耳もとで聞こえた。

「なに、ジロジロ、見てんだよ！」

また「キャ〜!!」だった。

それ以来、トットは、志乃多寿司の手前で右に曲って、違《ちが》う道から帰ることにした。そうして、また十日くらい経《た》ったある晩、セリフの稽古《けいこ》が長びいたあとで、疲《つか》れ切ったトット達は、電車に乗る前に、何か甘《あま》いものを喰《た》べて帰ることにした。例の手前を右に曲って、すぐの左側に、おしる粉屋さんがあった。甘味屋さん的な装飾《そうしょく》の全くない、ガランとした小さな店だった。でも、みつ豆や、おしる粉、くず餅《もち》、ところてんなど、おいしくて安いので、たまにトット達は寄ることがあった。その晩も、五、六人でガヤガヤ入って、あれこれ注文し、テーブルの上に、それぞれのものが運ばれてきた時だった。ガラリと戸を開けて、大きな女の人が二人、入って来た。トットには一目で、それが、あの志乃多寿司の前の、こわいおねえさんだとわかり、身がすくむような思いがした。運の悪いことに、おねえさん達は、隣《とな》りのテーブルに席をとった。

みつ豆を手に、トットは「どうしようかなあー」と考えた。(逃《に》げるわけにも、いかないし)むかい側にすわってる友達も、すでに察知したらしく、トットと同じように頭をうなだれた形で、ところてんを、ズルズルと口に押《お》しこんでいた。おねえさん二人は、クリームあん蜜《みつ》と、磯辺《いそべ》巻《ま》きを注文すると、ハンドバッグから煙草《たばこ》を出して、吸い始めた。伏《ふ》し目にしてるトットの目のはしに、おねえさんの、とんがった赤いハイヒールの先が入ってきた。おねえさんが足を組んだので、トットのスカートのそばまで、そのハイヒールは来ているのだった。(とにかく、目を合わさないようにしよう)トットは必死に、下をむいたまま、みつ豆をたべた。そのとき、耳もとで、あの太い声がした。

「ねえ、お嬢《じょう》さんたち、いま帰るの?」

びっくりして顔をあげたトットに、濃いお化粧の顔が笑った。

「いつもより、遅《おそ》いんじゃないの?」

もう一人のおねえさんがいった。トットはあわてて、「ええ」といってから、いそいで、つけ足した。「今晩は!」

「今晩は!」と、おねえさん達は愛想よく答えた。そして煙草の煙《けむり》を、トット達にかからないように、壁《かべ》のほうに、ふーっと、はき出した。

次の晩から、トット達はもう廻《まわ》り道をしないで、前のように志乃多寿司の道を通って、新橋の駅まで歩いた。前と違うことは、立ってるおねえさん達に、「今晩は！」と声をかけることだった。おねえさん達も、「今晩は！」とか、「いいわねえ、もう帰れて！」とかいった。ある晩など、トットは、おねえさん達に「お先に！」といってしまい、あとから、（私も一緒に仕事をしてる人と、よその人に思われたわ、きっと）と、おかしく思ったりするくらい、親しくなった。

オカマ、という言葉を教えてくれた女優さんが、あるとき思い出したようにいった。「ねえ、あの晩、ほら、おしる粉屋さんで逢《あ》ったとき、あの二人、私達みんなが喰べてるとこ、じーっと見てたじゃない？　きっと、本当の女がどうやって喰べるのか、研究してたんだと思うわ」

トットは、（そうかも知れない）とも思った。でも、また、思いがけなく人の良さそうな表情の、あのおねえさん達が、頬杖《ほおづえ》をついて、煙草の煙をはき出していた姿を思い出すと、女の動作の研究というより、むしろ元気な女の子の若さを見て、自分たちの行き先きかなんかを考えていたのじゃないか、と思えた。おしる粉屋さんでトット達に話しかけたのも、あの晩、お客もつかまらず、もしかすると、寂《さび》しかったからなのかも知れない、とトットは思った。

ゼンマイ仕掛《じか》け

朗読の時間が終ったとき、大岡先生がトットを呼びとめた。よびとめた拍子《ひょうし》に、先生の靴《くつ》は床《ゆか》ですべって、三十センチほど横すべりして、止った。従って、先生の体も、三十センチ、思いがけない方向まで行って止った。どうやら、そんなことは、大岡先生は平気らしく、いつものように手の甲《こう》で口をかくすようにすると、いった。

「あなたの朗読ね、ゼンマイ仕掛けのお人形！　始めは、いきおいがいいけど、少しずつ、ゆっくりになっちゃって。で、アレアレと思ってると、また、突然《とつぜん》、急に早くなるんでございます。それが、あなたさまのリズムかとも存じますが。聞く人が、おどろきましょう？　どうしたものでしょうねえ、ゼンマイのほう」

トットは、なんと返事をしたらいいかわからなかった。自分の朗読が、そんな風だなんて考えてもみなかったし、また、どうしたら直るものやら、わからなかった。トットが困ったようにして立っていると、大岡先生は笑い声でいった。

「わたくしも、随分《ずいぶん》、いろんな朗読を伺《うかが》いましたけど、あなたさまのようなリズムは、初めてでね。でも、馴《な》れれば、ゼンマイ仕掛けもまた、よいものかも知れません」

いうだけいうと、大岡先生はいつものように体を半身にして、本読室を出ていった。

（ゼンマイ仕掛けのお人形……）

少し悲しい気がしたけど、考えてみれば、絵本や童話を自分の子供に上手に読んでやるお母さんになるんだもの……。（ゼンマイでも、子供は、聞いてくれるんじゃない？）トットは、自分にいいきかせるようにして、部屋を出た。

三ヶ月の養成も、終りに近づいていた。

自分の声

トット達《たち》はその日、とても興奮していた。それは、自分の声を聞かせてもらえる実習があるからだった。

（自分の声を聞く！）

それは、みんなにとって、生まれて初めての経験だった。今なら、小学生でも、自分用の録音機、カセット・レコーダーやテープ・レコーダーを持っていて、自分の声を聞いてるけど、この昭和二十八年当時は、NHKとか、他《ほか》の放送局など、特別のところにしか、まだ、テープ・レコーダーというものはなかった。また、あっても、ラジオの放送に使うことは、まれで、ほとんど全部がナマの時代だった。

トット達は、NHKのラジオの第五スタジオに連れて行かれた。第四次の歌の試験も、ラジオのスタジオだったけど、あのときは、五人くらい一緒《いっしょ》にスタジオに入り、順番に、ハクボクで描《か》いてある足形の中に立って、あたえられた楽譜《がくふ》を必死に見ながら歌ったので、あまり、まわりを見ていなかった。今日の第五スタジオを、よく見ると、スタジオのまん中に、グリーンのカーテンが天井《てんじょう》から垂《た》れていたり、床《ゆか》から、すっくと立った大きなマイクロフォンがあったり、ガラス窓のむこうの小さい部屋には、いっぱい機械があったり、折りたたみ式の椅子《いす》が沢山《たくさん》ならんでたり、重たいドアがいくつもあったり、木のついたてがあったり、とても珍《めず》らしかった。トットは、キョロキョロして、隅《すみ》から隅まで観察した。当然だけど、窓がなくて、電燈《でんとう》はいっぱいついてるけど、

(なんとなく薄暗《うすぐら》い感じだ)と、トットは思った。

大岡先生は、みんなに声のテスト用の紙を配った。二十八人の生徒は、椅子に少し

固くなってすわり、その紙を見た。女性用のは、こういうセリフだった。

「まあ、嫌《いや》な方。妾《わたし》がその事について、何故《なぜ》だまってるかとおっしゃるの。そのわけを、いま、あなたは、何気なく妾からきき出そうってわけなのね。冗談《じょうだん》じゃないわ。ほほほゝ、ゝ、ゝ。何て身勝手な話なんでしょう――。そんならおききしますけれど、一体あなたは、妾の敵なの、味方なの。え。どっち。まずそれをはっきりしていただきたいわ――」

……前後がよくわからないけど、(なんだか、この女の人は怒《おこ》ってるらしい)と、トットは判断した。男性のほうのは、

「晴れた日は、朝ごとに富士がよく見える」

といった朗読だった。みんな口々に紙を見ながら声にして、よみ始めた。ひとしきり声が大きくなったところで、大岡先生がいった。

「さ、それじゃ、そろそろ、声の録音、始めましょうか」

ガラス窓のむこう側から、中年の男の人が二つもドアを開けて、こっちのスタジオの中に入って来た。エレベーターの中で見かけたことのある人で、茶色の大きいサンダルをズルズルひきずるようにして、マイクのそばに来た。頭の毛が沢山あって、上のほうに突《つ》っ立って生えていた。少しユーウツそうに見える、その人は、

「マイクから三十センチくらい、離《はな》れて」とか、「持ってるセリフの紙を、マイクにさわらせないように」とか、「なるべく下を見ないで、しゃべるように」とか、いろいろ注意してくれた。トットたちは、ひとつひとつに感心して、うなずき、おじさんの言う通りにしよう、と思っていた。

「じゃ、始めの人から、おねがいします」

その人は、またサンダルをズルズルさせながら、ガラス窓のむこうの部屋にもどって行った。トットは、

(自分の名前を、セリフの前に言うのかな？)

と思ったから、大岡先生に小声で聞いた。

「あの、名前は、いうんですか？」

「ああ、そうしましょうね」

と、大岡先生は軽くいった。

トットはもう一つ質問があったので、また大岡先生に聞いた。

「いまのおじさん、下を見ないで、っておっしゃったけど、少しは見てもいいですか？」

大岡先生はいつものように小腰《こごし》をかがめ、手の甲で口をかくす喋《しゃべ》りかたで、トット

に近づくといった。

「あなたさま、あの方《かた》は、おじさんじゃございません。あの方は、声や音を調整なさる、ミクサーさん。よろしゅうございますか、みなさんも。あの方は、ミクサーさんです」

トットは真赤《まっか》になった。しかも、こっちの話してる声がマイクを通して、むこうに聞こえてるらしく、こっちむきに座《すわ》ってる、そのミクサーさんはガラス窓ごしにトットのほうをチラリと見た。

それから大岡先生は、適当に順番を決めた。この頃《ころ》、大岡先生は順番を決めるとき、プロ的な人を先にして、トットはいつもビリだった。というのも、トットを先にしたときに、必ずゴタゴタが起るので、みんなの模範《もはん》になるような、馴《な》れてる人から先にすることにしたようだった。従って、トットはいつも最後になるのだった。短大を中退したという、プロ的なトップバッターの女性は、右手に紙を持ち、左手を腰にあてた恰好《かっこう》で、ガラス窓のミクサーさんに会釈《えしゃく》をすると、

「よろしくお願いしまーす」といった。

ミクサーさんは指で輪っかを作って、「OK」という、しぐさをした。プロ的な人はうなずくと、自分の名前を言い、大きく息を吸ってから、高い、しっかりした調子

の声で始めた。

「まあ、キライな方《かた》。メカケが、その事について、何故だまってるかとおっしゃるの。そして、そのわけを、いま、あなたは、何気なく、メカケからきき出そうってわけなのね」

そこまでいったとき、大岡先生が足音をしのばせて、その女の人に近より、

「ちょっと、ちょっと。始めから、もう一度！　ミクサーさん、ご免《めん》なさい。テープ、もどして下さいね。あの、あなた、これね、〝キライな方〟じゃなくて、〝イヤな方〟それから、〝メカケ〟じゃなくて、〝わたし〟と読んで頂戴《ちょうだい》。じゃ、お願いします」と、いった。

トットは、「妾」を「わたし」と読むつもりだったけど、プロ的な人が「メカケ」と読んだので、

（大変！　もう少しで、間違《まちが》えて、「わたし」と読むところだった……）と思った瞬《しゅん》間《かん》だったので、少し混乱したけど、静かにしていた。

そして、トットの番になった。銀色の、蜂《はち》の巣《す》模様みたいな形の穴の沢山ある四角いマイクを、「相手の人間」と思ってしゃべるのは、とても難かしかった。それでも、とにかく、トットが終ったので、全部が終了《しゅうりょう》した。

大岡先生は、満足そうにうなずくと、マイクへ近より、ミクサーさんにいった。

「じゃ、テープの送り返し、お願いします」

いよいよ、自分の声が、出てくるのだ。みんな、心配なのと、照れるのと、期待するのとで、はしゃいだ声を出していた。

当然、プロ的な女の人から始まった。スピーカーから、声が出た。ひびきのある、大きい声だった。その人は、首をすくめて、

「あら、私、こんな声かしら……」といったけど、みんなが「上手ねえ」とか言ったので、だまったまま、聞き入った。そんな風に、順々に送り返しが来て、そのたびに、みんなが反応して、とうとうトットの番になった。前の人のセリフが終ったところで、少しゴトゴトという音が入った。

「あれは、私の靴《くつ》の音でーす」とトットが言ったので、みんな笑った。ちょっとした間《ま》があり、女の人の声が聞こえた。

「黒柳徹子」

鼻にかかったような、ヘンな声だった。甘《あま》ったるいようでいて、愛想のない、不思議な声だった。トットに、それが自分の声だ、とわかるまでに、随分《ずいぶん》時間がかかった。トットは立ち上ると、ミクサーさんのほうを向いて叫《さけ》んだ。

「すいません。これ、機械がヘンですから、直して下さい！」

ガラスのむこうのミクサーさんは顔をあげると、こっちを見て、いった。

「なんです？」

トットは、いそいで、いった。

「あの、NHKの機械が、こわれてるみたいですから、ちょっと直してから、私の声、出してほしいんですけど」

ミクサーさんは、きっぱりとした調子でこういった。

「こわれていません。これは、あなたの声です」

トットは、いいはった。

「だって、私の声、こういうんじゃないんです。絶対、NHKの機械こわれてます！」

ミクサーさんのおじさんは、機械を点検してみる風もなく、くり返した。

「これが、あなたの声です」

突然《とつぜん》、トットは泣き出した。泣きながらいった。

「だって、こんな声じゃ、放送に出られない」

あとから、あとから涙《なみだ》が出た。自分の声を、いい声とは決して思っていなかったけど、こんな聞いたこともない、不思議な声とは思っていなかった。そのとき、ミクサーさんがいった。前より、声は少しやさしくなっていた。

「自分の耳で聞いてるのと、実際の声とは、誰《だれ》でも違って思えるんです。あなただけじゃなくてね。口や顔の中で共鳴したのが自分の耳に聞こえるからね。もう一度、出してみましょうか？」

ミクサーさんは、親切に、もう一度、始めから、トットの声を出してくれた。それを聞くと、トットは更《さら》に泣いた。

「こんな声じゃない。こんなヘンな声じゃない」

実習が終り、みんなが興奮しながらスタジオを出て歩く後ろから、トットは、一人だけ、みじめに泣きながら、ついて行った。

「あんな声じゃない。あんなヘンな声じゃない」

その日、一日中、トットは泣いて暮《くら》した。機械を調べもしないで、

「これが、あなたの声です！」と、なんの慰《なぐさ》めもなく言ったミクサーのおじさんも、意地悪に思えた。「あら可愛《かわい》い声よ」という友達の言葉も、嘘《うそ》に聞こえた。泣いてない友達が、うらやましかった。

これが、生まれて初めて、トットが自分の声を聞いた日の出来ごとであり、このあと、何年たっても、トットは自分の声を聞くたびに、

「やっぱり、NHKの機械は、こわれてる」と思うのだった。

サイン・プリーズ

トットと鈴木崇予《みつよ》さんは、授業が終って、夜の道をNHKから新橋にむけて歩いていた。鈴木さんは、最後の面接の試験のとき、黒いスーツの胸に赤いバラをつけていた人だった。

二人が、新橋の第一ホテルの近くのビルとビルの間の細い道にさしかかったとき、前のほうから、背の高い大柄《おおがら》の外人の男の人が歩いて来た。その人は、トット達《たち》を通してくれるために立ち止った。外燈《がいとう》の下で、何気なくその人の顔を見て、トットは驚《おどろ》いた。

「あっ！　あの……映画に出た人！」

鈴木さんも、ほとんど同時に気がついた。その人は、その頃《ころ》大ヒットしたアメリカ映画「花嫁《はなよめ》の父」で、エリザベス・テイラーの恋人役《こいびとやく》をやって大人気の、ドン・テイラーという俳優だった。その人は、やさしくトット達を通らせてくれると、ドンドンと第一ホテルのほうに向かって歩き出した。有名なスターなのに、たった一人だった。(こういうときの心理というのは不思議なものだ)と、あとからトットは思ったけど、熱狂的《ねっきょう》なファンではないにしろ、〝素敵《すてき》だと思ってる有名な人に逢《あ》った〟ということはショックであり、そのまま行き過ぎるのは勿体《もったい》ない、という、そんな気持だった。とっさに、トットは鈴木さんにいった。

「ねえ、サインして貰《もら》おう？　今日の記念に」

サインをして貰う、というようなアイディアは、当時としては珍らしく、よく見ていたアメリカ映画の影響《えいきょう》だった。とにかく二人は走って後《あと》を追った。大きな背中にむかって、トットが声をかけた。

「エックス・キューーズ・ミー」

その人は振《ふ》り返った。明るいところで見た顔は映画と同じだった。トットは勇気を出して聞いた。

「アー・ユー・ミスター・ドン・テイラー？」

ふっくらとした顔をほころばせて、その人は答えた。「イエス」

「わあー、よかった」とトットは日本語で言ってから、いそいで、つけ足した。

「ウイル・ユー・ギヴ・ミー・サイン？」

本来ならオートグラフとかいうのだろうけど、たしか、（サインとかいうのだな）と思って言ってみたら、通じた。なにしろ、ドン・テイラーがにっこりして、「オブ・コース」と、いったんだから。

それからが大変だった。何に書いてもらうか、だった。トットは考えたあげく、ノートより、その日の吉川義雄先生の授業の教材、「花伝書《かでんしょ》」がいい、と考えた。トットは鈴木さんに、「お先に、どうぞ」といった。鈴木さんは勉強用のノートを出し、「ウイル・ユー・プリーズ？」と丁寧《ていねい》にいった。鈴木さんは実践《じっせん》女子大の英文科に在学中だし、トットは、一生懸命《いっしょうけんめい》の生徒ではなかったけど、英国系のミッションスクール「香蘭《こうらん》女学校」で典型的なイギリス夫人から英語を習ったから、二人あわせれば、なんとかなったのだった。

鈴木さんのノートを手にすると、ドン・テイラーは、〝何か書くもの……〟という仕草をした。（本当だ！　私ときたら、なんて気がきかないんだろう）トットは大急ぎで、バッグの中に頭をつっこむようにして、書くものを探した。鈴木さんもゴソゴソ、バッグに手をつっこんだ。でも、それより早く、ドン・テイラーが自分の上着の内ポケットから、万年筆を取り出すと、はっきりとした読みやすい字で、大きく、ドン・テイラー、と書いた。鈴木さんは顔を赤くして、

「サンキュー」といった。トットは、文庫本の花伝書の、最初のページを開いて渡《わた》した。ドン・テイラーは、それが日本の本とわかると、パラパラ、あっちこっちページをめくった。そして、「まるっきり歯が立ちませーん。チンプンカンプン！」という風な、滑稽《こっけい》なジェスチャーをした。「花嫁の父」の中の、しっかりとした真面目《まじめ》な青年という印象より、今のほうが、トットには興味深かった。トットも鈴木さんも声を出して笑った。ドン・テイラーも笑った。そしてトットの花伝書に、たっぷりと、世《ぜ》阿弥《あみ》先生もびっくりなさるほどの、ドン・テイラーのサインが入った。トットはお礼をいい、大きく、おじぎをして失礼しようとした。ところが、そのとき、ドン・テイラーが何か、いいにくそうにしながら、トットに話しかけた。（なんだろう……）トットは緊張《きんちょう》した。ドン・テイラーは、トットのバッグを指して、

「ファウンティン・ペン」と、いった。

「ファウンティン・ペン？」トットが聞き返すと、ドン・テイラーは、さっきと同じ、〝書く〟仕草をした。あわててバッグに手をつっこんで、トットはすべてを了解《りょうかい》した。

「アイム・ソーリー」

要するに、サインをして貰って興奮したトットが、ドン・テイラーの万年筆も、花伝書と一緒《いっしょ》にカバンにしまってしまったのだった。トットが銀色のピカピカ光る万年

筆を返すと、ドン・テイラーは「サンキュウー」といい、もう一度にっこりして、ホテルの中に入って行った。トットも鈴木さんも、夢《ゆめ》を見ているような感じで、しばらく動けなかった。

次の日ＮＨＫに行って、この話を報告すると、男の子は、

「ケチだなあー、ハリウッドのスターなんだから。なんだい、万年筆の一本くらい!!」

と口惜《くや》しまぎれの調子でいった。でも、トットは、むしろ、

「万年筆を返して」

という人間っぽい人が、ハリウッドのスターとわかって、うれしかった。（私達と同じだ）と思って。第一、言ってくれないで、あとでバッグの中に万年筆を発見したら、トットは（泥棒《どろぼう》のようだ）と、自分を責《せ》めたに違《ちが》いなかった。

それにしても、ハリウッドのスターが、何故《なぜ》、新橋にいたか？　ということは、後になって新聞などでわかったことだけど、朝鮮《ちようせん》戦線の慰問《いもん》のためだった。同じ頃「若草物語」のマーガレット・オブライエンだとか、ダニー・ケイ、ボブ・ホープ、マリリン・モンローといった人達も、そのために日本に立ち寄っていた、と、わかった。

それから数年後、ドン・テイラーは、ウィリアム・ホールデンと「第十七捕虜《ほりよ》収容所」に出演した。ドイツの収容所から、アメリカ軍のドン・テイラーやウィリアム・

ホールデンが脱走《だっそう》しようとする、ビリー・ワイルダーのサスペンス喜劇だった。暗い映画館の中で、トットは（ドイツ兵に見つかって殺されたら、どうしよう）と、ハラハラ、ドキドキしていた。トットは人一倍こわがりだけど、特に、一度でも話をしたことのある人が気の毒な目にあうのは、つらかった。こわくて、たまらなかった。だから時々、トットは自分に、こう、いい聞かせた。

（いい？　あの人は、花伝書を見て、「チンプンカンプン」って冗談《じょうだん》やった人なんだから。しかもこの映画は、戦争中の映画で、私が逢う前の話だし、もし、この映画の中で殺されたとしても、実際には、その後に逢ってるんだから、安心なの！）そう思っても、やっぱり心配で、脱走が成功したとき、トットは、誰《だれ》よりも大きな拍手《はくしゅ》をした。

ストライキ

とうとう三ヶ月間の養成は終りに近づいた。困ったのは、二十八人全員が、とても気が合ってしまって、誰のことも、ライバルとか、押《お》しのけよう、というような気持にはなれないことだった。なれないどころか、「卵の会」という会まで作ってしまった。ガリ版でみんなの名簿《めいぼ》を作ったり、中には、こんな詩を作った人もいたくらいだった。

「私たちは、みんな真白な卵、新鮮《しんせん》な卵、雄鶏《おんどり》か、雌鶏《めんどり》か、チャボか、レグホンか。

そんなことは、神様だけが御存知、

でも私達《たち》は、仲良し、いつまでも」

そして、これは、みんなの気持でもあった。そこで、いよいよ今日で授業が終り、数日後に、本当の若干名《じゃっかんめい》が決定する、という晩、みんなで相談した。結論が出た。つまり、誰か一人でもNHKが落したら、入った人が全員結束《けっそく》して、「じゃ、私達も入りません。全部を入れて下さらなきゃ、絶対に、いやです!!」と、ストライキをしようということだった。

「絶対よ!」「絶対な!」みんなで誓《ちか》い合った。

そうして、いよいよ新橋の駅で、ばらばらに別れるときが来た。誰かが心細そうにいった。

「でも、やっぱり、このまま、お別れになっちゃうかも知れない。私、きっとダメだから」「お別れなんか、ないわよ」と、誰かがいった。「だから、ストライキ、やるんじゃない！」と、また誰かがいった。「みんなで団結すれば大丈夫！」と力強そうに誰かがいった。

最後に、とりしきることが好きな男の人が、いった。「入《はい》れた人は、団結して、一人でも落伍者《らくごしゃ》のないように。誓ったことを忘れないように。じゃ、また全員で逢《あ》うことを楽しみに！」

「じゃ……」と、みんながいった。「……お逢いするのを楽しみに……」「またね」「またね」二十八人の誰もが心細いまま、別れた。

もう、終電車に近かった。

若干名《じゃっかんめい》

それは速達の葉書で来た。

トットの名前と住所の上に押《お》してある、真赤《まっか》な速達のしるしの横線が、いかにも鮮《あざ》やかで、これなら「特別のお知らせ」って、すぐわかる、とトットは思った。差出人は、日本放送協会。芝《しば》局料金別納郵便、という丸いスタンプが印象的だった。
トットは、息を止めるようにして、葉書の文面を見た。終りのほうに目が行かないように自分をいましめて、始めから読み始めた。タイプ印刷で、こう書いてあった。
「前略
過日の銓衡《せんこう》試験の結果、貴下は合格と決定致《いた》しました。ついては、左記により開講致しますから、本状御持参《ごじさん》の上、御出席下さい。
記
日時　四月六日　午前十時
場所　観光ホテル
日本放送協会
編成局　庶務課《しょむか》」
トットは、大きく息を、はいた。
……ああ。とうとう。やっと。これで。一応。とにかく。やれやれ。よかった。わあー。いろんな気持が、押しよせた。ＮＨＫの俳優募集《ぼしゅう》の広告を見て、決心してから、まだ三ヶ月と、ちょっとしか経《た》っていないのに、随分《ずいぶん》いろんな事を経験した。試験の頃《ころ》のことが、もう、ずーっと昔《むかし》に起ったことのように思えた。そして、この三ヶ月間の第一次養成中は、毎日が楽しくはあったけど、やっぱり、この合格が決まるまでは、何かソワソワしていたのだ、と、わかった。

「わあー、受かったって！」

突然《とつぜん》、トットはうれしくなり、葉書をヒラヒラさせて家中を走り廻《まわ》った。昔、小学生のトットちゃんだった頃なら、一番最初にこの葉書を見せに行ったはずの、シェパードのロッキーが、もう、いないのが残念だった。

葉書を受けとってから三日目に、トットはNHKのむかいにある、観光ホテルに出かけて行った。そして、ついに、長いこと疑問だった「若干名」を、この目で確かめることが出来たのだった。

若干名の人数と顔ぶれは、次の通りだった。

今井喜美子（後《のち》の、新道乃里子さん）

臼田弘子（後の、幸田弘子さん）

黒柳徹子（トットのこと）

鈴木崇予《みつよ》（後の、里見京子さん）

田中洋子

友部光子
本多文子
吉本ミキ
横山道代
・
今井純成（後の、今井純さん）
木下秀雄
黒江悠久
桜井英一
鈴木啓弘《よしひろ》
関根信昭
三田松五郎
八木光生
以上、女性九人、男性八人。
磯浦《いそうら》康二という人がいたんだけど、この人はこのあとＮＨＫのアナウンサーの試験を受けなおして、合格したので、アナウンサーになってしまった。そんなわけで若干名は、十七人、のことだった。トットがＮＨＫの新聞広告の、「採用は若干名」というのを読んで、パパに「若干名って、何名のこと？」と聞いて、パパが「何名って決まってるわけじゃなくて、いい人がいたら採用することで。でも、まあ、数人って、とこかな」と教えてくれてから、六千人の応募者がハラハラしたり、泣いたり笑ったりして、とうとう、ここで、十七名が若干名として残った。残ったほうが良かったか、悪かったか、それは誰《だれ》にもわからないことだったけど、トットに関していえば、少なくとも、この葉書が人生を変えたことは事実だった。

自分の子供に上手に絵本を読んでやる、お母さんになるつもりのトットが、これでまだ日本人の誰にもわかっていなかった、テレビジョン、という世界に一歩、足をふみ入れることになったのだから。

それにしても、トットが、つらくて、申しわけない、と思ったのは、例のストライキをしなかったことだった。というのも、こんな風に個々の家に合格の葉書が来て、指定通りに観光ホテルに集ったとき、みんなに、また逢《あ》えた嬉《うれ》しさが先にたち、

「わあー、また逢えて、よかった」とか、

「あなた、残ったのねえ」とか、騒《さわ》いでるうちに、ＮＨＫの庶務の人が来て、あっというまに、時間割のこと、交通費のこと、講師の先生のこと等を説明し、あれよあれ

よという間に、授業が始まっちゃったのだった。

　あんなに、固く約束《やくそく》をして別れたのに。でも、「落ちた人を入れてくれなきゃ、私達《たち》も入りません」と、ＮＨＫにかけあう余裕《よゆう》も、また、誰が落ちたのかの正確なデータもなかった。

「あれ、あの人いないけど、落ちたのかなあ？」「本当は受かってるんだけど、今日、都合が悪かったのかしらね」とか、はっきりしないうちに、ストライキをしようという盛《も》り上りにも欠け、ＮＨＫに誰が落ちたのか聞く暇《ひま》もなく、結局、そのままになってしまった。きっと、落ちた人は、家で、「今にストライキの結果が来るに違《ちが》いない」と待ってただろうに。（なんて、人間は、自分勝手なんだろう）トットは、あとあと、何年経っても、約束を破って悪かったという気持が残っていた。

　この三ヶ月間の養成を一緒《いっしょ》に受けた仲間、二十八人のうちの、合格しなかった十一人とはその後、一度も逢うことはなかった。

　後に、芸能界で逢うこともなかったから、きっと、それぞれ、あの日を境いに別の道を歩き出したに違いなかった。

津々浦々《つつうらうら》

ところで、合格と決まったことから、

(じゃ、来年になったら放送に出るのかな)

と、漠然《ばくぜん》と考え始めたトットは、あることを思い出して、

「あー！」といった。

それは、数年前の中学三年の頃《ころ》のことだった。ある土曜日、同級生の友達《ともだち》の家に遊びに行った帰り道。「途中《とちゅう》まで送っていく」という友達と二人で、池上線の長原の駅前まで来たときだった。トットは、小さい机を道端《みちばた》に出して、そこに〝手相を見ます〟という布をたらして座《すわ》ってる、若いおじさんというか、お兄さんのような人を見つけた。へーえ、と思ってトット達が、その前を通りかかると、

「どうですか？　手相、見ますよ？」

と、その人がいった。手相なんていうのは、大人の見てもらうものと決めていたトットは、びっくりした。でも、その二十七、八歳《さい》くらいの、ねずみ色の、よれよれの着物を着た、小柄《こがら》な人は、やさしそうだった。その頃の日本人が、みんなそうであっ

たように、栄養が悪そうな、白っぽい顔をしていた。トットは、何だか、どうしても見てもらいたくなった。冒険《ぼうけん》のような気がしたからだった。見料も、トットのお小遣《こづか》いで足りるくらいだった。お財布《さいふ》の中味を確かめ、もじもじしてる友達を説得して、トットは、

「おねがいします」

と手を出した。その日、トットは、大切な兎《うさぎ》のぬいぐるみを抱《だ》いていた。アメリカのララ物資だか、放出物資の中から、偶然《ぐうぜん》、教会を通して、トットの手に渡《わた》った、当時としては珍《めず》らしい、しかもトットが何より欲《ほ》しいと思っていた、動物のぬいぐるみだった。アメリカ人の子が寄付してくれた、その兎は、小さくて、フワフワして、トットの宝物だった。トットは兎を抱いていないほうの手を出した。トットは小さい時から、いつも汚《きた》ない手をしてるので有名だった。知らないうちに、歩きながら、ほうぼうを触《さわ》ったりするらしく、全体に、薄黒《うすぐろ》く、汚《よご》れていた。それは、女学生になっても同じで、その時も手を出してから、（ああ、汚ない手！）と思ったけど、もう遅《おそ》かった。でも、お兄さんは平気で、そのトットの手をとると、天眼鏡で、しばらく、じーっと手のひらを見て、それから手を離《はな》すと、「そっちの手を見せて下さい」といった。兎を持ちかえて、もう片っぽを出すと、そっちはもっと汚れていた。

「ごめんなさい。汚なくて」

トットがいうと、お兄さんは笑いながら、

「大丈夫《だいじょうぶ》ですよ」といった。

若いのに、少し疲《つか》れているような笑い顔だった。お兄さんは、手のひらだけじゃなく、横とか爪《つめ》とかを見ると、手をはなした。

そして、トットの顔を見ると、いった。

「結婚《けっこん》は、遅いです。とても遅いです」

トットは、友達と顔を見合わせて笑った。まだ結婚の話なんて遠い先のことだのに、それが遅い、というのは、どういうことだろう。おかしい人。笑ってるトット達を見ながら、お兄さんは、まじめに、いった。

「お金には、困りません。それから……」

そういうと、もう一度トットの手をとって見てから、慎重《しんちょう》な調子でいった。

「あなたの名前は、津々浦々に、ひろまります」

「津々浦々？」

トットは聞き返した。お兄さんは少し困ったように、せきばらいをすると、

「どういう事かは、わかりませんが、そう、出ています」といった。そして、もう一

こと、つけ加えた。

「それから、お稲荷《いなり》さんを信仰《しんこう》すると、よろしいです」

トットは、悪いと思ったけど、前より、もっと笑ってしまった。小さいときから、クリスチャンの家庭に育ち、現在、イギリス系のミッションスクールに行ってる女学生に、「お稲荷さん」は、とっぴょうしもないことに聞こえた。本当に、おかしいことをいう。いつまでも笑ってるので、お兄さんは、自信ありそうな、それから親切そうな調子でいった。

「そうなさったほうが、いいんです」

それでもお礼をいって、お金を払《はら》い、机から離《はな》れたとき、あたりはもう薄暗くなっていた。

家に帰って、ママに、

「津々浦々に名前が、ひろまるってさ！」

というと、晩御飯《ばんごはん》の支度《したく》をしてたママは、おなべをのぞきこみながらいった。

「いやだわ、あなた。なんか悪いことでもして、新聞にでも出るんじゃないの？　気をつけてね」

そして、それっきり、このことをトットは忘れていた。でも、いま、「放送に出る」

ということで、思い出したのだった。あのお兄さんの言ったことは、当っていた。たしかに、NHKの電波は、津々浦々まで行ってるんだから。

それと、あのときは笑ったことだけど、後年、お稲荷さんは芸能人の守り神ということで、何人かの親しい俳優仲間と、大晦日《おおみそか》に赤坂の豊川《とよかわ》稲荷へお参りに行くようになったのも、考えてみると不思議なことだった。

兎のぬいぐるみを持って、汚ない手をした女の子の手から、どうやって、あの人はこんなことを読みとったのだろう。寒そうで、あまり恵《めぐ》まれた生活をしてる人にも見えなかったけど……。

トットは、自分の手のひらを見てみた。でも、トットにはただ、相変らず汚れてる、小《ち》っちゃい手、としか、わからなかった。

蹴《け》落《おと》さねえ奴《やつ》は！

三ヶ月間の第一次養成期間が夜だったのと違《ちが》って、今度の一年間の養成は、終ったときにNHKの専属になることが約束《やくそく》されていたから、仕事を持ってる人も学生も、決心したら、それをやめて、この昼間の養成に出席しなくてはならなかった。有難《ありがた》いことに、トットは、目出たく音楽学校を卒業した。

それにしても、今度の養成はかなりのものだった。月曜から土曜までの毎日。朝十時から夕方五時まで。昼休みの一時間を除いて、ぎっちりの授業だった。観光ホテルというのは田村町のNHKのむかいのホテルだけど、タップやバレエをやるホールだの、日本舞踊《ぶよう》のためのお座敷《ざしき》、そして、セリフの勉強や演技の訓練、それから講義という毎日の勉強には、六畳《じょう》の部屋が三つ、襖《ふすま》をはずしてぶちぬけば寺子屋風になる日本間などがあるので、おあつらえむきだった。

おかしかったのは、あるとき、セリフの稽古《けいこ》の脚本《きゃくほん》が、

「おねえさん、おねえさん！」で始まるんだけど、誰《だれ》かがこれをいうと、ホテルの女中《おねえ》さんが、

「はーい」

といって、襖を開けて入って来ることだった。

「セリフですよ」というと、

「あーら、すいませんねえ」といって出て行くけど、また、

「おねえさん、おねえさん！」というと、

「はーい」といって、違う女中《おねえ》さんが襖を開ける、なんてことがあった。

先生は一流だった。

日本舞踊が、西崎緑先生。

演劇が、新劇界の長老、青山杉作《すぎさく》先生。

芸術論が、池田弥三郎《やさぶろう》先生。

芸術史が、富永惣一《そういち》先生。

この他《ほか》、音声生理と発声が、颯田琴次《さったことじ》先生。邦楽史が、吉川英士《きつかわ》先生。高橋邦太郎《くにたろう》先生や吉川義雄先生も、風俗や芸能全般を受けもって下さった。タップとバレエは、引き続き荻野幸久先生、声楽も栗本正先生。ラジオ・ドラマが中川忠彦先生、動きの基礎《きそ》を、佐久間茂高先生。そして、テレビジョンのスタジオでのことは、現場からディレクターや技術の方達《かたたち》が、かわるがわる来てくれた。また、講義の内容によって、多彩な顔ぶれが揃《そろ》った。勿論《もちろん》、朗読と物語は、大岡龍男先生には、かわりなかった。

そんなある日、放送研究という時間に、ＮＨＫの放送劇団の一期生であり、当時、ラジオの「向う三軒両隣り《げんりようどなり》」などで大スターの巌金四郎《いわお》さんが、講師としてお見えになった。いってみれば、来年から、トット達の大先輩《だいせんぱい》になる人だった。放送をよく聞いてる仲間は緊張《きんちよう》して、お出迎《でむか》えした。筆記試験のとき、巌さんのことを知らなくて、

「歌舞伎《かぶき》の菊五郎劇団の人」と決めちゃって、筆記試験に残った五百人中、この答え（正解は東京放送劇団員）が出来なかった人の、二人のうちの一人のトットも緊張した。もう一人の出来なかった人は落ちたらしいので、この教室で巌さんを知らなかったのは、トット一人、ということになったわけで、そのことを巌さんが知ってるかも知れない、と思うと、トットはこわかった。

みんなは、他の先生方と違って、現職の俳優さん、ということで楽しみにしているようだった。

巌さんは、誰かが手早く開けた襖から部屋へ入ると、すぐ、先生の席のところにあぐらをかいて、すわった。そして煙草《たばこ》を出して火をつけて一服すうと、みんなを見廻《みまわ》して、こういった。

「蹴落さねえ奴は、蹴落されるんだ！」

そして、そのあと、だまって、煙草を吸っているだけだった。

みんなも、だまっていた。トットは、誰か大きい男の人の後ろにかくれて、なるべく巌さんから見えないようにすわって、いまの言葉を考えていた。

（蹴落す、っていうのは、どういうことだろうか……）

（実力を持つ、ということだろうか）

（実際に、自分に近寄って来る人を、意地悪してでも、遠ざけることだろうか）

（要するに、あらゆる手段を使って、自分より強くなろう、とする人を排撃《はいげき》すること らしい……）と、トットは考えた。

そして、

（とても、私には、出来ない）と悲しく思った。

トットの小学校、トモエ学園の小林校長先生は、いつも、みんなにいった。くり返して。

「みんなで一緒《いっしょ》にやるんだよ。何をするのも一緒だよ。助け合ってね」

そしてトットは、その通りに、やって来た。助けてもらうことが多かったけど、それでも、みんなと、仲良くして、楽しくやるのが好きだった。それなのに……。

（蹴落すのも、いやだけど、蹴落されるのも、イヤだ。この世界は、そうしなければ、やっていけないのだろうか……）

巌さんは、きっと、プロの心意気をみんなに教えて下さろう、と思って、こういったのだろうけど、トットは、とてもショックを受けてしまった。

（いま、この教室にいる誰のことも、私は、蹴っとばすことなんて、出来ない）

そして、このときのトットの気持は、終生、変らなかった。だから、最初のときから、トットは、プロへの道を放棄《ほうき》した、といえるのかもしれなかった。

無色透明《むしょくとうめい》

大岡先生が、トットを呼び止めた。トットが五食に行こうと歩いていたNHKの廊《ろう》下《か》だった。

「トットさま!」と大岡先生は、いった。

大岡先生は、自分の気に入ってる人には、どんな若い人にも、「さま」をつけて呼ぶことにしているようだった。後に里見京子さんになった鈴木崇予《みつよ》さんのことも、「ソーヨさま」と呼んでいた。大岡先生によると、「崇予《みつよ》」より、この字は「ソーヨ」と呼ぶほうが、いいのだそうで、勝手に変えてしまった。こういうところが大岡先生の面白《おもしろ》いとこだった。

「トットさま!」大岡先生は、いつもの体を半身にした横ばい状態で歩いて近づいて来た。そして、手で口をかくす、例のしゃべりかたでこういった。

「あなた、ご自分が、なぜ、採用されたか、御存知?」

「えー?!」トットは大声を出した。

「そんなこと、知りません！」

トットは、もし、何か理由があるなら、ぜひ知りたいと思った。大岡先生は、うれしそうに、「ホ、ホ、ホ」と笑ってからいった。

「あなたの試験のお点、とても悪かったんですの。だけど、試験官の先生方がね、〝これだけ、なんにも演劇について知らないと、逆に白紙みたいなもので、テレビジョンという、全く新らしい分野の仕事を、素直《すなお》に、雑念なく吸収するかも知れない〟って。つまり、吸い取り紙ね。〝全く演劇の手垢《てあか》のついてない子を、一人くらい採《と》って、テレビジョンと一緒《いっしょ》に始めてみましょう〟って、そういうことだったんですよ」

大岡先生の、丸い眼鏡の奥《おく》の目は、いたずらっ子のようだった。先生は続けた。

「つまり、あなたは、無色透明！　そこが、よかったんですよ、トットさま！」

それだけいうと、大岡先生は、これもいつものことで、どこかに突然《とつぜん》消えてしまった。

「無色透明……」

トットは、ぼんやりと考えていた。才能があるらしいとか、顔がいい、とかで採用されたとは思っていなかったけど、少なくとも、もう少し、演劇的な理由だと思っていた。でもまた、大岡先生がわざわざ、それを自分にいう、ということは、そう悪いことでもないのかしら？　とも考えた。

無色透明。六千人の中から、トットが残されたわけが、これだったとは！

でも、トットには、やっぱりどう考えても、自分がそれで採用されたのだ、と思いたくないものが、どこかにあった。もしかすると、本当は、とても有難《ありがた》いことであったかもわからないのに。

お稽古《けいこ》は「リハーサル」

今日の授業は、今までの中で一番（現場っぽい！）と、トットは思った。なにしろ、テレビジョンに出るにあたって直接、必要な〝言葉〟を、教わったのだから。

先生は、演出家でもあり、また、テレビジョン放送番組研究班（当時はこういうものがあった）の副部長、永山弘さんだった。永山さんは三十代の、とってもハンサムで、スポーツマンタイプの魅力《みりょく》的な人だった。永山さんは、NHKがテレビジョンを始めるにあたって、特派員としてアメリカに送った人だった。永山さんはアメリカの

NBC、CBSといったテレビ局で、実際に勉強して来た。そして、日本より七年前にテレビの本放送を始めたアメリカでのことを、NHKのテレビ本放送が始まる前に帰って来て、みんなに教えた。そんなわけで、トット達《たち》も習うことになったのだった。

永山さんは、その前はラジオの「話の泉」や「えり子とともに」の名プロデューサーで、しかも演出力も抜群《ばつぐん》、感覚が秀《すぐ》れている上に、英語が出来ることもあって、派遣《はけん》された。永山さんは、よく響《ひび》く、知的な低い声で始めた。

稽古が「リハーサル」

演出家が「ディレクター」

お化粧《けしょう》が「メーキャップ」

稽古や本番の日程とか、時間割が「スケジュール」

……いま、テレビ関係者だけじゃなく、一般《いっぱん》の人達が普通《ふつう》に使ってる、こういう言葉は、実は、このとき永山さんが初めてアメリカから持って来て、教えてくれたのだった。

テレビの本番当日の用語も面白《おもしろ》かった。
○衣裳《いしょう》も、メーキャップもなし、カメラも使わないけど、装置《セット》は出来てるスタジオの中での稽古を「ドライ・リハーサル」

○カメラを使う稽古が、「カメラ・リハーサル」
○同じカメラ・リハーサルでも、俳優の立つ位置を決めたり、小道具などの出し入れの手順を確認《かくにん》したり、という風に、止《と》めながらやるのが「ブロッキング」
○本番通りに衣裳をつけ、メーキャップもして、カメラを使っての、いわゆる、通し稽古が「ラン・スルー」
永山さんはひとつずつ、英語の綴《つづ》りも書いて、丁寧《ていねい》に教えてくれた。

次に永山さんは、俳優が画面に写るときの、サイズの呼びかたを説明した。

これは、なんともまあ、複雑なものだった。上からいくと、
顔の大写しが「アップ」

映画でも、クローズ・アップとかいう、というようなことを知ってたトットも、そのあとに、こんなに細かくサイズがあるとは驚《おどろ》いた。顔の大写しの次は、顔から下の、のど、きっちりのサイズが「ビッグ・バスト」

「そして、このビッグ・バストに〝タイト〟と〝ルーズ〟があり、〝タイト〟は画面に首までの顔が、きっちり入ることで、〝ルーズ〟は、ほんの少し、タイトよりゆるめて、首と顔のまわりに、かすかな空間を入れること。いうときは、タイト・ビッグ・バスト、またはルーズ・ビッグ・バスト。わかるかい？」

養成中のハイキング。

永山さんは、自信に満ちた力強い声で、いった。それから、次は「バスト」で、これは、おへそから上くらいのサイズで、これにも〝タイト〟と〝ルーズ〟がある。そして「ウエスト」は、おへその下くらいまでで、やっぱり〝タイト〟と〝ルーズ〟。それに続いては、あまり使わないけど「ニー・ショット」。頭から、膝《ひざ》くらいまでの絵。そして、全身は「フル・フィギュア」ちぢめて「FF」。これにも〝タイト〟と〝ルーズ〟があり、そして、全景が「フル・ショット」。

トット達は、夢中《むちゅう》になって、ノートに書きこんだ。（タイト・バスト。ルーズ・バスト……。タイト・ウエスト。ルーズ・ウエスト……舌を、かみそうだ……）

それから、永山さんは、ドラマでカメラに写される場合の俳優とカメラの関係を具体的に、黒板に書いて教えた。

カメラが、いまのように何台もあり、その場でFFも、ズーム・レンズでクローズ・アップも撮《と》れるのと、わけが違《ちが》って、当時は大きいドラマでも、カメラは二台しかなかった。しかも、クローズ・アップのときは、カメラが全速力で俳優の顔のところまで近づく、という方式だった。永山さんは、黒板にAカメラとBカメラを描《か》き、二人の俳優が会話をしてるところを例にした。トットが（難かし過ぎる）と思ったのは、重いカメラが、アップのために近づく余裕《よゆう》のないときは、恐《おそ》ろしいことに、人間のほうでカメラの前まで走っていって、クローズ・アップに撮ってもらう、という説明のときだった。しかも、ピントのため、カメラの前の決められた線の上に、きっちり立たなければならず、さらにセリフが終ると、もう一台のカメラが相手を撮ってるときに、電気より早いくらいに走って、もとの位置にもどり、二人が写る、というやりかたのときだった。

「だから俳優さんは、静かな会話のはずなのに、ハアハアしてるときもあるんだよ」

と永山さんは笑いながら、いった。ナマ放送で、いちいち止めることが出来ないのだから、こんな風に、俳優には、すべてのカット（画）のサイズと動きを説明し、俳優はそれを台本に書きこんで、セリフと同じように、正確に記憶《きおく》してもらわなければならない、と永山さんは力説した。

「ドラマの一カット目から、最後の例えば百十五カットまで、僕《ぼく》は、技術の人は勿論《もちろん》だけど、俳優の人にも、いちいち図を描いて説明するんだよ」と、いった。

百以上もあるカットのうち、自分の出てるところがたとえ少なくても、そのすべてを憶《おぼ》えることが、どれほど困難で大変なことかは、永山さんの黒板を見て、よくわかった。ＡとＢのカメラで、「こう撮る」「こっちから撮る」「このとき、このカメラの前まで走って来る」「次、相手を、このカメラで撮ってるから、もとの位置にもどる」

「カメラの下をもぐって、こっちに移動する……」ほんの数カットでさえ、黒板は白《はく》墨《ぼく》で、まっ白になってしまった。

それでも、こんなに丁寧に、すべてのカットのことまで説明してくれたのは、この頃《ころ》では永山さんだけだった。この後、トットは実際にスタジオで、永山さんの演出のものに出ることになったけれど、永山さんは新人のトットにさえ、

「なぜ、僕が、ここで君にこっちを向いてほしいか、といえば……」と、カメラの技術上のことと同時に、その役柄《やくがら》の心理を理解し、その上での画作《えづく》りをしているのだと、ことわけて教育してくれた。

「とにかく、こっちをむいててくれれば、いいんだから！」と、いうようなことは決して、なかった。

トットは最初の、この授業のときから、永山さんをステキと思い信頼《しんらい》し、将来、こういう人と仕事が出来たらいいのに！　と熱心に、ノートへ出来る限りを記した。

この二年後の昭和三十年、永山さんはテレビ史上初の芸術祭賞をとり、芸術祭男と呼ばれた。「追跡《ついせき》」という、そのドラマは、内村直也作で、東京の月島と、東京のNHKのスタジオ、大阪のNHKのスタジオと、大阪の心斎橋《しんさいばし》を結ぶ、四元ナマ放送という、当時では考えもつかないスケールの大きいドラマだった。男性的な永山さんら

しい作品だった。NHKの、ありったけのカメラ十三台を駆使《くし》した、というのも大変な話題になった。

「……お稽古が、リハーサルで、お化粧がメーキャップ……」

幕末に黒船が来て驚いた下田の人達と、あまり違わないのではないか、と思われるくらい、この永山さんの授業は、トットには新鮮で、「文明」という感じがした。

これは昭和二十八年の二月一日の午後二時、日本で初めて、テレビの画面がNHKから放送された、少し、あとのことだった。このとき、日本のテレビの台数は、まだ八百六十六台。大学卒の初任給が一万一千円のこの頃、テレビの受像機はアメリカ製しかなく、二十五万円くらいもしたから、ほとんど誰《だれ》もテレビを持っていなかった。だから、高級な喫茶店《きっさてん》の入口には、

「テレビジョン、有ります」

という貼《は》り紙があったりして、繁昌《はんじょう》した時代だった。

永山さんの生き生きとした授業を、トットは、いつまでも、なつかしく、思い出した。

メトロノーム

青山杉作先生は、トットにとっては、もう「歩く日本の新劇史」というくらい歴史的な人に思えた。放送に関しては全く何も知らないトットだけど、映画については、一日に六本立ても見る、という工合《ぐあい》に、かなりのものだったから、映画の中での俳優としての青山杉作先生をよく見ていたし、映画のプログラムなどの知識で、新劇の演出家として、日本の新劇の歴史の始まりから一緒《いっしょ》に生きて来た人、として知っていた。

また、トットに、

「東山千栄子《ひがしやまちえこ》さんと、とても、お親しいんですって！」

と耳打ちした同期生もいたくらい、新劇の中での青山杉作先生は重要な人だった。

青山先生の授業は、実際の演技指導より、昔《むかし》の新劇の話や、俳優の心がまえ、などが多かった。先生は、トットたち若い人と話すのも楽しくて好きだ、と、よく自由に会話をした。

そんなある日、トットは、前から知りたいと思ってたことを聞いた。

「松井須磨子《まついすまこ》って、どういう人でしたか?」

山田五十鈴《やまだいすず》が松井須磨子を演じた「女優」という映画も見ていたし、日本最初の近代劇をやった女優として、トットは興味を持っていた。日本で最初にイプセンの「人形の家」のノラをやり、トルストイの「復活」のカチューシャをやり、しかも恋人の島村抱月《しまむらほうげつ》のあとを追って首をつって死んだ人。その人と一緒に芝居《しばい》をした人が、ここにいる! そんな人と話をすることがあるだろうなどと夢《ゆめ》にも考えたことはなかったから、トットはワクワクしながら聞いたのだった。青山先生はとても物静かだった。しゃべるとき、いつも真直《まっす》ぐに首をのばし、ゆっくりとした口調だった。トットの質問に、青山先生は少し微笑《びしょう》すると、いった。

「あなたが、あの時代に女優になってたら、もっと有名になってたかも知れませんよ。つまり、それまで男の役者が女形として、やってた中に、女が入っていって、しかも西洋の芝居をやったんですから、新らしいというか、変ってるというか、そういうことで、もてはやされたのであって、あなたのように個性的じゃありませんでした。ふつうの人でしたよ」

……トットは、びっくりした。はじめは、トットの元気がいい事を皮肉って、先生がいったのか、と思ったくらいだった。でも先生の表情も話しかたも、そういう風には見えなかった。でも、映画の主人公になるような情熱的で、美しく、常人とは違《ちが》う人、と思っていた松井須磨子が、ふつうの人だったなんて……。

「そう、本当に、ふつうの人でした」

青山先生は、くり返した。それは、まるで、女優としてはすぐれてはいない、とでもいうように聞こえた。たしかに、トットがその前にラジオで聞いた松井須磨子のカチューシャのセリフや、「羊さん、羊さん」とかいう歌を思い出してみると、当時の録音技術のせいもあるかもしれないけど、女優らしいメリハリはなく、歌の音程も悪く、素人《しろうと》のようだった。でも、やっぱり、誰《だれ》もやっていないことを始めたのだから、偉《えら》い人だ、とトットは考えた。

そのとき、青山先生が、こんな映画になるような、歴史に永久に残る女優と共演したことを、誇《ほこ》りにしてるようでもなく、まして自慢《じまん》にもしてるように思えないのを、トットは不思議に感じた。でも、それが青山先生らしい、ということなのかとも思った。同時に、こんな静かな人に見えるのに、自分の考えは、はっきりいう人なのだ、ということにも驚《おどろ》いた。（お寺の息子《むすこ》だと、ご自分で、おっしゃったけど、確かに、達観した風に世の中を見てるとこがある）と、トットは生意気に考えてみたりもした。

トットは、その日、授業のあとに、どうしてか自分でもわからないけど、小さい手帖《てちょう》を出して、表紙の裏にサインをして下さい、と先生に頼《たの》んだ。それは、この前のドン・テイラーに頼んだのとは違う、なにか深いところで、（この人の何かに、もっと触《ふ》れたい）といったものがトットの中にあったのかもしれなかった。青山先生は帰るためにかぶった、いつものベレーをぬぐと、万年筆を出し、机の前にすわると、少し考えてから書き始めた。畳《たたみ》に正座した先生は背が高いので、書く形になるのには、背中を、うんと曲げなければならなかった。

「芸に遊ぶ」

先生はこう書くと、トットにいった。

「いつか、わかります。大切なことですからね、女座長さん！」

どういうわけか、青山先生は、同期生の中で一番素人っぽく、芝居もヘンで、プロにもなれそうにもないトットのことを、女座長さん！　と呼んでいた。

「どうしてですか？」とトットが聞くと、

「あなたに似合ってるからですよ」

と冗談《じょうだん》とも、真面目《まじめ》ともつかない調子でいった。トットは喜こんでいいのか、悲しんでいいのか、わからなかった。いずれにしても、「芸に遊ぶ」という状態とは、ほど遠いトットだったけど、いつかわかる日が来るのだろうと、そのノートを大切に持っていた。

あとでわかったことは、この言葉は孔子《こうし》のもので、「勉強ばかりしないで、遊ぶことも大切です。緊張《きんちょう》を続けないで、たまにはリラックスしなさい」という教えだった。

ある日、先生は、メトロノームを持って来て授業を始めた。先生の授業の中で一番、よく話が出るのはチェーホフの「桜《さくら》の園《その》」で、その日も授業は「桜の園」だった。桜の園の二幕目の幕切れ。ラネーフスカヤ夫人の娘《むすめ》のアーニャが野外で恋人《こいびと》と話してると、遠くから、姉（ラネーフスカヤの養女ヴーリャ）の、アーニャを探す声がする。桜の園の上に月が出かかる夕暮《ゆうぐ》れ。誰もいなくなった舞台《ぶたい》に、

「アーニャ！　アーニャ！」

という声が寂《さび》しく聞こえる、あの有名な幕切れのところのテキストが配られた。

トットは、ヴーリャをやることになった。

いよいよ話が進んで、トットが、

「アーニャ！　アーニャ！」と叫《さけ》ぶところになったときだった。いきなり青山先生はメトロノームの蓋《ふた》を開けると、メトロノームを動かした。カッカッカッカッカッカッカッカッ。メトロノームは規則的にくり返した。驚いてるトットに先生は、いった。

「いい？　アーニャ！　と一度いったら、二度目のアーニャは、僕《ぼく》が、合図しますか

青山杉作先生と。先生のトレードマークのベレーが、ない、ということは……？　まさか、隣りの誰かが拝借してるのでは！

らね、待ってて頂戴《ちょうだい》」

　なんでメトロノームが必要なのか、わからないけど、トットは「はい」といってから、

「アーニャ！」と叫んだ。

　青山先生は手をあげて、メトロノームの針にあわせると、小さくタクトを振《ふ》った。

メトロノームの針が左右に揺《ゆ》れる。

「カッカッカッカッカッカッ、カ！」

　途端《とたん》に先生の長い指が、トットにむけて動いた。「はい！」

　トットは必死に叫ぶ、「アーニャ！」

　先生は「そう、これでいいのよ」と満足そうだった。でも、トットには、わからなかった。青山先生は、他《ほか》の役の人のセリフとセリフの間も、メトロノームを使って合図し、

「これだけの間《ま》をとって」といった。

　青山先生を尊敬してたトットも、これだけはわからなかった。メトロノームは、トットにとっては、音楽のリズムを刻む、恐《おそ》ろしいものだった。ヴァイオリニストのパパが、お弟子《でし》さんを教えるとき、癇癪《かんしゃく》を起すと必ず、このメトロノームの音が始まった。そしてパパは、こう大声でいうのだった。

「テンポ！　どうして、テンポを守らないの！　このメトロノームを聞いて！　これに合わせて、始めから！」ときには、「リズムが悪いの！　リズムを正しくとるのは基本なんだよ！　メトロノームを、よく聞いて！」

ヴァイオリンの音と、メトロノームの正確なくり返しの音と、パパがリズムをとって床《ゆか》を踏《ふ》む音が一緒になると、それは恐ろしく、家族は息を殺して、レッスンの終るのを待った。青山先生は演出家として、絶対、これだけの間《ま》が欲《ほ》しかった。役柄《やくがら》の心の動きや動作を数にすると、このくらいの時間、と計算なさったから、かも知れなかった。

でも、トットにとっては、どうしても、メトロノームは機械だった。どうして、俳優の、心の中のメトロノームを使わせないのだろう、と、銀色に揺れるメトロノームの針を見ながらトットは思った。

縞馬《しまうま》

トットは、口笛《くちぶえ》を吹《ふ》きたい気分で、バスに乗っていた。なにしろ、ＮＨＫのカラーテレビの実験のためのモデルになってほしい、という、輝《かがや》かしい仕事がもう来たのだから。観光ホテルの畳《たたみ》の教室から、一人抜《ぬ》け出せたのも、笑いがこみ上げるほどの、うれしさだった。トットは、この前、生まれて初めて見た、総天然色の「赤い靴《くつ》」を思い出していた。バレリーナのモイラ・シャラーのピンク色の肌《はだ》の美しさが、いままでも、はっきり目に浮《う》かんだ。トットは、モイラ・シャラーには、かなわないけど、ピンクと白の格子《こうし》の、よそゆきの洋服を着ていた。バスは世田谷・砧《きぬた》のＮＨＫ技術研究所前という停留所に止まった。

カラーの研究なんていうから、どんな近代建築なのかと思ったら、畠《はたけ》のまん中みたいなとこに、灰色で四角いものがあって、それがそうだった。トットが、カラーのモデルで来たというと、係りのおじさんが、お化粧《けしょう》さんの部屋にトットを連れていった。トットは小走りに後をついていった。お化粧をしてくれるお姉さんは、トットの顔をコールドクリームでふくと、いきなり、濃《こ》い紫色《むらさきいろ》のものをトットの顔の右半分に塗《ぬ》った。びっくりしたけど、（きっと、これは、下地かなにかで、そのうち、ピンクを塗るんだわ）と思っていると、今度は左半分に真白を塗った。お化粧さんは、鏡の中のトットを見ると、

「じゃ、スタジオに行きましょうか？」といった。トットが、あわてて、

「あのお、これだけで？」

というと、お化粧さんは、特別に変ったことをしてる、という気はないらしく、

「そうですよ。今日は、紫と白の日なんですから」といった。トットは、狼狽《ろうばい》して、半泣きになり、「せめて、ピンクと白じゃ、ダメなんでしょうか」と頼《たの》んでみた。でも、お化粧さんは、「今日は、この色のテストだから」といって、トットをスタジオに連れていこうとした。仕方なく、部屋を出ようとして、トットは鏡をチラリと見た。モイラ・シャラーとは似ても似つかない、紫色の縞馬みたいなものが、そこに写っていた。それから、どうしてスタジオに行き、どうやって椅子《いす》にすわったか、おぼえていないくらい、トットは悲しかった。そして、その顔で半日、だまってカメラの前に、ただすわらされていたのだった。あんまり悲しそうにしているので、お化粧さんが慰《なぐ》さめてくれるため、トットにいった。

「でも、肌のいい人って、お願いしたんですよ。色のテストのとき、もともとの肌が白くて良くないと、テストになりませんのでね。あなたで、よかったわ」だけど、悲しくて、鼻をかんだら、鼻のまわりの色がとれて、鏡の中には狸《たぬき》がいた。

帰りのバスは、来たときより、ずっと、のろのろしてるように、トットには思えた。

タップ・ダンサー

荻野幸久先生が、トットにいった。

「NHKの授業の他《ほか》に、僕《ぼく》のスタジオに来て、個人レッスンを受けてくれませんか?」

荻野先生は、トットをタップ・ダンサーにしたい、と決めたようだった。それには、NHKのダンスの時間割だけではとても足りないので、授業が終ったあと、教えたいが、という有難《ありがた》い申し出だった。しかも、月謝はタダでいいから、と先生はつけ加えた。

トットにしても、実は心の中でタップ・ダンサーに憧《あこが》れていた。というのも、丁度その頃《ころ》、音楽や踊《おど》り入りのアメリカ映画が洪水《こうずい》のように日本に輸入され、公開されていた。ドリス・デイの「二人でお茶を」、セシル・B・デミル監督《かんとく》の「地上最大のショウ」、ダニー・ケイの「虹《にじ》を掴《つか》む男」、フレッド・アステアとジュディー・ガーランドの「イースター・パレード」、ベティー・ハットンの「アニーよ銃《じゅう》をとれ」、ジュディー・ガーランドの「オズの魔法使《まほうつかい》」、ジェームズ・スチュワートの「グレン・ミラー物語」……。中でも、ジーン・ケリーの「雨に唄《うた》えば」と「錨《いかり》を上げて」の中のタップ・ダンスのシーンは、それまでトットが見たことのない種類のエンターテイメントだった。あんな軽やかに、しかもリズミカルに、靴《くつ》のつま先と、かかとにつけた金具で、音が出せるものか……。トットは信じられない思いで、画面に見入った。女性のタップ、アメリカNo.1は、長い脚《あし》のアン・ミラーだった。これより前の時代だと、フレッド・アステアとエレノア・パウエルという、神業《かみわざ》のようなタップの名手のコンビがいるのだけれど、トットには、ジーン・ケリーとアン・ミラーだった。小学生の時の学校の方針で、特別のリズム教育を受けて来たトットには、〝体のリズムを音に出せる〟ということが、たまらなく魅力《みりょく》的に思えた。自分がなれるかどうかは別問題として、「ああいう人になりたい！」と、すぐ呑気《のんき》に思いつくトットにとって、タップ・ダンサーは輝《かがや》くような職業に見えた。

そんな時に、この荻野先生の申し入れがあったのだから、トットはちょっと考えて、すぐ返事をした。

「そうさせて頂きます」

先生との相談で、週に三日通うことにした。

ところが、荻野先生のスタジオは埼玉《さいたま》県の蕨《わらび》にあった。夕方五時に授業が終ってから満員の電車で行くと、スタジオに着くのはもう七時近くになっていた。

当時の蕨は舗装《ほそう》してなくて、雨が降ると、もう地面はあっちこっち、ぬかるみと水たまりで、頭のてっぺんまではねが上る、という有様だった。しかも、先生のスタジオは、駅から、かなり歩きでがあった。トットは、ぬかるみですべったり、傘《かさ》をとばされたりしながら、あのジーン・ケリーの「雨に唄えば」と、この状況《じょうきょう》にはかなりの、ひらきがあるな、と少しがっかりしながら、それでも熱心に通った。

荻野先生は日本のタップ・ダンスの第一人者として、日劇を一杯《いっぱい》にし続けた、というだけでなく、まだ日本にタップ・ダンスの基本というものがない時代から、アステアの映画を見て研究し、創作し、独学に近く、タップ・ダンサーになった人だった。

アステアの映画が封切《ふうき》られると、先生は、毎日、朝、映画館の開館と同時に、おにぎりを持って入り、最後の回の「ＥＮＤ」のタイトルが消えるまで、見続けた。そして、タップというものは、いくつかの基本ステップが組み合わされたものである、ということをアステアの踊りの中から見つけ、分析《ぶんせき》し、それに自分流のステップも混ぜて、遂《つい》に、オギノ式（?!）タップの基本ステップを確立させたのだった。日劇での教え子も入れると、お弟子《でし》さんの数は数え切れない、という話だった。でも、蕨の稽古《けいこ》場《ば》は、たいがい個人レッスンなので静かだった。

タップ・ダンスは、靴のつまさきの金具で、床を軽く「蹴《け》る」というか、「叩《たた》いて」

すぐ「止《と》める」というのが根本のようだった。このとき、あの独特の音が出る。どんなに細かく叩いても、いちいち止める。「空中に体が浮《う》いているほど、いい音が出る！」と荻野先生は、いった。そして大切なのが、リズム。それにしても、あの、いり組んだステップを憶《おぼ》えることが、最も難かしかった。これは、紙に書いたり出来ない複雑なものなので、先生が、あるステップを見せて下さると、いかにそれを早く、口三味《くちじゃみ》線《せん》のように、自分自身の音にして憶えるかに、かかっていた。

「チリタン、タチリタ、チリタチリチタ」

まるで邦楽《ほうがく》のようだけど、これを分解すると、「右足で蹴って止める。左足で蹴って止める。もう一度、右足で蹴って止めて、もとにもどすと同時に、左足で蹴って止めて、もとにもどす一拍前《ぱくまえ》に、右足を前に出して、かかとも一緒《いっしょ》に止める」となる。憶え方は「チリタン」でも「パタタン」でも「ウンパパ」でも、自己流でかまわなかった。なんでもいいから、この「チリタン」で読んだステップを、自分の足に一刻も早く憶えさせるのが、次の仕事だった。長い振《ふ》り付けになると、「チリタン」や「パラララン」や「ウンパッパ」や、「とんで、とんで、パタタン、止まって、パパパパン！」などの声で、稽古場は修羅《しゅら》場《ば》のようになった。そこへ手の振りがつき、首の振りがつき、最後に音楽に合わせる、という、はっきり言って、気が狂《くる》いそうなのがタップ・ダンスだった。

（なんでもそうだけど、楽しそうに見えるものほど、本当は裏が大変なんだ）と、トットは今更《いまさら》のように思った。

バレエ・ダンスの練習靴で稽古していたトットは、ある日、先生から、黒くてリボンのついてるタップ・シューズを頂いた。新品ではなかったし、少し足より大きかったけど、練習靴のゴム底のペタペタ、というのと違《ちが》って、踊ると、ジーン・ケリーやアン・ミラーと共通の音がした。トットはうれしくて、夜は枕元《まくらもと》に置いて寝《ね》た。

その頃、ラーメンが流行のきざしを見せていて、一杯三十五円か四十円だった。夜、レッスンが終ると、荻野先生は中学一年の息子《むすこ》さんを連れて、蕨の駅までトットを送ってくれ、よくラーメンを御馳走《ごちそう》して下さった。奥《おく》さまと離婚《りこん》して、息子さんを男手で育ててる先生にとって、そんな風に、子供と外食することも必要だったのかも知れない。奥さまだった人は、日本人ばなれしたプロポーションと美貌《びぼう》で男の人達《ひとたち》を魅了《みりよう》した日劇最初のスター、銀暁美《しろがねあけみ》だった。荻野先生と銀さんのコンビの踊りは、みんなが溜息《ためいき》をつくものだったという。残念なことに、とにかく、トットが通ってる頃、お二人はもう別れていた。

寒い日はラーメンが特においしかった。たべながら、先生は、タップの金具というものがまだ日本になかった頃、どうやって踊ったかというと、「アルミニュームのお鍋《なべ》、あれを靴の底の形に切って、それを釘《くぎ》で靴にうちつけて踊ったんだから。お鍋だよ！」などと、珍《めず》らしい話を早口の東京弁で、面白《おもしろ》く話してくれた。

また、荻野先生がタップのパイオニアであるように、荻野先生のお母さまが、翠川《みどりかわ》秋子というＮＨＫの初代の女性アナウンサーだった、という事を知ったのも、驚《おどろ》きだった。

大正時代、小学校の低学年だった荻野先生は、鉱石ラジオというレシーバーを片方の耳にくっつけて聞くラジオで、お母様の放送を聞いていた。「母の声をよくキャッチ出来たときは、うれしかった」と懐《なつ》かしそうに話した。まだ真空管も、ラッパもないラジオの頃だったから、ラジオといっても、大勢で一緒に聞くことは出来なかった。みんなで聞けるアメリカ製のラジオは、その頃、一台千円もした。千円というのは、当時、家が一軒《けん》買える値段だった。だから、子供たちは、いいことを考えた。一つの鉱石ラジオのレシーバーの上に、ドンブリをかぶせ、そこに三、四人の子供たちが耳をくっつけて一緒に聞いたものだった……という様な思い出話も出た。そういうときの先生は、やさしくて、若々しく、楽しかった。でも、スタジオでの稽古は、きびしくて、皮肉たっぷりで、容赦《ようしゃ》がなかった。これはＮＨＫの授業のときも同じだった。

それでも、トットは頑張《がんば》った。足の親指の爪《つめ》が変色し、特に左のほうは、爪の中が、虫がくったようにボロボロになってきた。足の全部の指の、曲がるところには、タコが出来た。このレッスンは、トットがＮＨＫと専属契約《けいやく》を結ぶまで続いた。荻野先生は終始、最高の、プロになるためのレッスンを続けてくれた。残念なことに、タップ・ダンサーになる前に、女優としての仕事が多くなって、結局、夢《ゆめ》は消えることになってしまった。

そして、実際のところ、そのまま続けても、アン・ミラーには到底《とうてい》なれなかったに決まっていた。トットの唯一《ゆいいつ》の、いいところは、どんなに足が内股《うちまた》になっていようと、振りつけを間違えていようと、顔の表情だけはニッコリしてる、という点だけ。ダンサーになれない決定的なとこは、その日どんなによく出来ても、一晩寝ると、前の日やった振りつけを全部、忘れちゃってる、という、トット自身にもわからない不思議な特技のせいだ。

でも、先生への感謝と、ジーン・ケリー、アン・ミラーへの憧れは、消えることはなかった。それにしても……と、トットは考えた。

（この間まで、オペラ歌手になろうとしてた私が、もう、タップ・ダンサーになろうとしてた。これから一体、いくつくらいのものに、私は〝なろう〟とするのかしら……。お母さんにもならなきゃ、ならないいんだし……)

トットがタップに熱中してる間、同期生の中にも、突然《とつぜん》、ピアノを始めた人、日本舞踊《ぶよう》の名取りになろうとする人、朗読に熱中する人、反対に「いまなら、止《や》められる。自分は違う道へ進んだほうが、いいのではないか……」と悩《なや》む人など、いろいろいた。ウロウロしてるのが自分だけじゃないと知ると、トットも少しは安心するのだった。

懐中時計《かいちゅうどけい》

ＮＨＫの授業は、養成も終りに近づき、熱が入って来た。〝テレビのための専属俳優〟という珍《めず》らしさから、新聞や雑誌の取材、というのも少しずつ始まって来た。

そんな中で、トットの仕事が増えた。

それは、授業中に一番、先生の近くに座《すわ》ってるトットが、その日、最後の授業の先生の懐中時計を少し進ませて、授業を早目に終らせる、という役目を、同級のみんなからおおせつかったことだった。最初、トットがこれをやったのは、あの「トットさま」と、体を半身にして歩いてくる朗読、物語の大岡先生の時間だった。先生方《がた》はみんな、鎖《くさり》のついた懐中時計、または、ＮＨＫの紐《ひも》つきのストップ・ウォッチを、まず机の上の自分の目の前に置いて、授業を始めた。教室は、旅館の日本間で、畳《たたみ》の上に長い机が並《なら》んでいて、十七人の生徒が、その机のまわりをとりかこむ形で、トットは先生の右手の角に座っていたから、時計は目の前だった。大岡先生のは、金色で、長い鎖がついてる懐中時計だった。トットは始め、全く悪意はなく、なんとなく、（手にとってみたいなあー）って思ったから、先生が話してる間に、鎖の端《はし》っこに手をかけて、ソロソロと引っぱってみた。静かに、ゆっくりと。だいたい三十センチくらいの距離《きょり》だから、そう難かしくはなかった。ほとんど自分の前まで引っぱって来たとき、パッ！　と、畳にすわってる、自分のスカートの膝《ひざ》の間に落しちゃう、という、やりかたが成功した。大きな金色の竜頭《りゅうず》をいじってるうちに、

（少し進ませれば、早く終るのに！）

という、悪魔《あくま》のささやきが聞こえた。十五分進ませてみた。返すほうが大変だったけど、全く見つからずに、元のところにもどせた。そのうち大岡先生は、時計を見ると、

「あら、今日はこれで、終りにしましょう」

といった。トットは、急に良心が痛んだ。今日一日、先生がこの時計で生活したら、

気の毒だ！　そこで、誰《だれ》かが先生にセリフのことで質問しに来たスキに、大忙《おおいそ》がしで、十五分もどして、机に置いた。この話を、得意になって同級生にしたものだから、みんなはすっかり喜こんで、少し早目に終ってほしい授業のときは、「頼《たの》む！」という話になった。以来、トットは、みんなの注文に応じて、だいたい十五分くらい進ませた。数学が得意じゃないトットが、半端《はんぱ》な数のときに十五分進ませるのは大変で、一度などは、何度も進ませたり、もどしたりしてるうちに、わかんなくなって、適当にして、机にもどしたら、その日はいつまで経《た》っても授業が終らなくて、みんなに、あとから文句をいわれた。調べてみたら、間違《まちが》って、二十分も遅《おく》らせちゃったのだった。以来、半端な数のときは、机の下にノートを置いて、足し算をしてから進ませた。

ただ、トットが、どんな困難を排《はい》してもやったことは、授業が終ったとき、必ず十五分、もとに、もどす、ということだった。

スリでも、スルよりもどすのが難かしい、といわれているように、ソソクサと帰ろうとする先生の時計を、間違いなく十五分、もとにもどしておく、というのは、かなりの技術と才覚を必要とした。でも、どこか手際《てぎわ》がいいのか、必ず成功した。いまだから白状するけど、養成の終りの三ヶ月くらいは、ほとんど毎日、先生方は、疑うこともなく、早く授業を終らせて下さっていたんだ。でも、同級生の誰よりもセリフが下手で、みんなに教えてもらっていたトットが、唯一《ゆいいつ》、みんなにお返し出来た、というか、感謝されたのが、この懐中時計の一件だった。

プラットホーム

朝、新橋の駅から大いそぎで、教室の観光ホテルに向かうトットの耳に、どっかの店のラジオから、「尋《たず》ね人の時間」が聞こえた。戦争が終って、もう九年も経《た》つのに、まだ、日本中で、家族を探してる人がいると思うと、トットは胸が痛くなった。と同時に、「家《うち》にはパパが帰って来た！」という、うれしさが今頃《いまごろ》になって、こみあげて来た。そして、ママの、あの頃の姿が、映画みたいに目に浮《う》かんだ。

それは、青森に疎開《そかい》してたときのことだった。終戦になったとき、パパは中国の北部にいた。そして、その後、シベリアの捕虜《ほりょ》になったことは、新聞でわかっていた。終戦後しばらくしたある日、新聞に「シベリアの捕虜の中に、ヴァイオリニストの黒柳守綱氏がいる」と出たからだった。

でも、毎日毎日、汽車に溢《あふ》れるほど、引揚《ひきあ》げの兵隊さんが帰って来る頃になっても、パパからはなんの便りも、なかった。ママは、引揚船のつく舞鶴《まいづる》にも、手紙を書いた。「青森県三戸郡《さんのへ》諏訪《すわ》ノ平《たいら》」と住所も書いて。新聞社にも問い合わせた。でも、何もわからなかった。そのうち、日本に帰りたいあまり、収容所を脱走《だっそう》したシベリアの日本人の捕虜が射《う》たれて死んだ、とか、川を泳いで渡《わた》って逃《に》げようとして、川にとびこんだまま行方不明《ゆくえふめい》になった捕虜の人がいる、というような噂《うわさ》が、流れてきた。そのたびにママは、

「パパは水泳は上手だけど、逃げたりする人じゃないから、大丈夫《だいじょうぶ》よ」

と、トットたちに、いった。その頃、ママは、トットや、トットの小さい弟や妹のたべるものを調達するために、いろんなことをしていた。まず始めは、近くの村や山の中で結婚式《けっこんしき》があると聞くと、全く知らない家なのに、一張羅《いっちょうら》の着物を着て出かけて行った。そして、「おめでとうございます」といってから、「きんらんどんすの帯しめながら……」とかを歌った。音楽学校声楽科出身なのが役に立った。それと、ママは、パパと結婚したての頃、映画会社のプロデューサーだった川口松太郎さんから、

「女優になりませんか？」

と何度も誘《さそ》われた、というくらい奇麗《きれい》だったたし、年もまだ、戦争が終った頃で三十五歳《さい》くらいだったから、きっと、どこの家でも、「わざわざ来てくれて」ということ

になったに違《ちが》いなくて、必ず、引き出ものの、お米の粉で作った大きな鯛《たい》とか、おもちだのを、おみやげにくれた。ママは、それをもらって帰ると、子供たちの前にひろげて、

「凄《すご》いでしょう。たべなさい」

と、いった。トットたちは目を丸くして、赤い鯛を見た。でも、結婚式も、そう毎日はないので、次にママは、諏訪ノ平でとれる野菜や果物を、いっぱい背負って、八戸《はちのへ》の海のほうに行き、魚と交換《こうかん》してもらって帰って来た。栄養失調でオデキだらけだったトットも、その魚で、すっかり直った。家族がたべる分をとると、ママは、残りを魚のほしい人に売った。日曜には、トットにも果物をかつがせた。トットは、友達《ともだち》に見られたら恥《はず》かしい、と思ったけど、ママは平気な顔をしていた。東京にいた頃、ママは奇麗にして、パパの演奏会に行ったり、お手伝いさんもいた生活だったのに、何もいわずに、こんなに、すぐ、かつぎ屋のおばさんみたいになれるママを、トットは不思議に思っていた。海のほうで、スルメとかが沢山《たくさん》手に入ると、ママは、家の近くの青果市場にコンロを持って行って、そのスルメをお醤油《しょうゆ》で煮《に》て、売った。農業組合の事務員もした。それでも、パパからは何の便りもなかった。

ある日、引揚者の沢山のった汽車が、諏訪ノ平の駅に臨時停車した。諏訪ノ平は、

小さい駅なので、ふつう、急行は止まらなかった。でも、東北本線は単線なので、上りと下りがすれ違うのを、駅でやるために、たまには止まることがあった。その日、ママは、汽車が駅に止まったのを見ると、走ってプラットホームに行き、汽車の窓から頭をつっこんで叫《さけ》んだ。

「どなたか、黒柳守綱って人、シベリアで、お逢《あ》いになりませんでしたか?」

汽車が出るまで、ママは、プラットホームの、はじから、はじまで、叫びながら走った。疲《つか》れきって乗ってる引揚げの人達は、それでも口々に話し合ったり、何かいってくれたりしたけど、はっきりしないまま、汽車は出て行ってしまった。誰《だれ》もいないプラットホームに、ママだけが立っているのを、トットは遠くのほうから見て、悲しく思った。

(あんなことをして、なんかの役に立つのかな)

と考えたりもした。でも、ママにとっては、いまは、これしかなかった。もう、終戦から二年も経っていた。

やっぱり、ある日、ママは頭を汽車の窓につっこんで、聞いていた。

「黒柳って、ヴァイオリン弾《ひ》くものですけど」

そのとき、一人のおじさんが、人混《ひとご》みの中から叫んだ。

「ああ、収容所で、ヴァイオリン弾いて、我々を慰問《いもん》してくれた。元気でしたよ！」

「生きているんですね？」

「そうだよ。奥《おく》さん、元気だしなさいよ。もうじき帰ってくるから！」

その通り、パパは戦争が終って四年目に、最後の引揚船で帰って来た。

……トットは、プラットホームを走りながら叫んでるママの姿と、

「パパ、元気だって……」

と泣きながら、子供たちのところに、駅から帰って来た、あの日のママの顔を思い出した。パパが出征《しゆつせい》したあとも、疎開中も、泣いたことのなかったママの、たった一度の涙《なみだ》を、あの日、見たことを、トットは「尋ね人の時間」を聞いて、思い出したのだった。

卒業式

わぁーい！　とうとう養成は終った。

なんであれ、一区切りつくというのは、うれしいことだった。まして、これからN

HKのテレビとラジオに出演するようになるのだと思うと、なんだか漠然《ばくぜん》として、わけはわからないものの、スリル一杯《いっぱい》で、トットはとても浮《う》き浮きした気分だった。

卒業式は、四月の本契約《ほんけいやく》の前に、早目に行われることになった。これは、卒業と同時に現場の人達《ひとたち》に紹介して、四月のデビューの前に使ってもらい、早くスタジオに馴《な》れるように、というNHKの計らいからだった。

トットたちは、テレビの一期生であると同時に、NHK東京放送劇団の五期生になるのだった。後《のち》に、あまりにも元気がいいのと、それまでの劇団のムードとまったく違《ちが》ってる、ということで、トットたち五期生は丁度同じ頃《ころ》大ヒットした「ゴジラ」をもじって、「ゴキラ」と呼ばれるようになった。でも、この卒業式の当時は、誰《だれ》もそんなことはわかっていなかった。ただ、受持ちの大岡先生だけが、期待と心配と、先生特有の面白《おもしろ》がりとで、あれこれ大騒《おおさわ》ぎをしているのが、トットにはおかしかった。

とうとう卒業式の日が来た。場所はNHKの会議室で、最高責任者の吉川義雄さんが挨拶《あいさつ》とか訓辞とかをすることになっていた。トットは、この日を特別の日と思い、たのしみにしていた。ところが、なんという不運!!　この日まで無遅刻《むちこく》、無欠席だったトットが、この日に限って、遅刻をしてしまったのだった。

だいたいトットは小さいときから、「今日は何か大切なことがある！」という日に、きまって、ふだん起らない悪いことが起るという、めぐりあわせになっていた。

うんと小さいときは、必ず当日になると、熱が出る。または、トイレなどに落ちる。少し大きくなってからは、例えばこれは戦後のことだけど、夢《ゆめ》にまで見るくらいホームシックになっていた東京に、疎開先《そかいさき》の青森から、一人でちょっとだけ帰って、親戚《しんせき》や友達に逢《あ》って来ていい、とママが約束《やくそく》してくれて、トットは毎日、その日を指折り数えて待っていた。いよいよ出発の日が来た。オーバーのポケットに大切に切符《きっぷ》をしまって、トットは駅まで走った。ところが、オーバーのポケットに大きな穴があいていて、駅についたら切符はなかった。真青《まっさお》になって、雪の道をもどって探したけど、どこを探しても見つからなかった。トットが走って駅に行くとき、丁度、下《くだ》りの汽車が着いて、かなりの人が降りていったので、その中の誰かがひろってしまったのかもしれなかった。ママが無理をして、やっと買ってくれた切符だったから、それ以上の我儘《わがまま》はいえなかった。ポケットの穴がうらめしかったけど、それは自分の不注意だった。そんなわけで、憧《あこが》れの上京はパアになって、友達にも逢えないことになり、それから、もう何日もトットは泣いて暮《くら》した。

またあるときは、祖父のお葬式《そうしき》の夜のことだった。トットは親戚の子供たちと、壇《だん》の前で、静かにトランプをしていた。トットは勝っていて、賭《か》けの大豆《だいず》を、一人じめしていた。そこに、「お坊《ぼう》さんが見えた！」というので、トットたちはいそいでトランプを片付けて、大人にまざって、きちんとすわった。医者だった祖父を慕《した》って、病気を治してもらった人達も沢山《たくさん》来ていた。お葬式が始まった。お坊さんは、お経《きょう》をとなえ、壇の鉦《かね》を叩《たた》いた。ところが、ふつうなら、

「チーン」

というはずの鉦が、

「ジャリーン」

と、ヘンな音がした。そして、何度叩いても、この音だった。なんとなく、みんなは、変った音だな、という風に、そっちを見た。トットだって、そう思った。そのとき、トットは「あーっ！」といいかけて、口をおさえた。（そうだった！）トランプのとき、勝った大豆をしまっておく入れ物が手近になかったので、トットは少し大き目の、あの鉦の中にしまっておいたのだった。

お葬式が終り、お坊さんが帰ってから、みんな鉦をのぞいて、中の大豆を見て、「一体どういうわけで、こんなものがこの中に入ったのだろう」と不思議がった。

トットは、叩きながら、中も見たはずのお坊さんに、申しわけないと思った。トットがママにこのことを白状したのは、何年も経《た》ってからのことだった。

トットが、「今日は特別！」というとき失敗するのは、初めてのデイトの時もそうだった。有楽町の駅の改札口《かいさつぐち》で待ち合せることになったんだけど、改札口を間違えて、二時間もドキドキしながら待っていて、結局うまく逢えないで、その人とはダメになってしまった。改札口のそばの靴《くつ》みがきの小母《おば》さんも、一緒《いっしょ》になって、待ってくれたんだけど……。

そういえば、人間として最も重大な、この世に生まれてくる瞬間《しゅんかん》からして、トットは不運だった。なにしろ、

「いよいよ生まれます」

と、お産婆《さんば》さんが宣言してから、たっぷり丸一日、ふんぎりがつかないというか、思いきりが悪いというか、出かかってはやめる、という事をくり返し、結局、生まれたときは、もうほとんど死んでいた。

お産婆さんが、逆さまにして振《ふ》りまわしたら、「ケッ！」といって、やっと息をした。

「だから、あなたを、口から先に生まれた、という人がいるけど、それは本当じゃないのよ。ふつうなら〝オギャー‼〟というところ、あなたは〝ケッ！〟といったんだから……」

と、ママがいった。そして、ママが何より驚《おどろ》いたのは、あまり長いこと、せまいところに居たせいか、生まれてきたトットの顔が物凄《ものすご》く長くなっちゃってて、紫色《むらさきいろ》で、まるで七福神の寿老人《じゆろうじん》みたいだった、ということだった。

「よく、こんなに、ちゃんと丸顔になったものだと思うくらいよ」と、ママはトットに時々いった。そんなわけで、ふつうの人なら、「ここ一番！」というとき、トットの身に不運が起るのは、不注意は勿論《もちろん》だけど、生まれつきなのかも知れなかった。

たのしみにしていた卒業式に、何故《なぜ》、トットが遅刻したかというと、その朝、家のそばの駅で、いつものように、階段ではなくて線路のわきの柵《さく》をくぐり枕木《まくらぎ》をこえて、線路からプラットホームによじのぼろう、と思ったのが間違いだった。いつもうまくいくのに、この日はタイトスカートなんか、はいたせいか、何度とびついても、よじのぼれず、モタモタしてるうちに電車が来るのが見えた。仕方がないから、一台やり過そうと、柵の外に出るために走ったら、ハイヒールの片方が枕木にひっかかって、ぬげた。そのまま、柵の外に出て、電車が行ったので、近づいて見ると、ハイヒールのかかとがとれていた。なんとか、それで歩いてみようと、片っぽだけ背のびしてみたけど、やはりダメなので、はだしで家まで取りに帰った。靴といっても、そう何足もあるわけじゃないので、気に入らなかったけど、とにかく、今日の洋服に合うのを選び、今度はちゃんと階段をのぼって、やっとホームまでたどりついたら、さあ、今度はなかなか電車が来ない。時間はどんどん迫《せま》ってくる。乗り換《か》えの大井町の駅でも、降りた新橋の駅でも、走れるだけ走って、やっと卒業式の会場にたどりついたとき、もう、吉川先生の訓辞が始まっていた、という、いきさつだった。そーっと入っていったトットを見ると、吉川先生は訓辞をとめて、いった。

「なんだい君は！　今日みたいな日に遅刻するなんて！」

トットは、ハァハァしながら、

「申しわけありません。プラットホームに、とびついたんですけど、靴がぬげて、かかとが……」

と、いいかけた。吉川先生は、いつもの冗談《じょうだん》をいう感じとは全く別の、こわい顔で、

「君、心がけが悪いよ。これが放送だったら〝遅《おく》れて、すいません〟といって、すむかい？」

といった。

トットは、（本当にそうです）と思いながらも、この一年間、一度も遅刻した事のなかった自分を考えると、あわれに思えて悲しかった。（こんなはずじゃ、なかった！）と自分の呑気《のんき》さにも腹が立った。涙《なみだ》が頬《ほお》を伝わって、ポタポタ落ちた。同期生

のみんなも、「気の毒！」と思ってるに違いないけど、どうしようもなかった。訓辞のあと、庶務《しよむ》の人が、事務的なことの説明をすると、吉川先生が、テレビ・ラジオの現場のプロデューサーや演出家《ディレクター》の部屋を廻《まわ》って、トット達を紹介《しようかい》する、ということになった。

吉川先生が、芸能とか演芸とか音楽とか書いてある部屋に入って、

「紹介します。この子たちが、今度の五期生です。養成が終って、いよいよ、よろしくお願いする、ということになったわけだ」

といい、五期生のみんなが、

「よろしく、おねがいします!!」

と、おじぎをする、卒業式で最も大切な、おひろめ、というか、初めての顔見世がはじまったのだった。ディレクターやプロデューサーの机の間を通って、五期生のみんなは、出来るだけ、自分を魅力的《みりよく》に見せるようにした。部屋にいたみんなは、拍手《はくしゆ》をしたり、立ち上って、興味深そうに一人ひとりの顔や姿を、じーっと見た。中には、ちょっと話しかける人もいた。ところがトットといえば、みんなのあとから、泣きながら、ついていったのだった。吉川先生に叱《しか》られたショックと自己嫌悪《じこけんお》と、（今日に限って！）という口惜《くや》しさで、どうしても涙が止まらなかった。だから、みんなが、

「よろしく、おねがいします！」

と、いってる時も、一緒におじぎをして、口の中でモゾモゾ言ったけど、涙と鼻をすすりあげるだけで、声にはならなかった。一人だけ泣いてるので、不思議そうに、

「どうしたの？」

と聞く人もいた。トットは目も鼻も真赤《まっか》になっていたけど、せめて上手に説明しようとした。でも、

「あの、遅刻したんで、吉川先生に叱られて……靴がぬげたもので……」くらいまでいうと、もう、あとはまた悲しくなって、しゃくり上げるのだった。本当だったら、誰よりも元気に、ニコニコして、

「こんにちは！」

と、いいたかったのに……。こんな風に、一階から五階へと、ゾロゾロ、夕方近くまでご挨拶《あいさつ》は続いた。とうとう吉川先生が、

「おい、もう泣くなよ」

と、トットのそばに来て、いって下さったけど、トットの涙はとまらなかった。

そんなわけで、晴れの顔見世の日、トットがお見せしたのは、涙でグチョグチョのハンカチと、お聞かせしたのは、ズルズルという鼻をすする音だった。

十七人の仲間の一番最後から、トボトボついていくという、トットが思ってもいな

かったデビューだったけど、とにかく、これで、トットは社会人になったのだった。

どうしたんですか？

トット達《たち》の先輩《せんぱい》の東京放送劇団の人達が、他《ほか》の誰《だれ》よりも上手なことの一つに、ラジオの〝ガヤガヤ〟というのがあった。ガヤガヤとは〝その他大勢《た》〟〝群衆の声〟のことだった。例えば時代もので、役のある俳優さんがマイクのところで、

「鼠小僧《ねずみこぞう》！　御用《ごよう》だ！」

というと、マイクから少し離《はな》れたところで、何人ものガヤガヤの男の人達が、

「御用！」「御用だ！」「御用々々！」「御用！」

と口々にいって、大勢がとりまいてる感じを出す、そういう仕事だった。

今日、トットたちは初めて、本当の放送のガヤガヤに使ってもらうことになり、ラジオのスタジオに入った。スタジオに入ったら、まず御挨拶《ごあいさつ》。それは、

「おはようございます」

だった。（夜なのに〝おはよう〟は、おかしい）とトットは思ったけど、そういう

しきたりだから、おかしくないのだと、みんなが説明した。事実、ある晩、トットがスタジオに入ったとき、

「こんばんは！」

といったら、古い俳優さんが、

「いやだねえー、近頃《ちかごろ》は。仕事をしてるって感じがしないね。〝こんばんは〟なんて、なんだか、家に客でも来たのか、って気がしてさ」

と半分冗談《じょうだん》、でも本当は、絶対に、

「おはようございます」

じゃなくちゃイヤだ！　という風に、いった。だからトットも仕方なく、毎回、心の中で（外は暗いのに！）とか、（さっき、晩御飯たべたのにさ！）と思いながらも、スタジオに入るときは、元気よく、

「おはようございます！」

と、いうようにした。でも、本当のことといって、それから、どれくらいスタジオの生活を続けたかわからないトットだけど、夜、「おはようございます」ということに馴《な》れることはなかった。だから、夜、スタジオやお稽古場《けいこば》に入るときの、「おはようございます」は、本当の朝に言うときに較《くら》べると、どうしても小さい声になってしま

うのだった。

さて、この日の、トット達、初めてのガヤガヤは、五期生のほとんどが一緒《いっしょ》だった。ガヤガヤでも、台本はちゃんと一冊ずつもらえた。でも、台本に、ガヤガヤのセリフが一人一人書いてある、ということは稀《まれ》で、むしろ、その情景に合ったセリフを自分で作る場合が多く、どんなセリフを考え出すかがガヤガヤの本領ともいえた。

今日のトット達のガヤガヤは、終戦直後の引《ひ》き揚《あ》げて来た人のドラマの中で、主役の男女が道端《みちばた》で話してると、そばで、バタリ!!　と男の人が倒《たお》れるところ。バタリ!!　という効果音が入り、マイクのそばの主役の男女が「あら？」とか「あっ！」とかいうのと同時に、ガヤガヤは声をひそめて、

「どうしたんですか？　どうしたんですか？」

「どっかで見たことのある人ですが……」

「死んだんですか？」

「救急車、呼んだほうがいいんじゃないでしょうか？」

「どこの人ですか？」

「いや、誰かわからないようですよ」

「どうしたんですか？」

「いや、お気の毒に……」

などと、一斉《いっせい》に言って、なんとなく、本当にそこに人が倒れたみたいな感じを出すのが役目だった。

トット達が、今日はじめて、というので、先輩のセリフのある俳優さんには待って頂いて、ガヤガヤの部分だけ、特別に稽古をするということになった。こういう部分は、的な稽古は、「抜《ぬ》き稽古」とよばれることを、このときトットは知った。

ガラス窓のむこうで、演出家がキューを出した。キューとは「始め!」のことだった。

五期生は、主役の人より八十センチくらい離れたところで、主役をとりかこむ形になって、さっきのセリフを口々にいった。

ちょっとやったところで、ガラスのむこうの演出家の男の人の声がスピーカーから出てきた。

「ちょっと! ちょっと! 誰かな? 一人だけ声が目立つんだけど。もう一回やってみて?」

いわれた通り、また、みんな口々にやった。すぐにスピーカーから声がした。

「ちょっと、そのお嬢《じょう》さん、あなた!」

指さす方向を見ると、それは、どうやらトットのことらしかった。トットが「はい？」という動きをすると、演出家は続けていった。

「困るのよね。一人だけ目立っちゃうと！」

トットは、自分が目立つようにしてる、なんて夢《ゆめ》にも思ってなかったから、びっくりした。ただトットは、人が道に倒れて死んでるかも知れないのに、声をひそめて、

「どうしたんですか？　どうしたんですか？」

という気にはなれないから、凄《すご》く大きい心配そうな声で「どうしたんですか？」と叫《さけ》んだのは、事実だった。演出家は言った。

「あなたね、みんなより、ちょっと、三メートルくらい離れて、それでやってみて？」

みんなより三メートルも離れると、同期生の友達の背中しか見えなくて、トットはとても不安で心細い気がした。それに、これだけ離れちゃうと、倒れてる人が一体どうなってるか見えるはずがないから、もっと不審《ふしん》になると思ったから、トットは、次のキューのとき、もっと大きい声で、

「どうしたんですかあ？」

といい、（今度は、うまくいったかしら？）とガラス窓を見たら、音量を調整するミクサーさんが、なんだか耳をおさえて、とび上ったみたいだった。演出家は立ち上

ると、いった。

「あのね、お嬢さん、ずーっと、そのまま、うしろにさがって……。そう、そのまま、ずーっと行って、はい、そのドアのとこから、やってみて？」

とうとうトットは一人だけ、ドアのところからやることになった。そうなると、トットは、なんとか、仲間のみんなと声を揃《そろ》えて一緒にやりたい、と思うから、ありったけの力をこめて、

「どーしたあんですかあー？」

と絶叫《ぜっきょう》することになった。トットが演出家のほうを見ると、同期生は相変らずマイクの近くで、ひそひそ声で、やっていた。トットが演出家のほうを見ると、姿はなく、よく見ると、ガラス窓の中で、みんなが頭をよせあって、相談してるようだった。そのうち、演出家が、中から出て来た。そして、ドアのところに一人で立ってるトットに、やさしくいった。

「お嬢さん、今日は帰っていいよ。でも伝票は、つけとくから……」

伝票というのは、ラジオでもテレビでも、トット達劇団員が仕事をすると、演出家が、何時から何時まで、どこのスタジオで、何という番組に出演したか、ということを書きこんで庶務《しょむ》に提出する伝票のことだった。それを一時間いくら（その頃、トットは一時間五十八円だった）で何時間、と計算して、庶務が月給として払《はら》ってくれる、

というシステムになっていた。だから、帰されると、(収入にならない)とトットが心配するのを気の毒と思い、「伝票は、つけとくから……」と、親切に言ってくれたというわけだった。でもトットは、一人だけ帰されるのは悲しいことだから、「なんとか、もう一度、やらせて下さい」と頼《たの》んで見た。演出家は、しぶしぶ、「それじゃ……」とやらせてくれた。ところが、いざキューが出ると、みんなみたいに小さい声で「どうしたんですか? どうしたんですか?」と、いおうと思ってるのに、実際は(そこに人が死んでたら、どうしよう!)と、泣きそうな大声で、

「どうしたんですかあ?」

に、なってしまうのだった。演出家は、時間を気にしながら、トットに言った。

「目立つとね、聞いてる人が、これは特別の役だ、と思っちゃうから、ダメなのよ。ガヤガヤは印象を強くしないこと。普通《ふつう》の声じゃないとね……」

仕方なくトットは、スタジオの外のベンチで、みんなが終るのを待った。せめて、新橋の駅まで、一緒に帰りたかったから。

以来、どの番組の、どの演出家のスタジオに行っても、ガヤガヤをやる段になると、トットは、きまって言われた。

「お嬢さん、帰っていいよ。伝票は、つけとくから」

しまいには、何もやらないうちから、トットの顔を見ただけで、「あれ？　君、来たの……。いいよ、帰って。伝票は、つけとくから！」という演出家もいた。

こんな風に、毎日、ＮＨＫに行っては、スタジオに入れずに、外で本を読みながら友達の終るのを待つ、という生活が続いた。それでもトットは、生れつきの陽気のせいか、あまり憂鬱《ゆううつ》じゃなく、（こんなものだろう）と思っていた。

忍者《にんじや》か！

ラジオのガヤガヤのほうはどうも、うまくいかないトットだけど、テレビのほうではどうだったか、というと……。

テレビでは、ラジオの雰囲気《ふんいき》作りのガヤガヤにあたる人達《ひとたち》を、「通行人」または「仕出《しだ》し」、ときには、「エキストラ」「群衆」という風に呼んでいた。これもラジオのガヤガヤと同じで、雰囲気とか情況《じようきよう》を作るためなのだから、一人だけが目立ってはいけないのだった。

例えば、喫茶店《きっさてん》で、人妻とその浮気《うわき》の相手の男性がヒソヒソ話をしている。この二人が主役だとすると、その二人の廻《まわ》りには、男女のカップルだとか、男性一人で新聞よみながらコーヒー飲んでるとか、恋人《こいびと》を待ってるらしい女の人とか、女同士が三人くらいとか、いろいろすわっている。テレビで見てる限りでは、別に、この〝仕出し〟と呼ばれる人達が難かしいことをしてるように見えなくて、（出演料もらって、コーヒー飲めるなんていいなあー）と思う人がいるに違《ちが》いない。ところが、実際、こういう人達は、いつ、どこから写るかわからないから、いつ写っても大丈夫《だいじょうぶ》のように、喫茶店の客らしい演技をし続けていなくちゃならない。相手がいる人は、ずーっと何か話している感じを持続させる必要があった。かといって、自分たちの話に熱中して、

「だから、パンダが、子供産んだらサ！」

なんて大声でいうと、これは、主役のマイクに声が入って邪魔《じゃま》になるし、熱中し過ぎる演技は目ざわりになるので、万事、ひかえ目でなくちゃいけないのだった。中でも、絶対にしてはいけないことは、主役の俳優をジロジロ見ることだった。仕出しの中には、スターを初めて身近に見る人も多いから、ついジロジロ見て、

（わあー、あの人、案外、そばで見るとシワが多いのねえ?!）

なんて、小声で、つれに話したりすると、これは、ドラマの筋を違う方向に持って

いってしまうことになるのだった。つまり、ジロジロ見てるところがカメラに写ったとすると、これはテレビを見てる人に、

（あ！　浮気をしてる、ってこと、いまの人がきっと旦那《だんな》に伝えるに違いない！　そういう役の人だ……）とか、

（人妻の旦那が、やとった女探偵《おんなたんてい》かしら？）

とか思わせちゃうからだった。

そうかといって、カップルが下をむいて、だまって、何も言わないで、コーヒーをすすってるだけだと、これまた、見てる人に、

（何か、特別に哀《かな》しい結末を迎《むか》える二人か？）

とか勘《かん》ぐられて、これも、さまたげになる。要するに、喫茶店のお客らしく、口はちゃんと開けて話はするけど、声はあまり出さないようにして、そうかといって、ヒソヒソ声にはならないようにする。いかにも実《み》のあることを話しているようにして、実際は熱中せず、体はあまり動かさない。しかも、そのシーンの間中、テストも入れて何時間になっても、緊張《きんちょう》を持ち続けること。お水が欲《ほ》しいからといって、ウェイトレス役の人を、勝手に呼んだりしてはいけない。ウェイトレスやウェイターの動きは、全部、演出で決まっているのだから……という風に、ほとんど、ガンジガラメなのが、

仕出しの仕事といえた。

しかも、テレビ見てて、目が主役以外に、そっちの仕出しのほうに一度でも行かなければ、最高の出来!! という、考えてみると、なんとも難かしいのがこの仕出しだった。

ついでにいうと、ウェイトレスのように、主役のそばに行って、

「御注文《ごちゅうもん》は？」

と聞いて、ひっこみ、用意されたコーヒーなどをお盆《ぼん》にのせ、主役二人のセリフか動きの、きっかけで、

「お待ちどおさまでした」

とテーブルに置く、たったこれだけでも、かなりの年月が必要とされた。

後《のち》に、NHKのテレビ「事件記者」でお馴染《なじ》みになった俳優の原保美《やすみ》さんは、初めての役がウェイターだった。しかも、それが、あの日本映画史に残る、「愛染《あいぜん》かつら」で、だった。

田中絹代さんと上原謙さんの二人に、コーヒーを出すことになった。ところが、新人の原さんは、どうしてもあがっちゃって、ふるえが止《と》まらない。だから、コーヒーカップとお皿《さら》を出そうとすると、カタカタカタカタカタ、と物凄《ものすご》い音がする。コーヒーは、

チャポンチャポンと、こぼれる。主役の二人のセリフより、カタカタの音のほうが大きいから、何度もN・G（ノー・グッド）が出る。とうとう最後に、大きな絆創膏《ばんそうこう》で、お皿とカップを貼《は》りつけて、やっと出した、というエピソードがあるくらい、これは年季の要《い》るものなのだった。

さて、トットが初めてテレビの通行人で出ることになった番組は、当時、ブギウギで大スターだった、笠置《かさぎ》シヅ子さんの歌が入るドラマだった。トットは、この笠置さんの後ろを通る、街の娘《むすめ》だった。

笠置さんは、うんとふくらんだパラシュート・スカートで、お魚屋さんの店先の前に立っていた。お魚屋さんといっても、今のセットのように、お店とか、いろいろ立体的なものなどなくて、ただ、お魚の絵が沢山並《たくさんなら》べて描《か》いてある、書き割りと呼ばれる、一枚の絵のセットだった。音楽が始まった。笠置さんは、リズミカルに、手をうんと動かして踊《おど》りながら、

「鯛《たい》に平目《ひらめ》に　鰹《かつお》に鮪《まぐろ》に　ぶりに鯖《さば》」

という買物ブギを、お歌いになった。

トットは、ラジオのスタジオより、ずーっと高い所にあるガラス箱《ばこ》の中にいる演出家からレシーバーで命令をうけて、スタジオの中でキューを出すF・D（フロアー・

ディレクター）の指図で、歩き出した。トットの考えでは、町のまん中のお魚屋さんの前で、パラシュート・スカートをはいて、大きい声で歌いながら踊ってる女の人がいたら、それは珍《めず》らしいし、面白《おもしろ》いことだし、変っている、と考えた。だから、（これは興味がある！）という風に、歩きながら笠置さんを観察し、顔なんかも横から少しのぞいたりして、通り過ぎた。途端《とたん》に、スタジオの中にひびき渡《わた》るスピーカーから、ディレクターの怒鳴《どな》る声がした。

「ちょっと、いまの後ろ、通った人！　すーっと通ってよ！　すーっと!!」

トットは、びっくりした。

（どこの世の中に、こんな面白いことが起ってるのに、見もしないで、すーっと通る人が、いるんだろう……）

でも、仕方がないから、

「はい」

といい、もう一度、音楽の前奏が出て、笠置さんの歌が始まった。トットは、とにかく、すーっと通った。

（これで、よかったかしら？）と思った瞬間《しゅんかん》、更《さら》に大きい声が、ガンガンと来た。

「なに？　いま後ろ、黒い影《かげ》みたいなものが通ったけど……」

（影？）トットは、思いがけないことに驚《おどろ》いた。ディレクターは、いった。

「テレビはね、タテに歩くときは走ってもいいけど、横に歩くときは、たったこれだけのブラウン管のサイズなんだから、すーっと、本当に大股《おおまた》で歩いちゃうと、早すぎて、ほとんど見えないの。ジロジロ見ないで、前方に用事あり気に！　で、さっさと歩いているように見せて、実は歩幅《ほはば》を盗《ぬす》んで、時間をかけて、なるたけ、ブラウン管の、はじから、はじまで、よく写るように。でも、目立たないように、すーっとね。わかった？」

……わかりっこ、なかった。

笠置さんは、大スターなのに、苦労人らしく、ちっとも機嫌《きげん》を悪くしないで、

「大変でんなあー」

と、いって下さった。もう一度、テストが始まった。トットは、前方に目をやって、どんなに面白そうでも、笠置さんを見ないようにして、なるべく距離《きょり》を進まないように、動きもスローモーション的に、手や足をゆっくり動かして、とにかく横切った。スタジオの中のみんなも、息を殺してる、という風だった。まだ、曲が終りきらないうちに、スピーカーから凄《すご》い声がした。

「きみ！　それじゃ忍者よ。君は忍者じゃないんだからね……。もう帰っていいよ。

ああ、伝票はつけとくからね！」

これで、テレビ初出演は、ラジオと全く同じように、おろされる、という形で終った。同期生が、スタジオのカメラの前でいろんなことをしてるとき、トットは、またスタジオの外のベンチで本を読みながら、みんなが終るのを待つ、ということになった。

そういうときの慰《なぐさ》めは、大岡先生だった。大岡先生は、いつものように、突然《とつぜん》、ふっ！　と現れると、トットのすわってるベンチに、横ずわりみたいにかけると、例の片手の甲《こう》で口をかくすようにして、

「トットさま、今日は、どちらのお仕事？」

と聞く。

「あの、ここなんですけど、もういい！　って言われたんで……」

というと、大岡先生は、別に深く追求することも、また、力づける、という風もないけど、なんとなく、

「ふ、ふ、ふ」

と笑って、

「何、およみ？」

と、トットの読んでる本の表紙など見ると、

「じゃ」

とかいって、あっという間に、どこかに姿を消してしまう。そして、しばらくすると、また、ふっ！　と隣《とな》りにすわって、

「トットさま、今日は、どちらのお仕事？」

と、さっきと同じことを聞くのだった。トットは、もう馴《な》れっこになっていたから、また、さっきと同じように、

「ここのスタジオなんですけど、もう、いい！　って、言われたんで……」

と答える。大岡先生の、おかしいことは、一日に何度でも、NHKの中で逢《あ》う限り、それが廊下《ろうか》だろうと、エレベーターの中であろうと、トイレの前であろうと、必ず、

「トットさま、どちらへ？」

と聞く。たった今、一分前に逢ったときでも、逢えば、また、

「トットさま、どちらへ？」

と聞くのだった。決して耄碌《もうろく》してるのでもないのに、（どうして、こう同じことを聞くのだろう）と、トットはいつも、いぶかしく、また、おかしく思った。（ちゃんと聞いてないのかな？）と思うと、そうでもないようで、つまり、そういう性格の人

なのだろう、と思うしかなかった。でも、一人ぼっちで、スタジオの外で友達を待ってるトットにとっては、

（おかしいなあー、同じこと何度も聞いて……）

とは思いながらも、やはり大岡先生が、足音を全くさせないで、気がついたときは隣りにいる、という不思議なやりかたで、

「トットさま、今日は、どちらのお仕事？」

と、聞いてくれるのは、何か滑稽《こっけい》でもあるけど、一人じゃない、という気がして、うれしかった。もしかすると、大岡先生は、トットたちの受け持ちという仕事も終って、NHKの中でヒマだったのかも知れなかったけど……。

このあと、何十年も経《た》ち、大岡先生も亡《な》くなってから、このころの、

「トットさま、今日は、どちらのお仕事？」

と、一日に何度も隣りにすわってくれた、あの「大岡老人」とみんなに呼ばれていた姿と、何もわからないで、自分では間違ってない、と一生懸命《いっしょうけんめい》やってるのに、どこに行ってもおろされて、それでもそんなに絶望もしないで、そんなものだろうと、大人しく、本なんか読んでた自分の姿を思い出すと、何か、痛いような哀《かな》しみで、トットは涙《なみだ》するのだった。

でも、その当時、おろされて泣いたことは、一度もなかった。

障子《しょうじ》、笑って！

テレビというのは新らしい仕事のはずなのに、なんとも、トットにわからない古い言葉が沢山《たくさん》あった。一番びっくりしたのは、トットがお座敷《ざしき》にすわってる娘《むすめ》の役で、すわっていると、いきなりディレクターが、

「障子、笑って！」

と、いったことだった。トットは仰天《ぎょうてん》した。

（障子が笑うのかしら？）急いで、ふりむいて障子を見ていると、大道具さんが二人お座敷に上って来て、あッ！　という間に、障子をはずして持って行ってしまった。

（折角、笑うとこ、見ようとしてるのに……）

トットは、心の底から、がっかりした。

それにしても、障子が笑うなんて、面白《おもしろ》いこと考えるディレクターだなあー、トットは尊敬した。ところが、これは、

（障子は不要。はずして、持って行ってしまってくれ！）という意味なのだった。それを知ったとき、トットは、

（折角、笑うとこ、見ようとしてるのに……）と思ったのと同じくらい、がっかりした。

広辞苑《こうじえん》に、「笑う」が比喩《ひゆ》的には、

〝つぼみが開くこと〟〝果実が熟して皮が裂《さ》けること〟〝縫目《ぬいめ》がほころびること〟などとは出ているけど、〝片づける〟とは出ていなかった。

障子がどうやって笑うのか……と、トットが息をつめて、楽しみにしていたと、そのディレクターは知らなかった。もし知ったら、

「なんて、馬鹿《ばか》な子だろう」

と、思ったに決まっていた。でも、トットにとっては、テレビという新らしい世界だもの、障子だって笑う仕《し》掛《か》けになっているのか、と思ったとしても、「それは、トットが馬鹿とは、いえないのじゃないか！」と、ひどく、がっかりしながら、トットは、障子が無くなった座敷のまん中に、いつまでもすわっていた。たしかに、それ以来、聞いてると、みんなは当然のように、

「ヤカン、笑って」「箪笥《たんす》、笑って！」「リンゴ笑って！」と叫《さけ》んでいた。でも、トッ

トは、そのたびに、ヤカンや、リンゴや、簞笥が、ケラケラ笑うところを想像して、一人で、（ああ、面白いなあ）と思うのだった。

七尾《ななお》伶子《れいこ》さん

トットが、東京放送劇団の先輩《せんぱい》の中で、もっとも恐《おそ》れていたのは、七尾さんだった。七尾さんは、トットが入った頃《ころ》、丁度、終りに近づいていた、あの「君の名は」で、主役の「真知子」と人気を二分した「綾《あや》」の役で、日本中の人気の的の人だった。少しかすれたような独特の声で、ラジオ・ドラマにひっぱり凧《だこ》だった。なぜ、トットが七尾さんを恐れていたか？　というと、それは、面とむかって怒《おこ》るからだった。例えば、ラジオのスタジオに入って、トットが運よく、おろされないで、本読みまでたどりつき、思わず、はしゃいで、同じ五期生の友達《ともだち》とベチャベチャしゃべったりしてると、

「静かに！　うるさいじゃないの！　スタジオは、勝手なこと、しゃべるとこじゃないのよ！　静かにしなさい！」

雑誌のインタビューのとき。

と、あの有名な声で怒るのだった。あるときは、トットが首にロケットを下げてて、中にどんな写真が入ってるか、なんて休憩《きゆうけい》時間に、スタジオの廊下《ろうか》で友達に見せびらかしているときだった。そばを通りかかった七尾さんが言った。

「ラジオのスタジオに入るとき、そういうネックレスや腕輪《うでわ》なんか、はずしなさいよ。マイクに、ぶつかったりして、音がしたら、どうするの！」

そういえば、七尾さんは、いつもネックレスや腕輪をしていなかった。それにしても、折角、おしゃれして来たのに。ロケットの中に、憧《あこが》れのシューベルトの写真を切りぬいて、入れて来たのに……。鎖《くさり》を首から、はずしながら、トットは思った。

（意地悪！）

他《ほか》の先輩は誰《だれ》も何もいわないのに、七尾さんだけが怒るんだもの。

だから、トットは、毎日、スタジオに入るとキョロキョロして、心の中で、（七尾さんと一緒《いつしよ》じゃないと、いいなあー）と思うくらいだった。で、七尾さんの姿を見つけちゃうと、（あーあ……）と憂鬱《ゆううつ》になるのだった。なにか、オドオドして、のびのび出来ないからだった。事実、オドオドしたために、こんなことが起った。

その日は珍《めず》らしく、すべてが順調で、本番までスムースに行った。そして、これもまた珍らしく、ナマ放送じゃなく、録音をとる、ということになった。勿論《もちろん》、トット達はガヤガヤだったから、少しくらいトットの声が目立っても、おろされる心配はなかった。本番が始まり、半分くらいまで進んだときだった。トットが、みんなとマイクのところに行こうとすると、トットの赤いハイヒールが突《とつ》然《ぜん》、ギイギイ、と音をたて始めた。静かに、足音を、しのばせて歩いているのに、安物らしい、ひどい音だった。（あっ！）と、トットが習慣的に七尾さんを見ると、もう、マイクのところで、七尾さんはトットをにらんでいた。とにかく、そのシーンのガヤガヤが済むと、トットは、いそいでマイクから離《はな》れ、相変らずギイギイという靴《くつ》を急いで脱《ぬ》いで裸足《はだし》になった。それから、両手の靴をどこかに置いて来《こ》ようと、ぬき足、さし足で進んだら、なんという運の悪さ。片っぽの靴を、床《ゆか》に落してしまった。

「ゴトーン!!」

かなりの音がした。（しまった！）七尾さんは、こわーい顔をしている。本来なら、音をたてた場合、マイクの調整の人を見るべきなのに、トットは一番こわい七尾さんを、つい見てしまうのだった。それでも、N・Gにはならなかった。（よかった！）床にころがった靴を、そーっと拾って、やっとカーテンのむこうに静かに置き、いそいでマイクのところにもどった。勿論、裸足で。そして、そのシーンを済ませると、次のガヤガヤまで、なるべく皆《みな》さんの御《ご》迷《めい》惑《わく》にならないように、そして、出来るだけ、七尾さんの目から遠いところに行こうと、スタジオの隅《すみ》の、カーテンのむこうの、もう誰もいないところまで行った。カバーをかけたグランドピアノが置いてあり、そこまで行けば、トットが静かにしよう、としてるのが、七尾さんにもわかってもらえるくらい、隅っこだ、とトットは思った。(やれやれ)トットはため息をついて、ピアノによりかかった。とたんに、グランドピアノが、

「ギー――イ!!」

と大音響《だいおんきょう》を発し、一メートルも移動してしまった。当然、N・Gだった。カーテンのむこうから、七尾さんの、かみなりが落ちた。静かにしようと静かにしようと思えば思うほど、こんなになっちゃう、ということが、七尾さんにわかってもらえなくて、悲しかった。七尾さんは、先輩としてミクサーさんにN・G出したことを、あやまってくれた。それから、七尾さんは、トットにむかうと言った。

「スタジオは、仕事をするところ。俳優になろうと思ってるんなら、ちゃんとやりなさい。そんなことやってたら、いつか、本当に自分が、何かやりたい、と思ったって、誰も協力なんかしてくれないからね!!」

怒ってる声だった。

このときは、ただ、こわかった七尾さんだった。何もいわないで、だまってる先輩

のほうが、いい人だ、とトットは思っていた。

「俳優殺すに刃物《はもの》は要《い》らぬ。お上手お上手！　の三度もいえば良い！」

この、ことわざを聞いた、ある日、トットは、（はっ！）と思い出した。あの頃、真剣《しんけん》に怒ってくれ、プロとしての根性やマナーを、トットに、にくまれながらも教えてくれたのは、先輩では、七尾さん、たった一人だった……。

狐《きつね》のお面

どういう風の吹《ふ》きまわしか、トットのところに、ガヤガヤじゃない、単独のテレビの仕事が来た。それまで、ラジオにしてもテレビにしても、仕事、といったら、必ず同期生と一緒《いっしょ》に指名されるのに、この日は、トット一人だった。（でも、行っても、どうせ、おろされるかも知れないし……）と、割に呑気《のんき》に出かけたトットは、台本を渡《わた》されて、とび上った。（大変！）それは、司会のようなもので、カメラにむかって、NHKの近くの小学校の生徒のやる、歌とか踊《おど》りとかコーラスとかを紹介《しょうかい》する、という難かしそうな仕事だった。担当のディレクターは、顔の色が黒く、肥《ふと》っていて、まゆ毛が濃《こ》くて、ちょっと、ダルマのようだ、とトットは思った。バンカラで有名な人だった。その人は、トットを、スタジオの床《ゆか》に絆創膏《ばんそうこう》で×じるしをした上に立たせると、大声で説明した。

「いいかい、この×が、君の立位置《たちいち》！　そしてその第一カメラが、ふつうは一《いち》カメというが、これが君の前に来る。カメラの上の赤いランプが、パッ！　とつく。ついたら、君が写ってることだよ。だから、しゃべる。いいね？　で、この赤いライトが消えるまで、君は写ってる。セリフは、台本通り。じゃ、リハーサル、やってみよう！」

カメラは、二台だった。トットは、台本に書いてあることを、大急ぎで暗記した。カメラが来た。赤いランプがつく。

「みなさん、今晩は！　きょうは、小学校の生徒さんの、楽しい歌とか、踊りとかを、御紹介しましょう。まず、麴町《こうじまち》小学校三年生の○□△×君の歌です」赤いランプが、消える。○□△×君が歌いだす。二カメが○□△×君を写し始めた。一カメも大急行で○□△×君のところに行く。

その間に、トットは、いそいで足許《あしもと》に置いた台本を開く。

（えーと、次は、四谷《よつや》小学校四年生の、×▽○□ちゃんの踊り……）歌が終る。カメラが、トットの前に、すっとんで来る。赤ランプがつく。トットがいう。

「次は、四谷小学校四年生の×▽○□ちゃんの踊りです」

……こんな風に、六人くらい紹介すると、ちょうど予定の時間で、「では、さようなら」で番組は終ることになっていた。

思いがけないほど、万事スムースにいった。ダルマ・ディレクターは満足気に、

「うん！　大丈夫《だいじょうぶ》！　その調子！　いいぞ！」

と大声で叫《さけ》び、リハーサルは終った。

スタジオの中の、少し高い台の上に置いたテレビジョンは〝モニター〟といって、リハーサルも本番も、カメラで撮《と》ったものが写る仕掛《しか》けになっていた。トットの顔もそこにクローズ・アップに写っているようだったけど、写っているとき、そっちを見ると、横目に写っちゃって、叱《しか》られるといけないから、トットは見ないように我慢《がまん》した。カメラ・リハーサルがもう一度あり、とうとう本番になった。夕方五時半からの、子供も見る番組だった。ナマ本番というのは、時間キッチリに始まるので、どんなことがあっても待ってはくれない。メーキャップさんが、茶色っぽいスティックを、スポンジで顔に塗《ぬ》ってくれ、トットが普段《ふだん》はつけてない口紅も、つけさせられた。ちょっと紫色《むらさきいろ》っぽい口紅だったけど、写ると、これが自然に見える、という話だった。

ところで、その日は偶然《ぐうぜん》、パパとママが一緒に銀座に行く用があった。そこで、「じゃ、どうせなら、銀座のあと、トットのテレビをパパとママが喫茶店《きつさてん》で見て、そのあとトットと、そこで逢《あ》って、三人で食事でもしよう……」という約束《やくそく》になっていた。まだ個人でテレビを持ってる人はほとんどなくて、トットの家にも勿論《もちろん》なかった。求人広告に「求む家政婦。当方テレビジョン有り」という、今では嘘《うそ》のような時代だった。喫茶店は、NHKと道路をへだてた向かいの、フロリダ、と決まった。

本番というのは、恐《おそ》ろしくドキドキするもので、F・D（フロアー・ディレクター）が、

「二十秒前！　十五秒前！　十秒前！」

と、始まりの秒よみを叫び出すと、途端《とたん》に手先が冷たくなり、頭がボーッとして、心臓が音をたて始め、いくら唾《つば》を飲みこんで、のどを下に押《お》しても、心臓が押し上げるのか、のどが口の外に出ようとする。ましてや「……九、八、七、六……」と近づいてくると、もう、目の前が暗くなる。「五……四……」……もう、絶対に、時計は止ってくれない。

「三……二……キュー!!（合図）」

始まった。

トットは、それでも、目をしっかりと見開いて、目の前の赤ランプがつくと、すぐ、いった。

「みなさん、今晩は！　きょうは、小学校の生徒さんの、楽しい歌とか踊りとかを、御紹介しましょう。まず麹町小学校三年生の○□△×君の歌です」

赤ランプが消えた。（ああ、よかった。少なくとも、はじまりは、うまくいった……）深呼吸してから、いそいで、しゃがんで台本を見る。（えーと、次の学校は、四谷小学校、四年生の……）

口の中で何度かくり返しているうちに、カメラが来る、赤ランプがつく。しゃべりだす……。

こんな風に、まん中くらいまで、うまくいった。ところが、思いがけないことが起った。

それは、小学校の男の子が二人で一枚の羽織《はおり》を着て、二人羽織《ににん》というのをやっている時だった。羽織を着た子の背中に、もう一人の子が入っていて、前の子の口の中に、羽織から出ている後《うしろ》の子の手が、おまんじゅうを入れようとするんだけど、なかなか、うまく口の所にいかなくて、喰《た》べるほうの子は指にかみついたり、おまんじゅうがコロコロころがっちゃったり……。始めは、わざとして笑わせてたんだけど、本当にうまくいかなくなって、しまいには、顔の出てる子が、「ちがうよ！　もっと、右!!」とか、後の子にいい始め、後の子はあせるもので、ますます、おまんじゅう持った手が頭にぶつかったり、鼻を押したりして、もう、いつ終るかわからなくなって来た。トットは、(どうなることか！)とハラハラして、見ていた。突然《とつぜん》、トットの目の前に、赤ランプがパッ!!　と、ついた。

「ウッ！」

……トットは、びっくりした顔でカメラを見た。生徒がやっている間に、ちゃんと台本を見て、次の子の学校名と名前などを、暗記しておかなくてはいけないのだった。それなのに、おまんじゅうに気を取られていて、見るのを忘れていたのだった。何を次に言えばいいのか、思い出せなかった。台本は足許にあるけど、もし、取ってみようとすれば、体を沈《しず》ませなければならない。そうしたら、カメラから姿が消える……。

(ああ、どうしよう……)馴《な》れてる人なら、こんなときに、

「さあ、次は、なんでしょう？　楽しみね、じゃ、どうぞ!!」

なんて、胡麻化《ごまか》すことも出来るけど、何しろ、カメラと真正面に相対したのは今日が生まれて初めてのトットだもの、どうしようもなかった。(誰《だれ》かが助けてくれるか？)と、思ったけど、F・Dの人は、もう、次の子供のほうに合図しに行ってしま

って、あるのは目の前のカメラだけ。カメラさんの姿は、カメラにかくれて見えなかった。(ああ!　神様……!)それでも、赤ランプは消えない。

「赤いランプがついてるうちは、写ってるんだからな!!」

ダルマ・ディレクターの声が耳に残っている。

(どうしよう……)

トットは、この間じゅう、ずーっと困った顔のまま、だまって、カメラのほうを見ていた。

(もう、消えてくだされば、いいのに……)

でも、赤ランプは、ついている。

(こんなに孤独《こどく》な、ものなの?)

トットは悲しくなった。それと、自分が悪いんだけど、このまま、こうやって、カメラとにらめっこしてて、どうなるのかしら……?

恐ろしい沈黙《ちんもく》。こういうときの時間が、どのくらいのものか見当もつかなかった。まるで、五分も経《た》ったか、とトットは思った。とうとう、トットはどうしていいかわからなくて、顔はカメラにむけたまま、少しうつむいて、小声でいった。

「いやんなっちゃう……」

次の瞬間《しゅんかん》、赤ランプがパッ!!　と消えた。トットは凄《すご》いいきおいで、しゃがんで、台本をめくった。そのあと、トットが、どんなに挽回《ばんかい》しようと頑張《がんば》ったか、それは、誰の目にもはっきりした。

それでも、とにかく時間が来れば、番組は終る。（ああ、終った……）と思った時だった。頭の上のガラス箱《ばこ》のドアを蹴《け》とばすように出て来たダルマ・ディレクターの、世にも恐ろしい声が！　本当に、雷《かみなり》とはこのことか、と思えるような大きな声が、上から落ちてきた。

「お前!!　社会人なんだぞ！　なんだ？　〝いやんなっちゃう〟とは!!　もう女学生じゃねえんだから。社会人だってこと、忘れるんじゃ、ねーぞ!!」

トットが、どんな絶望的な暗い気持でパパとママの待つ喫茶店にむかったかは、いつまでも、ふるえちゃって止まらない手と、目に一杯《いっぱい》たまった涙《なみだ》が、証明しているようだった。トットが入っていくと、いつものように、ママは、美しい顔で笑いかけた。ママの黒いベレー帽《ぼう》が、黒いレインコートと、よくマッチしていた。パパが、ママのことを自慢《じまん》するのも、もっともだ、と、トットは、しょげながらも思った。トットはうつむいたまま、聞いた。

「見た？」

「見たわよ」ママがいった。

パパも、いった。「見たよ」

パパとママにとっては、娘《むすめ》の顔を、初めてはっきり、ブラウン管で見たことになるのだった。トットは、恥《はず》かしいのと、がっかりとで、

（どんな顔に写ってた？）

とは聞けなかった。だから、思い切って、こう聞いた。

「間違《まちが》ったとこ……わかったでしょ？」

ママは、ちょっと考えてから、いった。

「間違ったとこ？　気がつかなかったけど……」

「本当？」

トットは少し元気になった。

ママは、うなずいた。

「ええ、気がつかなかったけど……」

トットは、自分に良いほうに解釈した。

（そうか！　もしかすると、あれは、ＮＨＫのスタジオの中だけのことで、放送には、あそこが写らなかったのかも知れない……）

さっきまでの心配が、どんどん消えていくようだった。トットは、うれしくなった。

（わかんなかったのなら、他《ほか》は、うまくいったんだもの、わあー!!）

トットは顔をあげかけた。そのとき、不意にママが、いった。

「それはいいけど、どうして、あなた、狐のお面、かぶって出たの？」

「え?!」

トットは、ママの言ってる意味が、わからなかった。ママは、気がねしてるような風に、いった。

「そうなの。どうして、狐のお面かぶって、ああいう司会みたいの、やるのかなあ、ってパパとも話したんだけど……」

「狐の、お面?!……」

トットは、何が驚《おどろ》いたといって、こんなに驚いたことはなかった。だって、メーキャップだってして、顔は、ちゃんと出して、やったんだもの。トットは強くいった。

「お面なんて、かぶってないわ!!」

でも、ママは、はっきりした口調で、いった。

「あら、やだ……。かぶってたじゃない……」

トットの初めてのクローズ・アップは、狐のお面の顔としか見えなかった。こんなショックなことはなかった。

つまり、その頃の、白黒のテレビの画像は、そんなだった。白と黒のコントラストが強かったし、ブラウン管には、横線が沢山《たくさん》走ってる。そんなわけで、口は横にどんどん長くなって、切れ長の口になり、鼻の先は白いので前に飛び出し、目は、顔の白にくらべて、黒目が強調されちゃって、つり上り……（どっちにしても、緊張《きんちょう》で、つり上っては、いたけれど……）おまけに、肌《はだ》の感触《かんしょく》が出ないから、顔は固い。その上、髪《かみ》の毛は真黒で、柔《やわ》らか味は全くなくて、ギザギザだ。……そんなわけで、家族にはいつも120点をつけるママですら、「狐のお面」と信じて疑わない風に写っていたのだ、とわかった。

将来、テレビがカラーになり、例えば赤ちゃんの顔がピンク色で、生き生きと輝《かがや》き、ポチャポチャと柔らかそうで、よだれまではっきり見えて、もう、手を出して、さわってみたくなるまでに技術が進むだろう、なんてことを、このときのトットは想像することも出来なかった。

ただ、今度また大写しで出ることがあったら、狐のお面をかぶっているようにだけは写らないといい！　トットには、それだけだった。

真似《まね》なんか、してない！

今日、トットは、これまでの自分の人生でこんなに悲しく、また屈辱《くつじょく》的な気持を味わったのは初めてだ！　というような目にあってしまった。

午後、ラジオのガヤガヤの仕事が終り、第一スタジオ（一スタ）から出て来たところで、トットは、放送劇団の一期生の男優のＩさんに呼びとめられた。Ｉさんとは、いままで一緒《いっしょ》のスタジオにいた。そして、トットたちはガヤガヤだけど、勿論《もちろん》、Ｉさんは主役だった。

「ちょっと、話がある。この本読室、空《あ》いてるから、ここでいい」Ｉさんは、一スタの前の本読室のドアを開けて入った。トットは（なんだろう？）と思ったけど、大先輩《だいせんぱい》が話があるというのだから、ついて入った。ガランとした薄暗《うすぐら》い本読室だった。すわって話をするのか、と思ったら、赤ら顔に眼鏡を光らせたＩさんは、立ったまま、いきなり、いった。

「なんだ！　お前の日本語は！」

いきなり、お前の日本語はなんだ！　と言われても、外国人なら、何か言うことがあるかも知れないけど、日本人のトットには、何と答えたらいいのか、答えようがなかった。トットは、オロオロした風に、Ｉさんを見た。Ｉさんは、いかにも不愉快《ふゆかい》そうに、たたみかけるように、

「それでも、日本語か？」

と、いった。トットはこわかったけど、相手の言おうとしてる意味をわかりたかったから、一生懸命《いっしょうけんめい》、おねがいをする調子で聞いた。

「私の日本語、おかしいんですか？　どういう風にですか？」

Ｉさんは、にべもなく、答えた。

「どういう風にも、こういう風にも、日本語としてヘンなんだよ！　全部が！」

トットは、だまってしまった。トットのしゃべりかたは、昔《むかし》からしゃべってる通りの、自分のしゃべりかたで、そんなにヘンとは思ってなかった。パパもママも、ヘンとか、おかしいとは、別に言わなかったし。だけど、全部がヘンだと、いま目の前のＩさんは、いっている。たしかに、これまでの放送劇団の人達《ひとたち》のしゃべりかたと違《ちが》うことは、トットにも、わかっていた。でも、同期生の人達だって、みんな、同じように、しゃべってるし、「しゃべりかたが早い！」と、トットはディレクターによく叱《しか》

られるけど、ふだんは、みんなだって、そのくらいの早さでしゃべってる。ただ、みんなは、ラジオ・ドラマの時はふだんより少しゆっくりにするけど、トットは、ふだん、自分がしゃべってるままの速度で、しゃべる。だから、「早い」といわれちゃう。そういうことは、わかっていた。でも、現代の若い女の子の役だったら、ふだんのままでいいのではないか？　とトットは考えていた。だから、Iさんが、もし、

「セリフが早すぎる！」

と言ったのなら、自分の意見を伝えることも出来た。でも、日本語が全部ヘン、となると、これは大問題だった。一応、東京放送劇団の俳優は訛《なまり》が無い、ということが条件で、その点、トットは東京に生まれて育ったので、訛はなかった。（……ヘン、て、どういうことなのかなあ……）トットはとても心細くなって、早く、ここを出たい、と思った。でも、目の前のIさんは、とても出してくれそうもなかった。

（〝お前は下手だ！〟とか、〝しゃべる態度が悪い〟とか、〝早すぎて、いってる事が、わからない〟と言ってくれたら、確かに、そういうところがあるんだし、直しもする）

でも、Iさんの言ってることは、そういうことじゃないらしかった。

（それにしても、私は新人で、下手だし、確かに、ヘンなとこもある。ですから、なんとか、ふつうの人のようにやれるよう、勉強しますから……）とトットがいおうと

思っているとき、Ｉさんは、トットがゾッ！　とするような、はきすてるような口調で、こういった。

「とにかく、お前の日本語、全部、明日《あした》っから直してくるんだな！」

（直す？　生まれたときから、何十年も、しゃべってる、私の、この言葉を全部、直せって？）

トットは、気が転倒《てんとう》した。そんなこと、出来っこ、なかった。だって、これは、私の、自分の、しゃべりかたで、自分のもの。一体、直して、どんな風にしゃべればいい、と言うのだろう。でも、次のＩさんの言葉を聞く前だったから、トットはオロオロしながらも、ちゃんとしていた。ところが、次に、Ｉさんはこういったのだった。トットが、一生忘れることが出来ない！　と思った、この言葉を。

「中村メイコの真似でも、してやがんのか？」

放送界に、うといトットでも、中村メイコさんの名前は知っていた。でも、ラジオの声を聞いたことも、それまでなかったし、テレビでも、まだ一緒に出るようになる前で、どんな芸風の、どんな喋《しゃべ》りかたをする人なのか、まるで知らなかった。

それに、知っていた、としても、自分らしくないことをするのが、どんなに恥《はず》かしいか、トットは小さい時から知っていたから、するはずがなかった。その人間だけが持っている個性を、早く、小さいうちに見つけて、それを伸ばす、という、トモエ学園の小林校長先生の教育方針の中で育って来たトットは、自分のものは、それがヘンでも大切だ、と思って来た。それなのに、

「誰《だれ》かの真似を、するつもりか？」

と、いわれた。トットは、もう少しで涙《なみだ》が溢《あふ》れそうになるのを、我慢《がまん》して叫《さけ》んだ。

「真似なんか、してません！」

Ｉさんは、

「とにかく、聞いちゃいられねえんだ！」

と、いい捨てて、部屋を出て行った。

「真似をしてる？　真似をしてる？　真似をしてる？」

体中が、悲しみで、ふるえた。涙が、とめどなく、流れた。どんな汚《きた》ない言葉で、ののしられても、我慢は出来た。「ヘンな子ね」と、馬鹿《ばか》にしたみたいに先輩に笑われても、こらえてきた。でも、「誰かの真似をしてる」と、いわれたことは、トットにとって、耐《た》えられないことだった。そういうことをいう大人の人がいる、ってことを、トットは知らないで、育ってきてしまった。

それから二時間、トットは、真暗な中で、本読室のコンクリートの壁《かべ》を、こぶしで

叩《たた》きながら、一人で泣いていた。

「真似なんかしてない！　真似なんかしてない！」

と、くり返しながら……。

スージーちゃん

今日のテレビの本番は、思ってもいない結果に終った。でも、始めの予想では、うまく、いくはずだった。上野動物園のスター、チンパンジーのスージーちゃんが、テレビ特別出演で、いろいろな彼女《かのじょ》の芸を披露《ひろう》することになっていた。それも、ただ出て来て、何かを見せるのではなく、ドラマ形式になっていて、スージーちゃんは、ホテルに泊《とま》る、お金持のお客さんの役。そして、番組のフィナーレでは、ステージで踊《おど》りも見せることになっていた。トットは、ホテルのボーイの役で、スージーちゃんの泊ってる部屋にお食事をおとどけする、という役目だった。それでも、部屋の中で直接、スージーちゃんと二人だけで向い合うことになるので、彼女に馴《な》れて頂くために、トットは、ディレクターに連れられて、上野動物園に出かけた。園長さんの部屋が、会見の場所だった。

小さいときから、動物が好きなトットは、チンパンジーとは直接逢《あ》った事はなかったけど、とてもたのしみだった。こわいとか、気持わるい、とかいう気持は、なかった。他《ほか》にも、数人、俳優さんが行った。園長室で待っていると、スージーちゃんが、飼育係《しいくがか》りの男の人に手をひかれて、部屋に入って来た。ベージュ色の毛糸で編んだ、可愛《かわい》いワンピースを着ていた。ドアが開いて、スージーちゃんがチラリ、と見えただけで、トットは、

（わあー、可愛い！）

と思った。本当に、三歳《さい》くらいの子供のようだった。とても、お行儀《ぎょうぎ》よく歩いて来た。スージーちゃんは部屋に入ると、突然《とつぜん》、飼育の人の手を放し、手で漕《こ》ぐような恰好《かっこう》で、大急ぎで走って、トットの目の前まで来た。まわりにいた俳優さんの中には、「キャッ!!」と言って、飛びのいた人もいた。スージーちゃんは、まん丸い、まっ黒な目で、トットを見た。それは、人間の子供とどこも違《ちが》わないように、トットには見えた。部屋の中には、トット以外にも人が居るのに、いきなり、トットの目の前に、スージーちゃんが来たので、トットはびっくりした。スージーちゃんは、小さな手をトットのほうに、さし出した。黒いけれど、指の長い、品のいい手だった。トットは、

なんだかわからないけど、自分も手を出して、

「コンニチハ」

といった。次の瞬間《しゅんかん》、スージーちゃんは、トットの膝《ひざ》の上に、チョコンとすわった。みんなは、ドアから一歩入ったか、入らないかで、もう、動物好きな人がわかったのだと、スージーちゃんの勘《かん》に驚嘆《きょうたん》した。トットも、一時はびっくりしたけど、うれしかった。

「お母さんだと思ってるんじゃない?」

とディレクターが言ったので、みんながドッと笑った。(これなら、大丈夫《だいじょうぶ》!)みんなが安心した。

NHKでのリハーサルも順調で、とうとう、本番の日になった。スージーちゃんが、どういう芸を見せるのか、というと、ホテルの上等の部屋で、スージーちゃんが、まず、お化粧《けしょう》をする。手鏡を持って、口紅を塗《ぬ》り、白粉《おしろい》の丸い箱《はこ》の中からパフを出して、鼻の頭にパタパタとやって、次に櫛《くし》で頭をとかして、出来上り。その頃《ころ》、ボーイ役のトットが、トントンとドアをノックして、

「失礼いたします」

といって入って、バナナや、リンゴの、のっているお盆《ぼん》をテーブルの上に置く。ス

ージーちゃんは、そのバナナを一つ手にすると、ソファーに座《すわ》って、丁寧《ていねい》に皮をむいて喰《た》べ始める。そうすると、トットが、

「では、失礼いたします」

といって、部屋を出る。トットの役は、そこまでだった。そのあと、他の、男のボーイの役の人が、鍵穴《かぎあな》から中の様子をのぞいてみると、スージーちゃんも向こうの鍵穴から、のぞいてるといった、いろいろのギャグがあった。そして最後が、ステージでの踊り……ちょっと、〝どじょうすくい〟みたいのだけど、とにかく音楽に合わせて踊る……という、芸達者なチンパンジーでなければ出来ない、ストーリーだった。

カメラ・リハーサルも上々の出来だった。そして、ナマ本番になった。

小さな丸い帽子《ぼうし》をかぶって、ページ・ボーイ風の衣裳《いしょう》を着たトットは、バナナとリンゴをのせたお盆を持って、ドアの外に立ち、キューを待った。中では、スージーちゃんが、うまくお化粧してるはずだった。ところが、思ったより、キューが遅《おそ》い。トットは、あせった。

（大丈夫かしら？　フロアー・ディレクターが、私にキューを出すこと、忘れてるんじゃないかしら？）でも、うっかり、中をのぞきにまわりこんだとき、キューが来たら、間に合わない。やきもきしていると、何故《なぜ》か、フロアー・ディレクターが床《ゆか》をよ

つんばいに、はいずりながら、トットのところに来た。そして、ささやくように、いった。

「とにかく、なんとか、よろしくね！」

「え?!」

トットが、

「なんですか？」

と、いう暇《ひま》もなく、背中を押《お》された。仕方なく、ドアをノックして中に入り、

「失礼いたし……」

と、いいかけたとき、目の前に、真白な、粉の固まりみたいなものが、飛んできた。一瞬、それが何だか、トットにはわからなかった。でも、よく見ると、それは白粉を、頭からかぶったスージーちゃんだった。F・Dさんが、

「なんとか、よろしく」

と言ったのは、このことだったのか、と、トットは了解《りょうかい》した。（それにしても、パフで、鼻の頭をパタパタはたくはずが、どうしたのかしら？）と思ってると、スージーちゃんは、その真白な粉の固まりみたいな体で、また、鏡の前に飛んで行き、パフをつかむと、頭の天っぺんに、更《さら》にパタパタと、やった。それから、口紅を手にとる

と、口のところに持って行き、歯で噛《か》んで、口紅をのみこんでしまった。それから、唖然《あぜん》として立ってるトットのところに、走って来た。それは、もう、初めて逢った日の、小さい女の子のようではなく、小さいモンスターのようだった。トットは、どうしたらいいか、わからないけど、逃《に》げるわけにもいかないので、お盆をテーブルに置き、バナナを一本手にとって、

「どうぞ、召《め》し上って下さいませ」

と渡《わた》そうとした。ところが、それより早く、スージーちゃんは、バナナをトットの手からひったくると、皮もむかずに、バナナにかみつき、次に、ポーンと遠くのほうに放《ほう》り出した。トットは必死で、スージーちゃんをなだめにかかった。

「なにか、ご機嫌《きげん》が、お悪いようで……」

出来るだけ、やさしい声で言ったけど、スージーちゃんには聞こえないらしく、次々とバナナやリンゴを放り投げ、最後には、お盆も投げてしまった。

（どうしたらいいの？）

Ｆ・Ｄさんは、次々といろんなサインを出すけれど、どれとして、トットには、意味がわかるものはなかった。そのうち、スージーちゃんは、どんどん部屋のセットから出て、カメラ方向に歩き出した。トットは少し追いかけたけど、本来なら、そこに

は部屋の壁《かべ》があるはずなのだから、（どうしたものか？）と考えた。その、さなかに、トットは、とても、おかしいものを見た。それは、ドアの鍵穴から覗《のぞ》く、例のボーイの役の人が、腰《こし》をかがめ、鍵穴を覗いてる恰好《かっこう》で、キューを待っている姿だった。その俳優さんに、大岡先生は、前から〝ビキニの灰〟という渾名《あだな》をつけていた。それは、〝どこに降るかわからない〟という意味で、そのくらい、この俳優さんは、本番での出入《ではい》りがいい加減で、セリフもよくトチった。その人が、今日に限って、用意よく、鍵穴から覗いているから、トットは（おかしい！）と思ったのだった。だって部屋の中には、もう、誰《だれ》もいないのに……。

このあと、スージーちゃんは、すべてのギャグをカットして、何かに使う予定でスタジオの隅《すみ》に置いてあったザルに入った南京豆《ナンキンまめ》を、スタジオの床にまき散らした。カメラは、この南京豆にひっかかって、動きがとれなくなった。F・Dさんは、南京豆の上ですべって、ころんだ。スタジオの中は、もう大混乱だった。そしてスージーちゃんは、フィナーレに、誰も思いつかないことを考えた。それは、カメラの上に、よじのぼることだった。NHK一、といわれるカメラさんが、どんなにグルグル廻《まわ》したり、移動させても、自分のカメラの上に乗っかってるスージーちゃんを撮《と》ることは、出来なかった。スージーちゃんが居ないので、ステージの上でウロウロしてる、司会者を撮っていた他のカメラが、大急行でUターンして、カメラの上のスージーちゃんにピントを合わせた。

その途端《とたん》、粉まみれのスージーちゃんは、みんなを見廻すと、パチパチと拍手《はくしゅ》をした。そして、放送は終った。世にも、滑稽《こっけい》で、皮肉なドラマが終った。

トットには、そのとき、どうして、スージーちゃんがこんなに荒《あ》れたか、その理由が、はっきりわかっていた。

それは、休憩《きゅうけい》時間や、カメラ・リハーサルのとき、みんなが、スージーちゃんのスカートをまくって、ちゃんと、毛糸で編んだピンクのパンツを、はいてるのが面白《おもしろ》いといって、何度も何度も見たからだった。

「さわらないで下さい」

と飼育のかたも言い、スタッフも注意してたけど、いろいろの出演者や、技術の人《ひと》達《たち》が、可愛いからもあるけど、やっぱり面白いので、かわるがわる、まくったのが、スージーちゃんの気にさわり、興奮して、ああいう事になってしまったのだった。トットは、一度も、スージーちゃんにさわらなかった。勿論《もちろん》、さわりたかったけど、自分だって、知らない人にいじくり廻されたらいやだから、きっと、チンパンジーだっていやだろう、と思ったからだった。それと、トットの小学校の小林校長先生は、い

つも、

「動物を、だましちゃ、いけないよ。性質が悪くなるからね」と生徒に言っていた。だから、みんなが、スカートをまくるたびに、トットは、

「よしたほうが、いいのに！」

と思ったけど、注意をするにしては、全部の人が、トットより先輩《せんぱい》だった。チンパンジーのかわりに、

「やめて下さい！」

と大きい声でいえなかった自分を、トットは、口惜《くや》しい、と思った。もし、有名なら、言えるのに。それまで、有名とか、スターには、なりたい、とは思っていなかったけど、このときは、そうじゃないことを、本当に残念に思った。スージーちゃんにも、申しわけない、と思った。

粉まみれのまま、スージーちゃんは、飼育の人に抱《だ》きかかえられ、トットに、

「さよなら」

も言わずに帰ってしまった。

その日、トットは、ずーっと悲しかった。

踏《ふ》まないで下さい

　トットは、テレビスタジオのまん中に立って、目をこらし、みんなの足許《あしもと》に注目していた。誰《だれ》かが、カメラのケーブルの上に乗ったり踏んだり、していないように。テレビカメラには、長くて太いケーブルがついていて、電源につながっている。時には、蛇《へび》のように、スタジオの床《ゆか》にとぐろを巻いてるときもあり、また、カメラマンが、大急ぎでカメラを押《お》して走ると、ケーブルも、どんどんのびるので、ぼんやり立っていると、それに足をとられて、ひっくり返る人もいる。だから、それぞれのカメラには、アシスタントがいて、ケーブルがもつれたりしないようにとか、カメラがこのケーブルの*の*びが悪いため、先に行かれなかったりしないようにとか、立ってる人やセットをひっかけないようにと注意して、ケーブルを手に持って、さばくのが仕事だった。

　ところで、トットは、このカメラのケーブルの上に乗ったり、踏んだりしてる人を見ると、

「すみません。それ、踏まないで下さい」

と頼《たの》んで歩いた。みんなは、不思議そうな顔で、トットに聞いた。

「なんで、そんなこと、頼むんだい？」

トットは、教わった通りに答えた。

「だって、これ踏まれてると、私の顔が、つぶれて写る、って聞きましたから」

本当に、そう思ってたから、トットは大真面目《おおまじめ》だった。ところが、スタジオ中のみんなは、ドッと笑った。……トットは、だまされていたのだった。この間、カメラのアシスタントの男の子が、ケーブルを指して、

「これ踏むと、顔が、つぶれて、写るよ！」

とトットに言った。自分の顔が、面長《おもなが》ではないにしろ、思いなしか、横ひろがりに写るらしい、と感じていたトットにとって、これはとても有難《ありがた》い忠告だった。だから、自分が写るときには、誰かが踏んでいないように気をつけなくちゃ、と思っていたのだった。でも、そういえば、一度、映画から来た、奇麗《きれい》な女優さんが出たとき、（勿論《もちろん》、リハーサルの時だったけど）トットが、誰にも見られないように、ちょっとケーブルを踏んでみたけど、モニターに写った美しい顔は、決してつぶれたようにはならなかった。そのとき、

（おかしいなあ！）

とは思ったけど、だまされてる、とは思っていなかった。ケーブルを踏むと、悪く写る、と本気にしていた。

（この前のように、狐《きつね》のお面をかぶったみたいに、写っては困る！）それと、自分でも、自分のことを奇麗とは思っていないけど、これ以上に悪く写っては、テレビジョンを、ご覧《らん》の皆様《みなさま》にご迷惑《めいわく》だ！……そんな思惑で、今日も、誰かがケーブルを踏んでいるのじゃないか？　と、スタジオの中をかけ廻《まわ》って、お願いしたのだった。

ケーブルが関係ない、と、わかったとき、トットは安心もした。でも反面、自分が悪く写っても、それが誰のせいでもない、という現実にぶつかって、トットは、人には言えない、心細い気分にもなったのだった。

ヤン坊《ぼう》　ニン坊　トン坊（Ⅰ）

ＮＨＫ始まって以来、最初の、大がかりな「オーディション」というものが行われることになった。「オーディション　Audition」今では、テレビでも、劇場でも、映画でも、出演する人を審査《しんさ》するとき使われる、この言葉も、もともとは、ラジオのためのものだった。

広辞苑《こうじえん》によれば、「放送番組の試聴《しちょう》。また、歌手・俳優などを登用する際の聴取テスト」。英語の字引きにも「聴力。歌手の試験。歌手、放送員の聴取審査。また審査すること。受けること」とあり、語源的には、〝聴《き》く〟ことから始まったもののようだった。当時としては誰《だれ》にとっても、全く、初めて聞く言葉だった。

ある日、「オーディションがあります。ラジオの第二スタジオに集って下さい」という伝票が、トット達《たち》五期生の女性宛《あて》に配られた。

（なんのことだろう?）とにかく、当日、トット達が第二スタジオに行くと、もう、かなり沢山《たくさん》の、女優さんらしい人が来ていた。一つのグループは十人くらいで、それは文学座の人達だった。

「ほら、あの目の大きい人が、岸田今日子《きしだきょうこ》さんよ」と、五期生の誰かが小声で話していた。他《ほか》にも、いろいろな劇団から、とか、個人で、とか、若い女優さんが沢山来ていた。NHKの人の、簡単な説明が始まった。

「NHKでは、戦後、子供も大人も一緒《いっしょ》に聞ける連続番組に力を入れて来ました。まず、アメリカの占領下《せんりょうか》では、CIE（民間情報教育局）の要請《ようせい》で、浮浪児《ふろうじ》たちが元気で生きていく物語『鐘《かね》の鳴る丘《おか》』。占領が終ってその後《あと》が、古川緑波《ふるかわろっぱ》主演で、楽しい『さくらんぼ大将』。そして、この四月からは、全く新らしい番組を始めることになりました。題名は、

『ヤン坊　ニン坊　トン坊』

です。これは、インドの王様から中国の皇帝《こうてい》に献上《けんじょう》された、三匹《びき》の白い高貴な子供の猿《さる》が、中国を抜《ぬ》け出して、故郷のインドにいる両親の許《もと》へ帰るまでの冒険《ぼうけん》物語。歌が沢山入った、楽しい、夢《ゆめ》のある放送劇です。そして、このオーディションの最大の目的は、

『大人《おとな》で子供の声の出せる人』

という事。作者の飯沢匡《いいざわただす》先生は、『子役を使わずにやりたい、脚本《きゃくほん》を、本当に理解し、感情を表現して演じる、ということは、子供には難かしいし、スタジオで学校の宿題をやったりしてるのを見るのは、子供が気の毒でたまらない。まして、これは、ナマ放送の上に、歌が何曲もあるので、子供には無理だろう』と、おっしゃってます。それで、今までにないことですが、大人の女性の皆さんに、男の子の声を出して頂いてみることにしました」

それまでは、ほとんど、子供の声は子供に限っていた。それを、大人で子供の声を

出せる人を探して、やってもらう。そういう事だった。今では、アニメ映画や、外国映画のアテレコに大人が子供をやるのはあたりまえで、むしろ、本当の子供がやるのが珍《めず》らしいくらいだけど、そのときのNHKでは、「これは大冒険で、かなりの反対もあったけど、飯沢匡先生の強い希望であるので、イチかバチか、やってみようと思う」ということも、その人は、つけ加えた。なお、役に合った声が必要なので、審査員になまじ、顔を見せないほうがいい、という事で、ガラス箱《ばこ》のむこうの副調整室と、マイクの前に立つ女優とは、厚い木のついたてが遮断《しやだん》した。

審査員には、作者の飯沢匡先生、作曲の服部正先生、トット達五期生のラジオ・ドラマの先生でもあるNHKの演出家の中川忠彦先生。そして、直接、この番組を演出することに決まった教養部の中村文雄さん、飯沼一之《いいぬまかずゆき》さん。プロデューサーの入江俊久さん、と知らされた。勿論《もちろん》トットは、中川先生以外、その中の誰一人として、逢《あ》ったことはなかった。

歌の譜面《ふめん》と、三ページ分くらいのセリフのやりとりを書いた台本が渡《わた》された。歌の伴奏《ばんそう》のために、女の人がピアノの前にすわった。NHKの人は、だいたいの見当で、「あなたは、一応、ヤン坊をやってみて下さい」とか、

「ニン坊から、やってみて下さい」とか、決めた。トットは、「トン坊」を、やりな

さい、といわれた。

三匹の白い子猿の性格は、テーマソングで、表現されていた。

〽ヤン坊　ニン坊　トン坊
しっかりものの　ヤン坊
あばれん坊の　ニン坊
かわいいチビ助　トン坊

トットは、子供の声なんて出してみたことはなかったけど、台本を読んでみると、自然に出るような気がした。そして、トットが、とても気に入ったのは、小さいトン坊が、寝るとき、誰も歌ってくれないので、自分で自分を眠《ねむ》らせるための「子守唄《こもりうた》」を歌うとこだった。

〽トン坊　トン坊　おやすみよ
トン坊　早く　おやすみよ
ニッコリ　ニッコリ　お月様
風と駆《か》けっこ　白い雲
押《お》しくらまんじゅうの　お星様
眠れば　みんな　お友達

ヤン坊ニン坊トン坊とカラスのトマトさん、右から、里見京子・黒柳徹子・横山道代・新村礼子。

遊びましょうよ　と　待っている
トン坊　トン坊　おやすみよ。

服部正先生の子守唄のメロディーは、美しく、哀《かな》しく、優《やさ》しかった。

トットは、そのとき、ふと、パパのことを想《おも》った。小さいとき、いつも寝つくまで、トットに子守唄を歌ってくれたのは、パパだった。ヴァイオリニストにしては音程が不確かだったけど、いつまでも歌ってくれた。少し大きくなってからは、寝つくまで、ベッドのそばで童話や、世界の名作……「クオレ」だとか「小公子」だとか「家なき子」といったものを読んでくれたのも、パパだった。あまり上手な読みかたではなかったけど、毎晩、読んでくれた。

オーディションは能率よく、すすんでいた。

ヤン坊《ぼう》　ニン坊　トン坊（Ⅱ）

そして、NHKはじまって以来、という大がかりなオーディションは終った。トット達《たち》のような新人は他《ほか》にいなくて、みんな、もう放送に馴《な》れてる女優さん達だったたから、万事、スムースに進んだ。でも、セリフは上手だけど、「私、歌の譜面《ふめん》、すぐ読めないのよ」という人も、中にはいた。トットは、何もかも、人より秀《すぐ》れてるところはなかったけど、音楽学校を出ているから、楽譜をその場で見て、すぐ歌う訓練は出来ていた。だから、「困った困った……」といってる、どこかの女優さんに、少し教えてあげたりした。考えてみると、オーディション、というのは、誰《だれ》もがライバルであるはずなのに、トットは、同じドキドキの苦しみを味わった同士、といった親しみを、みんなに感じていた。

「トン坊を、やって下さい」

と、いわれていたトットは、とにかく、出来る限り、小さい男の子のような声を出してみた。一年間のNHKの養成期間に、こういう訓練はなかったけど、有難《ありがた》いことに、主役をやれなかったおかげで、いろんな変った役を勉強したので、どんな風にやれば、どんな声が出るか、見当がついていた。トットがトン坊をやるときは、勿論《もちろん》、ヤン坊とニン坊をやる人と一緒《いっしょ》だった。でも、一通りやると、係りの人がトットに、「あなたは、もう一度、トン坊をやって下さい」と言って、違《ちが》う、ヤン坊やニン坊を、トットのいるマイクのところに連れて来た。そして、その係りの人は、耳につけてるレシーバーで、ガラスのむこうの副調整室からの指令を聞くと、その場でヤン坊とニ

ン坊の役を取りかえて、

「もう一度、はじめから、お願いします」

といったりした。それは、トットと同期生の誰かのときもあれば、すでに有名な女優さんの時もあった。トットは、思った。

（いいなあ、みんなは、ヤン坊だの、ニン坊だの、いろいろ、やれて。私は、もしトン坊がよくなかったら、落ちて、それでおしまい！）

でも、これまで、何度となく、通行人の役を降ろされたり、日本語がヘンだから直して来い！　と先輩《せんぱい》にいわれたり、ディレクターに無視されたりが、当たり前のようになっていたから、

（あまり、多くは、望むまい！）

と決心していた。でも、本当のことを言って、絵本や童話を自分の子供に上手に読んでやるお母さんになる予定で、NHKに入ったトットだもの、この「ヤン坊ニン坊トン坊」のような番組が、もしやれたら、それは、

（夢《ゆめ》が、かなったことになるのに……）

と、ひそかに思っていた。

それから、また別のヤン坊ニン坊が何度か来て、そのたびにトットがトン坊をやっ

て、とうとう、オーディションは終った。係りの人は、

「しばらく、お待ち下さい」

といって、副調整室に入っていった。

厚い木のついたてが、ガラスのむこうの審査員《しんさいん》と、スタジオのトット達を相変らず仕切っていた。だから、中で、いま何が行われ、どんな人が何を言ってるのか、全くわからなかった。スタジオの中は、誰も彼《かれ》もが、一生懸命《いっしょうけんめい》やった、とわかる紅潮《こうちょう》した顔で、だまって、腰《こし》かけていた。でも、お互《たが》い、この初めてのオーディションというものを一緒にやり、いま、〝結果を待つ〟という心細さ、というか、競《きそ》い合ってるという恥《はず》かしさ、というか、同時にスリルを味わっている、という複雑な思いでいた。だから、顔を見合わすと、誰かれなく、やさしく、ほほえみあったりするのが、一寸《ちょっと》、悲しい、とトットは思った。ただ、女優のオーディションというのは、優劣《ゆうれつ》よりも、その役柄《やくがら》に、合うか合わないかが、まず第一、という事が、まだしも他の社会の競争にくらべて、気が楽だった。
七、八分して、係りの人が紙を持って入って来て、言った。
「では、これで、オーディションを終ります。御協力ありがとうございました。役が決まりましたので、お伝えします。

ヤン坊、文学座の、宮内順子さん
ニン坊、同じく文学座の、西仲間《にしなかま》幸子《さちこ》さん
トン坊、NHK劇団の、黒柳徹子さん
以上です。みなさん、本当にありがとうございました。また、よろしくお願いします」
トットは立ち上ったけど、何もいえなかった。トットの同期生の五期生のみんなが、そばに来て、「よかったわね」と、口々に、いってくれた。他の女優さん達も、みんな立ち上り、それぞれ、さよならを言ったり、解放された感じで、話し始めた。トットは、だまって、立っていた。トットにくらべると、お兄さん役のヤン坊とニン坊になる、文学座の二人は大人っぽく、新劇の女優さんらしく、さっぱりとした、立居振《たちいふる》舞《まい》だった。係りの人が、
「それじゃ、作者の飯沢匡先生、作曲の服部正先生、それから〝ヤン坊ニン坊トン坊〟の、実際の担当者たちを紹介《しょうかい》します」
と、いった。そのとき、トットは初めて、今まで、ついたてのむこうにいた審査員を見たのだった。
その日、トットはその頃《ころ》の一張羅《いっちょうら》を着ていた。白い小さい衿《えり》のグレーの無地のシャンタンの身頃《みごろ》に、グレーに白の大きな水玉の、やはりシャンタンの、ふくらんだフレ

アー・スカートのワンピースだった。髪《かみ》はポニー・テールで、頭のてっぺんには、当時大流行の、帽子《ぼうし》ともヘアー・バンドともつかない、わらじ型のものを乗せていた。黒のベルベットだった。同期生の男の子たちは、それを、

「エジソン・バンド」と呼んでいた。昔、頭を良くするためにと売り出された、エジソン・バンド、というものに、形が似てる、という話だった。

トットは、自分が選ばれた、ということを、うれしい、と思うより先に、とても恐縮《きょうしゅく》していた。それに、あとで、選んだ人が後悔《こうかい》しなければいい、とオドオドと考えていた。（いつもみたいに、結局は、降ろされたら、どうしよう）とも、思っていた。

だから、係りの人が、

「このかたが、作者の飯沢匡先生ですよ」

と、トットに紹介してくれたとき、トットはおじぎをするなり、必死で、いった。

「私、日本語がヘンですから、直します。歌も下手ですから、勉強します。しゃべりかたも、ちゃんと、しますから」

そのとき、飯沢先生が、いって下さったことを、トットはそのあと、何度も、何度も、思い出した。だって、そんなこと、NHKで誰一人、いってくれたことがなかったから。飯沢先生は、ニコニコしながら、こういったのだった。

「直しちゃ、いけません。あなたの、その、しゃべりかたがいいんですから。ヘンじゃありません。いいですか？　直すんじゃありませんよ。そのままで、いて下さい。それがあなたの個性で、それが僕《ぼく》たちに必要なんですから。大丈夫《だいじょうぶ》！　心配しないで！」

……それまで、トットの〝個性〟というものは、みんなの邪魔《じゃま》だった。「君の、その個性、なんとかなりませんか。ひっこめて、もらえないかねえ」といわれ続けてきた。「ひっこめて」と言われても、どうしたらいいのか、トットにはわからなかった。でも、とにかく、（ふつうの人のように、どうしたら、なれるかしら？）と、つとめて来た。それなのに、飯沢先生は、

「そのままで、いて下さい」と、いって下さった。トットは、急には信じられなかった。でも、胸の底から、うれしさがこみあげて来た。たった一人でもいい、トットの個性を必要とする人に、逢《あ》えたんだもの。

飯沢匡、という人について、トットは何も知らなかった。

丁度このとき、昭和二十九年、飯沢先生は朝日新聞をやめた。それまでの、ジャーナリストと劇作家、という二つの仕事を、一つにしぼるためだった。そしてこの年、

文学座のために書いた「二号」という芝居《しばい》で、第一回岸田演劇賞を受賞した。

トットがトン坊に決まったニュースに、有頂天《うちようてん》になった大岡先生は、トットに、こう耳うちした。

「放送界には、真船《まふね》（豊）上皇《じようこう》、北条（秀司《ひでじ》）天皇がいらっしゃいますが、飯沢先生は別格で、ハイカラでもいらっしゃるので、飯沢法王《ポープ》、と私どもはかげで、お呼びしてるんでございますよ。それと、やはり忘れてはいけないことは、飯沢先生が、世界で最初に、原爆《げんばく》の写真を雑誌にのせたかた、ということでございましょうね」

戦後すぐ、「アサヒグラフ」の編集長になった飯沢先生は、日本がアメリカから独立した日に、それまで机の引き出しにかくしてあった、広島の原爆の写真を、アサヒグラフにのせた。これが、世界に最初に紹介された、原爆の恐《おそ》ろしさだった。日本人も、それまで見たことのない、原爆の写真だった。外国からも、増刷の注文が殺到《さつとう》した。

「一見、やさしそうに見えるけど、こわいかたです」

と、大岡先生は小声でいい、

「それにしても、トットさまのデビュー作品が、飯沢先生で、本当によろしゅうございました」

と、つけ加えた。トットも、そう思った。

こうして、トットの、本当の意味のデビューは、この「ヤン坊ニン坊トン坊」と決まった。そして、放送が始まった。ところが第一週目で、ヤン坊の宮内順子さんが、文学座の旅公演とぶつかって、続けられなくなり、ちょっとして、ニン坊の西仲間さんが、赤ちゃんが出来て、お休みをしなくちゃならなくなり、配役はこう変った。

ヤン坊　ＮＨＫ劇団の、里見京子
ニン坊　同じく　　　　横山道代
トン坊　同じく　　　　黒柳徹子

そして、この番組は爆発的にヒットし、この三人は「ＮＨＫの三人娘《むすめ》」として、マスコミに取りあげられ、注目されることになるのだった。

でも、もし、トットがこのオーディションに受からず、

「あなたの、そのままが、いいんです」

という飯沢先生に逢わなかったら、恐らく、放送界に残ることはなかったにちがいない。いくら元気で楽天的なトットでも、ヘンとか、邪魔という圧倒《あっとう》的な声に自信を失って、きっと、他の道を探して、歩いて行ったに違いなかった。

にわとり

テレビのナマ放送というのは、本当に、思いがけないことが起る。今日も、そうだった。トットは、東北の農村の娘《むすめ》の役で、お祖父《じい》さんは左卜全《ひだりぼくぜん》さんだった。「ヤン坊《ぼう》ニン坊トン坊」でのデビューということで、通行人の役より少しいい役をするように、なっていた。この娘は都会に憧《あこが》れていて、今日も今日とて、自分の家の縁《えん》側《がわ》に立って、

「絶対に、東京サ、行ぐのだ！」

と祖父に、いった。庭先には、にわとりがコッコッコッ！　と、餌《えさ》をついばんでいる、のどかな、田舎《いなか》の風景のシーンだった。そして、次のシーンは、とうとう、トットの役は、上京し、小さなアパートに住み始める。心やさしい娘だから、机に向かって、故郷のお祖父ちゃんに手紙を書く。トットの、その手紙を読む声が、手紙の字にだぶる……。

「私は、元気でいます。東京サ住むのは大変ですが、頑張《がんば》っています。おじいちゃんも……」

そこまで書いたとき、どういうわけか、田舎にいるはずの、にわとりが、トットのアパートの部屋をコッコッケーッ！　と鳴きながら、横切った。ドラマの中では、遠くはなれた故郷も、スタジオの中では隣《とな》りだった。それにしても、田舎にいるはずのにわとりが、東京のトットのすわってる後ろを、コッコッケーッといいながらヒヨコヒヨコ歩いていく、というのは、どうしても、おかしかった。トットは、なんとか胡《ご》麻《ま》化《か》そうと、一段と大きい声で手紙を読み続けた。

「おじいちゃんも、元気で、いて下さーい」

何を思ったか、にわとりは、トットのその声に合わせて、更《さら》に大きく、

「ケッケッ！」

といって、そのまま、横切って行ってしまった。トットは笑いたかったけど、知らん顔をするのが一番！　と思ったので、手紙を書き続けた。その途《と》端《たん》、アパートのセットの外で待ちかまえていた小道具さんやF・Dさんだのが、一どきに、にわとりを、つかまえにかかったらしく、

「この野郎《やろう》！」

という押《お》し殺したような声と、にわとりの、

「ケーケッッケッッ、コキコッケー!!」

という悲鳴と、バタバタとか、ドタドタとか、凄《すご》い物音がした。トットは、目は手紙のほうに向けてたけど、その情景が手にとるように感じられて、ふき出しそうになった。でも我慢《がまん》して、手紙を続けた。そのうち、外に連れ出したらしく、スタジオは、また静かになった。

（やれ、やれ……）

それからドラマは、東京で健闘《けんとう》し、少し挫折《ざせつ》もした娘は、結局、田舎にもどる。最後は、また、始めのシーンと同じに、娘が縁側に立って、外を見ながら、お祖父ちゃんに、

「ヤッパシ、田舎は、いいねえ」

と、しみじみ、いうところで終ることになっていた。トットが、しみじみ、最後のセリフを言おうとしたとき、トットは、もう、笑わないではいられないものを、見てしまった。それは、さっきの、にわとりが、紐《ひも》で、小包みたいにグルグル巻きに、しばられて、庭先に転がされてる姿だった。おそらく小道具さんが、逃《に》げ出さないように、しばったんだけど、最後に、また庭先にいる、という指定なので、ほどく時間もなかったたし、そのままの形で置いたらしかった。気の強そうな、にわとりは、小包みたいになりながらも、ケッケッ！　といっていた。

それまで、どんなことがあっても笑うまい、としていたトットだけど、たまらなかった。

「アハハハ……」

と笑ってしまった。何も知らない左卜全さんは、トットの芝居《しばい》が変った、と思ったらしく、あの有名な、口をあけて、

「ホワホワホワ〰〰」

と一緒《いっしょ》に笑った。トットも、ますます、おかしくなって、笑った。にわとりだけが
ユーウツそうに、
ケッ！

といった。トットは、おかしいのを我慢するために、涙《なみだ》がいっぱいになった目でいった。

「ヤッパシ、田舎は、いいねえ」

「終《おわり》」のタイトルが出た。

（やれやれ、もう少しで、不謹慎《ふきんしん》！　と叱《しか》られるところだった）

事情を知らないディレクターは、上から降りて来ると、トットに、いった。

「いやあー、最後のとこ、感じが出てて、よかったよ！」

紐をほどいてもらった、にわとりは、羽根をバタバタやると、トット達《たち》の苦労も知らずに、

「コケコッコー」

と、鳴いた。

「趣味《しゅみ》、相撲《すもう》」

ＮＨＫにも、いろんな変ってる面白《おもしろ》い人がいる、って、トットにも段々わかってきた。一番、トットが気に入ったのは、衣裳係《いしょうがか》りの、小池さん、という男の人だった。この人は、ＮＨＫに入るとき提出する書類に、こう書きこんだというので有名だった。

「あなたの趣味は」という欄《らん》に、

「相撲」

と書いた。これはまあ、わかるけど、次の、

「特技は？」

という欄に書いたことが、変っていた。

普通なら、衣裳さんとして入るんだから、「日本舞踊《ぶよう》」とか、「車の運転」とか、書くのだろうに、小池さんは、

「うわ手投げ」

と書いた。それでボーナスの額が他の人より少なかった、と冗談《じょうだん》をいう人がいたくらいだった。それから、アナウンサーで、恐《おそ》ろしい間違《まちが》いをする人がいた。この人は、後にディレクターに変わり、優秀《ゆうしゅう》なラジオのプロデューサーになった。名前は、高島さん、といった。なにしろ、アナウンサーのとき、ニュースの前の数秒間に、例えば、

「火の元には、充分《じゅうぶん》、お気をつけ下さい」

とか、そういう一口メモ的なことをいう時、

「税金は、進んで滞納《たいのう》しましょう」

と、いっちゃった。そして、訂正《ていせい》をするヒマもなく、

「ピ・ピ・ピ・ピーン・七時のニュースをお知らせします」と、ニュースになってしまった。

また、その頃《ころ》ＮＨＫは、音楽のレコードをかけ間違うと、アナウンサーが謝《あや》まるのだけれど、

「ただいま、間違ったレコードを、かけてしまいました。失礼いたしました」

と、いわずに、なぜか、

「ただいま、間違ったレコードの上に、針をおろしてしまいました。失礼いたしました」

と、いうことに決まっていた。この高島さんは、正直で、こういう遠まわしの言いかたに抵抗《ていこう》があったためか、こんな風に、なってしまった。

「失礼いたしました。ただいま、間違った針がレコードに……いや、失礼いたしました、間違ったレコードが、針に……いや、失礼いたしました、間違った針を、レコードが、いや、失礼……」

といってるうちに、またもや、

「ピ・ピ・ピ・ピーン」に、なってしまった。

そして、もう一つ。これは、「自分ではない」と高島さんは否定したけれど、こういう放送をしたアナウンサーもいた。休み時間にマージャンをして、割と時間ギリギリに、天気予報のスタジオに馳《か》けこんで、こういった。

「明日はトンナン《東南》の風！」

トットは、マージャンはやらないけれど、「東南」を「トンナン」ということぐらいは知っていたので、ありそうなことだ、と思った。でも、トットは、この高島さんが、やさしくて、えばらなくて、大好きだった。

アナウンサーといえば、いつもはお相撲を中継《ちゅうけい》してる人が、人手が足りないとき、バスケットボールの中継をして、

「土俵の下からの、大きなシュートです」

というのを、トットは聞いたことがある。でも、あまり堂々としているので、間違ってるようには聞こえなかった。

こんな風に、失敗をするのが、自分だけじゃない、と知ると、トットは少し安心するのだった。

壁《かべ》とパジャマ

テレビジョンが始まったこの年、まだ、すべてが馴《な》れていなかったから、間違《まちが》いをするのは、人間だけ、とは限っていなかった。いろんなものが、間違いをした。中でも、セット（装置）は、いろいろ、やってくれた。例えば、忍者《にんじゃ》が土手に、ぴったりとへばりついて、一足、一足、横ばいに移動している。土手と見えるのは、緑色の木《も》

綿《めん》の大きな布で、これが一面に張ってあり、それには同じ緑色の、きざんだものが、ところどころ縫《ぬ》いつけてあった。どうやら、それは草のつもりらしかった。忍者は更《さら》に動く。突然《とつぜん》、忍者は足をすべらして、ズルズルとずり落ちた。芝居《しばい》なのか、偶然《ぐうぜん》なのか、とにかく、忍者役の俳優さんは土手につかまった。途端《とたん》、土手の布も一緒《いっしょ》にズルズルと下《さが》り始め、かぶせてあった土手の布の下から、土手の形に積んである木の箱《はこ》（通称ハコアシ）が、ばっちりと写った。忍者の人は、ひどく恐縮《きょうしゅく》して、そのズルズルと下にたるんだ、緑の土手を、引っぱり上げて、箱をかくしにかかった。土手というのは、セットにしても、かなり大きいものだから、その、はじからはじまで、よじ登りながら、しかも、よつんばいで布をかぶせる、というのは大変なことだった。ところが忍者が几帳面《きちょうめん》にこれをやってたため、時間がなくなり、このドラマは、結末が、永久にわからないままに終った。でも、こんなことは、しょっちゅうだった。

事務所のシーンで、課長の役の人が、上の半分がくもりガラスになってるドアを開けたら、ドアが取れちゃって、しかも、この人は、力まかせにノブを引っぱったもので、取れたドアは、その人の頭の上から倒《たお》れかかり、その人の体の形どおりにガラスが割れて、ドアは床《ゆか》に落ち、その人は、ドアの枠《わく》の中に立ってる形になった。でも、この人は、ひどく真面目《まじめ》な性格だったので、頭にコブを作り、髪《かみ》の毛をガラスの破片《はへん》だらけにしながらも、床に落ちてるドアを踏《ふ》み越《こ》え、事務所に入り、叫《さけ》んだ。

「部長！　この書類に、ハンコお願いします！」

ところで、トットにも、災難がふりかかった。今日のトットの役は、恋人《こいびと》と日比谷《ひびや》公会堂《こうかいどう》でデイトをして、音楽を聞き、少し散歩なんかして、彼と別れて家に帰り、その日のことをベッドに入って日記に書く、といった娘役《むすめやく》だった。ナマ放送の大変なことに、もう一つ、〝衣裳《いしょう》がえ〟があった。途中《とちゅう》で撮《と》るのを止《と》めて衣裳を着がえるわけにはいかないから、日が変ったことや、時間の経過を現すために衣裳を替《か》えたくても、出づっぱりの時はどうしようもなかった。脚本《きゃくほん》を書く方々も、まだ、そういうことを、あまり頭に置かないで書いていらした。そこで、衣裳さんと俳優さんが、短時間のうちに、どう、うまく替えるかが勝負どころだった。一番よく使われた方法は、一つのシーンが終って、俳優さんが次のセットに走っていく間に、衣裳さんも一緒に走って、後ろからぬがせて着せる、という、やりかただった。まるで歌舞伎《かぶき》の「お染《そめ》の七役《ななやく》」の早変りでも、やってるみたいだ、とトットは思った。でも時々、思いがけないことも起った。女の衣裳さんが、凄《すご》い勢いで、ある有名な女優さんのズボンの、後ろのチャックを走りながら、さげた。そして、ズボンを降ろすとき、パンティーまでつかんでしまってて、一緒に降ろしたものだから、スタジオの丁度、まん中へんで、

「あっ!!」

という間に、大変なものが見えてしまった。でも、女優さんのほうは必死に走りつつあるので、あまりぬげた感覚がないみたいだったので、衣裳さんは、また、凄い勢いで、上にあげちゃった。その瞬間《しゅんかん》、見損《みそこ》なったカメラさんや大道具さんは、あとあとまで残念がった。

トットも、この前、走りながら、頭からワンピースをぬがされたもので、スリップ一枚でスタジオの中央を横切ることになった。そこで、

「やーだ」

とトットが言ったら、衣裳さんの中で一番偉《えら》い、石井チャンという女の衣裳さんに、どなられた。

「なにが、〝やーだ〟だよ。間に合わないほうが、よっぽど、〝やーだ〟だよ!!」

石井チャンは、まるまると肥《ふと》っていて、ソバカスのある、血色のいい顔で、じれったそうに、いった。たしかに、そうだった。でも、やっぱり、スリップ一枚になるのは恥《はず》かしいことだった。

ところで今日、トットは、日比谷公会堂でデイトをして、散歩のあと、すぐ自分のベッドに入っていなければいけないので、パジャマに変る必要がある。そこでトット

は、いいことを思いついた。

（よそゆきの下に、パジャマを着とけばいい！　そのほうがいい！

着るよりは、ぬぐほうがずっと早い。少しぐらい着ぶくれても、
石井チャンも賛成してくれた。なにしろ、散歩のあと、カメラがスタジオに作った夜空の月を写してる間に、日比谷公園のセットから、パジャマになって、自分のベッドに飛びこんでいなくてはいけないのだから。

（でも、こういうのって、私、得意なのよね）

と、トットは、自分に言った。小さい時から、トットは、すばしっこいので有名だった。そのために、ひどい目にあったこともあるけど、とにかく、すばしっこいことが、こんな時に役立つなんて、うれしい、とトットは思った。

本番の当日になった。トットは、石井チャンの選んでくれて、自分も気に入ったピンク色のワンピースの下に、水色のパジャマを着た。そして、パジャマのズボンの裾《すそ》を注意深くまくって、スカートの中にかくした。石井チャンは、離《はな》れて見て、

「ＯＫ」

と言った。あとは、お月様が写ってる間に、石井チャンが、後ろからワンピースをぬがしてくれればいい。

トットは、日比谷公会堂の大きな壁のところに立って、恋人を待っていた。チラリ、と腕時計《うでどけい》を見るのも、「待ってます」という演技のつもりだった。

そのとき、トットは、ふと、背中にヘンな重みを感じた。いやな予感がした。でも、後ろには、日比谷公会堂の壁があるだけだった。

(まさか!)

トットは、自分の疑いを打ち消した。

(まさか、この壁が、私によりかかってるはず、ないわ)

でも、念のために、恋人を探すふりして、一歩前に出てみた。

(わあ!!)

壁は、完全に、トットによりかかっていた。なぜなら、一歩前に出たら、背中がもっと重くなったから。トットは、いそいで、背中で押《お》して、もとに、もどってみた。壁のほうも、すぐ、一度は、もとにもどる様子だけど、次の瞬間、やはり、ズシリ、とトットの背中にもたれた。トットは、こわくなった。でも、もう一ぺん、試《ため》してみよう。今度は思い切って、一メートルくらい前進してみた。壁は、もう間違いなく、トットの背中によりかかっている。トットは、たきぎを背負った二宮金次郎のような体型になってしまった。

（どうしよう）

もし歩き出したら、この大きな壁は、完全にカメラのほうまで倒れかかってしまう。誰《だれ》か気がついてくれないかと、キョロキョロしたけど、F・Dさんは、恋人役の俳優に出すキューに忙《いそ》がしく、また、他《ほか》の誰も、この大事件に気づいてる人は、いそうにもなかった。とうとう、恋人が来てしまった。「やあー」とか手をあげながら、何も知らない、その人は、トットの腕をとると、

「ごめんね、さあ、行こう」

と、いった。でも、トットとしては、行くわけには、いかない。

このとき、トットは、NHKの名誉《めいよ》を、双肩《そうけん》に担《にな》ってる、という気がした。トットがグズグズしているので、恋人役の人は、不安な表情になって、

「ねえ、行こうよ」

と、強く、ひっぱった。これが、舞台《ぶたい》なら、小声で、「壁が、倒れかかってる！」とか言えるんだけど、マイクロフォン、というのは、どんな音もひろってしまうから、口が裂《さ》けても、それは、言えないのだった。そこが、なにもかも、失敗をバラしても、それさえがネタになって、大受けに受けるバラエティー番組と、違うところだった。すったもんだしてるうちに、トットは、今度は、何か足許《あしもと》のほうにも、いやな感じが

した。でも、とにかく、背中のものを、なんとかしなくちゃならない。その頃《ころ》、やっと、誰かが気がついてくれたらしく、ふっ、と背中が軽くなった。背中の荷をおろす、というのは、こういう気分か、とトットは、うれしくなって、機嫌《きげん》よく、

「さあ、行きましょう」

と、恋人に、いった。その俳優の人は、やっと、トットが行く気になったので、安心した様子で、

「うん」

といった。二人は、その場を去った。トットが、ふり返ってみると、壁は、ちゃんと立っていた。

（ああ、よかった……）

トットとしては、とにかく、自分の発見と、自分の才覚で、何もかもうまくいった、と、うれしかった。なんだか、やっと、プロになったような、そんな気もした。トットが、写っていない所まで来たとき、石井チャンが近づいて来て、低い声でいった。

「どうしたの？　パジャマのズボンが、両方ともスカートから、出ちゃってたよ?!　だらしのない恰好《かっこう》だったねえ……」

「えっ？」

見ると、スカートから、ダラダラと、パジャマがさがっている。あの壁騒動《かべそうどう》で、ずり下《さが》ったんだ。どうも足許が気持が悪いと思ったのは、そのせいだったのだ、とトットにわかった。

（壁のせいよ！）

と、いいかけて、トットは、やめた。誰のせいでもない。自分が〝パジャマを中に着る〟と、いい出したんだし、ゴムかなんかで止めておけば良かったのに、すぐ、おろせるように、まくっておいただけ、なのがいけないのだもの。

「ごめんね」

と、トットは、薄暗《うすぐら》い中で、石井チャンに、いった。石井チャンは、まるまるとした手で、トットの手を握《にぎ》ると、耳もとで、いった。

「でも、うまく、やったよ。あれで、壁が倒れたら、いま頃、大変だよ。私が気がついて、大道具さんに、いったんだけどさ……」

苦労人らしい、根っからの衣裳さんの石井チャンの言葉は、

（知っててくれたんだ！）

と、トットには、うれしかった。

このとき、よくはわからないけど、テレビジョンというのは、どんなことが起って

も、その場は、誰の責任でもなく、画面に写ってる自分自身で、なんとしてでも、うまく切り抜《ぬ》けなければやっていかれないもの、とトットは肌《はだ》で感じた。

あとになれば、笑い話になるような事の連続だったけど、この時期、中にいた人達《ひとたち》は、それなりに、みんな、床を這《は》い、手に傷をし、青ざめ、かけずり廻《まわ》っていた。テレビジョンが後《のち》に、恐《おそ》ろしいまでの、はなやかな世界になるとは、この頃、想像もしていなかった。むしろ、大変な割には地味な仕事だな、という風にさえ、感じていた。日本中で、テレビジョンの台数が、まだ九百台ぐらいしかなくて、大学卒の月給が一万一千円のとき、テレビジョン一台の値段は二十五万円もした、そんな頃だったから。

「それにしても、あの壁は、重かったナ」

と、トットは、夜、疲《つか》れ切って家に帰り、ベッドの中でしみじみと考えていた。

三好《みよし》十郎先生

「ヤン坊《ぼう》ニン坊トン坊」は、毎週日曜日の午後五時半から三十分間、NHKラジオの第一放送の電波に、のった。ところが、トット達《たち》、五期生の三人娘《むすめ》の名前は、始めの一年間、伏《ふ》せられた。これは、NHKの希望でそうなったんだけど、これについてNHKの人は、こう説明した。

「これまで、子役は、子供がやって来ました。それが、この番組で初めて、子供がやって来ました。大人《おとな》が子供の声を出すことになりました。これは聞いている人を、だますことになるわけです。ヤン坊ニン坊トン坊の声をやる三人は、すでにテレビに出始めていて、名前が知られ、顔も見られているので、大人、ってことがわかります。当分は、三人の名前は発表しないことにいたします」

飯沢先生は、「子供の偽善《ぎぜん》的なセリフ廻《まわ》しが、なんとも、いやなので、大人にやってもらったわけだけど、このほうが、どんなに自然で、生き生きしてるか、わからない。別に、だますことには、ならないんじゃないんですか?」とか、「子供が子供の声をやるのが、リアリズムである、というのは単純すぎるんじゃないかな」と抗議《こうぎ》をした、という話だったけど、結局、「ヤン坊」の放送の後の、配役をいうとき、NHKのアナウンサーは、こんな風に、マイクの前で読んだ。

「ただいまの出演
ヤン坊

ニン坊
トン坊
カラスのトマトさん　新村礼子
学者猿《がくしゃざる》　芥川比呂志《あくたがわひろし》
オセンチ猿　益田喜頓《ますだきいとん》
蛇《へび》　北林谷栄《きたばやしたにえ》
ドロ亀《がめ》　大森義夫
語り手は　長岡輝子
以上のみなさんでした」

でも、トットは、（折角《せっかく》出ているのに、名前、いってもらえないのかあ）というくらいの気持だった。まだ、名前だとか、タイトルだとか、そんなことが重要という風な自覚はなかった。だから、あるとき、「ヤン坊ニン坊トン坊」のスタジオに、誰《だれ》かが雑誌を持って来て、飯沢先生や、作曲の服部先生や、長岡先生が順々に廻《まわ》して読んでらっしゃる中味を、あとで、ちらりと見せて頂いたときだって、特別な感激《かんげき》は、なかった。それは、「芸術新潮」に載《の》った「ヤン坊ニン坊トン坊」の批評だった。

内容は、〝三匹《びき》の白猿王子の冒険《ぼうけん》物語は、愉《たの》しい。近来の収穫《しゅうかく》〟というような風に始まって、〝テーマ音楽の明快なリズムを、三匹は元気に歌っているし、次々と登場する動物たちの歌が、それぞれ違《ちが》う性格を持ち、その、どれ一つだって、決して低俗でも、蒸《む》し返しでもない。その音楽にも増して、耳をよろこばせるのは、名優たちである。三匹の中では、末っ子のトン坊が、食べちまいたいくらい、可愛《かわい》い声（子役ぶった声ではない）を出す〟と、あった。トットは〝食べちまいたいくらい、可愛い〟って表現のところで、（食べられるにしては、私は大きすぎる）と、少しおかしかった。きっと、批評を書いた人は、とても小さな猿を想像したに違いなかった。そして、その批評は、更《さら》に、〝カラスのトマトさんは、凄《すご》い珍優《ちんゆう》であり、長岡輝子の話しぶりが、ゆったりとして、子供に媚《こ》びる声なんか出さないのに、大変なつかしい感じ。全体に爽《さわ》やかなドラマで、これは演出飯沢匡《いいざわただす》の非凡《ひぼん》さによるものだろう。もう一つ賞《ほ》めたいのは、この愉快《ゆかい》な冒険小説に、一本貫《つらぬ》いている高い精神である〟とあり、最後に、〝念のため、他《ほか》の連続児童ドラマを、二、三聴《き》いてみたが、流れる歌は、流行歌的、少女歌手的、せりふは、相変らずメソメソ声や怒鳴《どな》り声の低調さだった〟と結んであった。

トットは、自分の声が、（子役ぶった声ではない）というところで、少し安心した。でも、別に、「わあー、ほめられて、うれしい！」ということも、なかった。トットにはまだ、ラジオでやったものが、印刷になって批評される、という意味が、よく、のみこめていなかった。それからまた、芸術新潮というのが、どういう雑誌かも、わかっていなかった。ただ、おぼろ気に、飯沢先生が、いろいろのNHKの反対を押《お》しきって、大人の声でやった、この「ヤン坊ニン坊トン坊」が、先生の思い通りにいってるらしいことは、よかった、と思ったくらいだった。

でも、名前を伏せた、ということのために、いろんなことが起った。

その頃《ころ》、劇作家の三好十郎先生のお宅に、トット達劇団員は、先生の作品の本読みに伺《うかが》うことになった。大岡先生はあわてて、「三好十郎先生は、〝炎《ほのお》の人・ゴッホ〟や〝彦六《ひころく》大いに笑う〟など、立派な作品をいくつもお書きになった、左翼《さよく》演劇作家として有名な方《かた》です」と、トットに説明してくれた。また、「いま、お体が少し、お弱りになっているので、本読みや稽古《けいこ》は、世田谷の先生のお宅に伺って、するんでございます」とも、つけ加えた。

ベランダに面した大きいガラス戸のある昔風《むかしふう》の応接間の、まん中の、ひじかけ椅子《いす》に、三好先生は座《すわ》ってらした。ベレー帽《ぼう》に丸い眼鏡の、小柄《こがら》な方だった。みんなは、先生を囲むようにして、床《ゆか》に座ることに決まっているらしかった。トットは、後ろに行こうとしたのに、なんだか、先輩《せんぱい》に押されて、先生の目の前に座ってしまった。先生は、眼鏡の奥《おく》の目に力をこめて、こう、おっしゃった。

「僕《ぼく》は、このあいだから始まったばかりの、『ヤン坊ニン坊トン坊』を聞いていますが、あれをやってる子供は、実に、素朴っこで、いい。子供というのは、『お前は白い猿だよ！』といわれると、もう、すっかり『自分が猿だ』と思いこむ。これが大人の俳優になると、うまくやろう、とか、こんな風にやろう、とか、あれこれ、やり過ぎて、嘘《うそ》になる。今度のドラマは、あの子供たちのように、ぜひ、素朴《そぼく》っこに、やって下さい」

　東北出身ではない先生が、なぜか、「素朴っこ」とおっしゃったのが、トットには面白《おもしろ》かった。それにしても、トットは顔が上げられなかった。「あれは、私達です」と、この大先生には、いえなかった。ななめ後ろを振《ふ》り返ると、里見さんも、横山さんも、トットと同じように、下を向いていた。

　この頃のことを、三好十郎先生の一人娘のまりさんが、「泣かぬ鬼父三好十郎」という本のあとがきの、出《で》だしのところに、こんな風に書いて下さっている。

『父の中の小さな違和感《いわかん》をはっきりと感じはじめて以来、私は日毎《ひごと》に内向的になり、屈折《くっせつ》していく自分の心がはっきりとわかっていった。ただ、反抗的というのではなく、陰気《いんき》な、まるで可愛げのない少女だった。

父は、ラジオドラマを次々と書きあげ、NHKへの出入りが激《はげ》しかった。ちょうどこのころ、飯沢匡さんが「ヤンボー、ニンボー、トンボー」という子供向けの連続放送劇を書いていらして、大人も子供も放送を楽しみにしていたものだった。父もこの楽しい連続ドラマが大変好きで、家にいる時はかならず聞いていた。このドラマに出てくるかわいらしい子供達は、当然のこととして子供が演じているものと、だいぶ長いこと思っていたらしい。

ある日、NHKで、あの「ヤンボー、ニンボー、トンボー」の中の子役は、NHK劇団の若手の三人の女優さん達であることを聞かされて、父はびっくりしたらしかった。「あの、飯沢さんのヤンボー達は、黒柳徹子、里見京子、横山道代の三人なんだってさ。うまいもんだ！」と、しきりに私の顔を見ながら感心していた。

私は、「へェー、そうなの」と、冷ややかに答えた。父は、ケロケロと底ぬけに明るい黒柳さんがお気に入りのようすだった。

その日も、例のごとく父の書斎《しょさい》には何人かの声優さんが来ているらしかった。私は、お茶のしたくで忙《いそが》しそうにしている母を横目で見ながら、いつものように居間の自分の席で本を読んでいた。自分の部屋に行けば集中して読書が出来るのを知っていながら、なんとなくボーっとしていた。いねむりをしていたのかもしれない。

「あの、ごめん下さい。入ってもよろしゅうございますか」

と、かん高い女の声がした。睡気《ねむけ》が一ぺんにふっとぶような声だった。

私はその声につられるように、反射的に「どうぞ、お入り下さい」と、その時の自分としてはできるだけやさしく答えたつもりだった。

「失礼いたします。マア、これがまりさんですか。私、黒柳徹子です。私を見たいとおっしゃったそうで、ホホホ。今日は、大勢でおじゃましましたのよ」

と、早口で言って、白いスカートをフワッと広げて座り、はなやかに笑った。

私はあまり突然《とつぜん》のことなので、どぎまぎして何を言ったのかはまったく憶《おぼ》えていない。ほんの一瞬《いっしゅん》の対面ではあったが、あの真白い洋服を着た黒柳さんの姿は、他のものみなが灰色に見えたといっても言いすぎではないあの時期の私の心の中に、ほんのちょっとだが一筋の光りが射《さ》したかのように感じた。

まるで貝のように心を閉ざしてしまった私に、ちょっとでも突破口《とっぱこう》を見つけてやりたいと、父の考えたことだったのだ。若さとはなやかさをもつ彼女《かのじょ》の姿を私に見せることで、父ともあまり口を利《き》かない私の気持を、少しでも楽にしてやろうという父の思いつきだったのだ。

たぶん、私と四つか五つしか年の違わない黒柳さんを見て、父はうらやましかったのかもしれない。今、テレビなどで大活躍《だいかつやく》している黒柳さんを見ると、私の前に一瞬あらわれた白い洋服の彼女の輝《かがや》くような若さと明るさを、なつかしく思い出す。』

配役に名前を出さないから、リアリズムの大家の三好先生まで、だましてしまうことになった、とトットは心苦しかった。子供とは、そういうものだと、熱をこめて話した先生を思うと、悲しかった。そしてまた、まりさんの、これを読んだとき、自分の存在が、誰かの心を慰《なぐ》さめたり出来る、なんて夢《ゆめ》にも考えていなかった、その頃の自分を想《おも》って、哀《かな》しかった。また、この本読みの日だって、「ちょっとヘンな声が出れば、仕事になる時代なんだから、いいわね」と先輩に面とむかって言われてユーウツだったし、いじけていた様に、トット自身は思っていたのに、他の人には、こんな風に、ケロケロと楽しい人間に見えたのかと、不思議でもあった。三好先生は、このあと、亡《な》くなる前に、トットを主演にラジオ・ドラマを書いて下さった。録音の日、スタジオに見えた時は、毛布の膝《ひざ》かけをなさりながら、いろんなことを話して下さった。

「いい女優か、そうでない女優かは、その人の、子宮の位置で決まるんだよ！」

……なんのことか、意味はわからなかったけど、力を振りしぼるようにしておっしゃった、この言葉は、強い印象となって、トットの胸の中に、いつまでも残った。

芸名

トットは、わき目もふらずに、ＮＨＫの廊下《ろうか》を歩いていた。今日、トットは、朝、起きた時から、断然、芸能局長のところに行って、この間うちからの悩《なや》みを相談しよう、と決めていた。だから、仕事の前に、ぜひとも、三階の芸能局長室に行かなくてはならないのだった。

局長室の大きいドアを細目に開けると、吉川義雄さんが誰《だれ》かと電話で話していた。大声で、面白《おもしろ》そうなことを言っていた。トットがＮＨＫに入るとき、パパとママを説得して下さった時から、ほんの少しの間に、吉川さんは局長になっていた。吉川さんはトットを見つけると、手まねで、入口近くの椅子《いす》にすわるようにと、合図した。吉川さんは、茶色のベッコウの眼鏡を頭の上にのせて、廻転椅子《かいてんいす》によりかかる恰好《かっこう》で腰《こし》かけて、相手の人に、

「アハハハハ、お前さんは駄目《だめ》だねえ」

などと、いっていた。（御機嫌《ごきげん》がいいらしい）と、トットは安心した。吉川さんは

豪放磊落《ごうほうらいらく》だけど、怒《おこ》ると、とても、こわい、とトットは知っていたから、少しビクビクして来たのだった。トットの悩み、というのは、「名前」のことだった。トットは、本名の黒柳徹子で出るつもりだったけど、ＮＨＫのラジオのアナウンサーが、必ず、つっかえるので、このところユーウツになっていた。ラジオでは、ほんのひとことの役とか、ガヤガヤに近い役でも、配役をいうとき、読んでもらえた。

「ただいまの出演……」から始まって、「主役の人、脇役《わきやく》の人」と順番に来て、トットは、他の同期生なんかと、最後のほうで名前を読んでもらえるのだった。ところが、アナウンサーは、トットの名前のところに来ると、つっかえる。ＮＨＫでは、これを「トチる」とか言うんだけど、とにかく、毎回すんなりとはいかなかった。おまけに、こういう配役なんかを読むときのアナウンサーは、少しばかり調子の高い、気取った声で読む人が多いので、余計、トチったのが目立つのだった。書いてある紙を見ながら、有名な人から順に、アナウンサーが読んでくる。

「……そして、

村娘１　友部光子

村娘２　新道乃《しんどうの》里子《りこ》

村娘３　黒…ナナギ・テツ…失礼いたしました。黒ヤナナ…失礼いたしました、黒ヤナ…ギテッコ、以上の皆さんでした」

ナマ放送だから、トットのすぐそばで、アナウンサーが自分の名前を汗《あせ》を流しながら、いい直してるのを見るのは、つらかった。それにしても、みんな、よく、つっかえた。

「これが、クロヤナギじゃなく、シロヤナギ、なら、随分《ずいぶん》、いいやすいんだよな」なんていうアナウンサーもいた。また、ある時は、「クロナナギ、トッコ」にしちゃったアナウンサーがいた。本番が終ってから、その人は、

「テツコの〝テ〟は、思い切って、うんと口を横に開かないと、〝ト〟になっちゃうんだなあー」

そういって、凄《すご》い出歯をむき出しにして、

「テ！」

と、いってみせた。トットは、（私の名前を、そんなに、歯をむき出しにして、いわなくたって、いいじゃないの）と、心の中で思った。でも、それも、すべて、本名の名前がいけないんだ！　と、今更《いまさら》のようにトットは、自分の名前を不満に思った。

ママから聞いた話によると、長女のトットが生まれるとき、パパやママの友達《ともだち》や、

親戚《しんせき》の人が、みんな、

「男の子に違《ちが》いない!!」

といった。若いパパとママは、すっかり、それを信用して、名前は男らしい、

「徹《とおる》」

と決めて、待っていた。赤ちゃんの産着《うぶぎ》も、男の子らしいものを揃《そろ》えていた。ところが、生まれて来たのが女の子だったので、パパもママも、一時は迷ってしまった。でも、やっぱり始めから、二人とも気に入ってる「徹」の字を使おう、という事になり、そのまま下に「子」をつけて、「徹子」にした。これがトットの名前の、いきさつだった。小さいときは、それでも、

「テツコちゃん!」

と呼ばれると、それを自分では、
と、呼ばれてるんだと思っていたから、

「トットちゃん」

「お名前は?」

と聞かれると、すまして、

「トットちゃん!」と答えていた。そんな訳で、みんなが「トットちゃん」と呼んで

くれていたので、名前については、たいして気にすることがなかった。ところが、小学校に上って少したった頃《ころ》、近所のガキ大将が、突然《とつぜん》道のまん中で、

「テツコ、鉄ビン！」

と叫《さけ》んだ。（鉄びんは、ひどすぎる）と、トットは思った。そして、その頃から、どうも「徹子」という名前は固い感じだな、と考えるようになった。それが、NHKのアナウンサーが、トチることとで、

（これは、もう、もっと女の人らしい、読みやすい名前に、変えるしかない！）

と、トットは決めたのだった。でも、勝手に変えちゃうわけにもいかないので、局長に相談してみよう、と、来たのだった。

電話が終ると、吉川さんは、椅子をクルリとトットのほうにむけて、

「なんだい？」

と、いった。トットは立ち上り、吉川さんの机の前に立って、少し緊張《きんちょう》して、いった。

「私、芸名にしようと思ってるんです」

吉川さんは、頭の上の眼鏡を、ちゃんとかけ直すと、トットに聞いた。

「で？　どんな芸名か、決めたのかい？」

トットは、はっきりと、いった。

「はい、リリー、が、いいんです！」

トットは、前から考えていた事を一気に、いった。

「苗字《みょうじ》のほうは、なるべく〝白〟がつくもので、白川でもいいですけど、名前は、絶対、リリーが、いいんです。リリー白川とか……」

吉川さんは、それまで、机の上にのり出していた体を、椅子の背中のほうにもどすと、いった。

「およしよ。お前さん、そんな、ストリッパーみたいな名前……」

トットは真剣《しんけん》に、いった。

「だって、みんな、私の名前、すぐ、トチるんです」

吉川さんは「アハハハハ」と大声で笑ってから、少し、まじめに、いった。

「いいかい。名前なんてものは、例えば、君が、○□△《まるかくさんちょん》、助さんでも、いい女優になれば、みんな憶《おぼ》えてくれるよ。名前なんて、関係ないんだよ。いまの名前、いいじゃないか。君に似合ってるよ。変えるんじゃないよ」

トットは、それでも、（こんな固い名前より、しゃれてて、女っぽい、リリーが、いいい）と思っていた。でも、そんなこと、おかまいなしに、吉川さんは笑いの混った大声で、いった。

「馬鹿《ばか》だね、君は。そんなこと考えてるより、早く、いい女優に、なってくれよ」

これで、おしまいだった。とうとう、トットは、リリー白川に、なりそこなってしまった。仕事のあるスタジオのほうに行く廊下を歩きながら、トットは考えていた。

（もし、来年から、ヤン坊ニン坊トン坊で、配役、いってくれるとき、私が芸名だったら、よかったのに……。

ただいまの出演

ヤン坊　里見京子

ニン坊　横山道代

トン坊　リリー白川！）

それでもトットは、スタジオに入ると、もう、このことは忘れてしまった。そしてその日も、アナウンサーは、マイクの前で、いったのだった。

「……そして、

ウェイトレスは、クノナナギ　トッコ、以上の皆さんでした」

「終《おわり》」

テレビの化粧室《けしょうしつ》で、メーキャップしてるトットのまわりに、突然《とつぜん》、人がバタバタと走って来て、うわずった声で、

「鍵《かぎ》、なかった？　この辺に、鍵?!」

と叫《さけ》んだ。なんだかわからないまま、トットも立ち上って、一緒《いっしょ》に探したけど、鍵はなかった。

「いやあ、困っちゃったなあー」

悲鳴のような声を残して、男の人達《ひとたち》は、またバタバタと、どこかに走って行ってしまった。

（なんの鍵かな？）

トットは、鏡の中の自分の顔を見ながら、思っていた。

丁度このころ、下のテレビのスタジオの中は、大さわぎだった。この番組は、トットが出るものではなくて、たったいま、ナマ本番に入ったところだった。その一番最初のシーンで、刑事《けいじ》が、犯人の手にいきおいよく手錠《てじょう》をかけた。用心のために、刑事

は、自分の手首にも手錠をかけ、犯人と繋《つな》がるようにした。そして、それからドラマが展開し、犯人には、犯人の留置場や、面会室の生活があり、刑事には刑事で、家庭や、取調室の生活がある、という風に、いくはずだった。ところが、どういうわけか、刑事が、

「ガチャ!!」

と手錠をかけたままでは、よかったんだけど、なんと、それを外す鍵が、どこにも見つからない、という、考えてもいないことが起ったのだった。リハーサルの時は、ちゃんと刑事の役の人が、ポケットの中に入れてたんだけど、途中《とちゅう》で衣裳《いしょう》を替《か》えたり、いろんな事をしてるうちに、本番になり、「ガチャ!!」とやってみたら、鍵が、どこにもなかった、ということなのだった。トットのいる化粧室に走って来た人達は、その鍵を探していたのだった。

ひっぱったり、いじったりすればする程《ほど》、手錠はくいこむ。時間は、どんどん経《た》つ。仕方なく、刑事は、犯人の留置場に、一緒にくっついて行った。そして、なるたけ、カメラに入らないように、犯人にくっついたまま、出来るだけ体を丸めて、うずくまった。そして次のシーンは、刑事が、仕事が終って、家に帰ったところ。刑事が玄関《げんかん》を開ける。

「ただいま」

男の子が、とび出して来る。

「お父さん。お帰りなさい！」

ところが、お父さんの隣《とな》りには、犯人が、これまた、体をちぢこめて、くっついている。子供は正直だから、怪訝《けげん》そうな顔をする。そうして、楽しい晩御飯《ばんごはん》。

「お父さん、今日は、どうでした？」

妻が、御飯をよそいながら聞く。それも、なるべく犯人を見ないようにして。犯人は畳《たたみ》に、はいつくばるようにして、写らないようにしている。

「ああ、いろいろ、あってね……」

犯人の利《き》き腕《うで》の右手と刑事の左手とが繋がっているので、刑事はお箸《はし》は持てるのだけど、御飯がたべられない。お茶碗《ちゃわん》をお膳《ぜん》に置いといて、御飯をつまむ、というのも不自然だ。仕方なく、オタクワンなど、やたらにボリボリと喰《た》べ、あとは、お茶を飲むばかり。話は、一向に、はずまない。そして、シーンは、また、留置場に変わる。夜、ねむれない犯人は、寝《ね》がえりをくり返す。そのたびに、刑事もひきずられて、ゴロゴロと、あっちに行ったり、こっちに行ったり。どんなに、カメラさんが頑張《がんば》っても、まるっきり片方が写らないようには撮《と》れっこない。テレビを見てる人にとっては、一体、「なんで、いつも二人が一緒にいるのか」さっぱり、わからないに決まっている。

ということで、このドラマは、始まって五分も経たないうちに、誰《だれ》かがカメラの前に、

「終」

の紙をおっつけて、終ってしまった。

このころ、「終」と書いたエンド・マークのカードは、スタジオのいろんな所に落ちていて、いよいよ困ると、誰かが、それをカメラの前におっつけて、おしまいにしちゃうことが、よくあった。

結局、鍵は見つからず、手錠を借りた会社から人が来て、やっと外した、という話を、次の日、トットはF・Dさんから聞いた。

家族と楽しく晩御飯を喰べてるはずの刑事の横に、犯人が恐縮《きようしゆく》しながら、ちぢこまってる姿を想像すると、トットは（気の毒だな）とは思いながらも、おかしくて、おかしくて、いつまでも笑っていた。

テレビジョン

「ねえ、どうして〝テレビジョン〟って、いうんですか？」トットは、ふと思いついて、スタジオの中で休憩《きゅうけい》してる小道具のおじさんに聞いてみた。考えてみると、随分《ずいぶん》いろんなことを習ってきたけど、なぜ、この四角い箱《はこ》の中に写るものを、「テレビジョン」というのか、教えてもらった記憶《きおく》はなかった。小道具のおじさんは、しばらく考えていたけど、

「そうだねえ、なんでかねえ」

というと、通りかかった大道具のお兄さんに、「テレビジョン、って、どういう意味か、わかるかね？」と聞いた。トンカチをぶら下げたお兄さんも、頭を掻《か》きながら考えていたけど、

「知らねえ、わかんねえ。テレビジョンだから、テレビジョンじゃねえの？」

というと、行ってしまった。トットは小さい頃《ころ》から、なんでも、すぐ疑問に思ったことを、「どうして？」と聞くので、大人からは、

「聞きたがり屋の、トットちゃん！」

と、からかわれていた。それなのに、なんで今まで、「テレビジョンて、なんで、そういうのか？」って考えてみなかったことに、自分でも驚《おどろ》いた。きっと、大道具のお兄さんのように、「テレビジョンだから、テレビジョン！」と思ってしまっていたに違《ちが》いなかった。ちょっと、スタジオの中の人にも聞いてみたけど、あまり、はっきりした返事がなかったので、トットは、自分で調べてみることにした。

　そして発見したのは、まず、「テレ」の部分だけど、これは、テレフォン（電話）テレグラム（電報）テレスコープ（望遠鏡）といった、遠いもの、に使われている、ということがわかった。英語の辞書にも、「遠距離《えんきより》」とか「遠隔《えんかく》」と載っていた。そして、「ビジョン」（本当なら、ヴィジョン）のほうは、「視《み》ること」とか「視力」とか「光景」という意味なので、両方あわせた〝テレヴィジョン〟とは、〝遠視〟というか、「遠くを見るもの」と思えばいいのだ、とトットは理解した。もっとも、ヴィジョンの意味の中には、〝幻《まぼろし》〟というのもあって、「遠幻《えんげん》」なんて、一寸《ちよつと》ロマンティックでいいな、と、トットは考えた。次にトットは、この言葉を誰《だれ》が発明したのか、知りたいと思い、ＮＨＫの図書室にもぐりこんで、資料を探した。そして、わかったことは、とても面白《おもしろ》いことだった。

この「テレビジョン」という言葉を最初に使ったのは、フランスの、名もない図書係りだった。ところが、いまではもう、その人の名前も何も残っていない、ということだった。二十世紀、世界中の人が注目することになった「テレビジョン」という言葉を作った人が、忘れられてしまった、という事が、トットには興味があった。一八九二年（明治二十五年）に、マックス・プレスナーという新聞記者が、「将来、演劇、オペラ、重要事件、議会、教会の礼拝、競技、行進、都市、国王が国民に演説する情景……などを写し出す、〝テレストロスコープ〟なる、不思議な機械が出来るだろう」

と記事に書き、これは、予言のように受けとめられた。この人より、もっと前の一八七八年（明治十一年）に、すでに画を伝送する、〝テレクトロスコープ〟というものを、フランスの、サンレク、という人が考えている。とにかく、「テレビジョン」という風に決まるまで、長い間、いろんな風に呼ばれていたことが、あまり沢山《たくさん》は無い資料を、はじから読み漁《あさ》って、トットにはわかった。そんな中で、トットの目をひいたものがあった。それは、ＮＨＫがテレビジョンを本放送するにあたって、アメリカから招聘《しょうへい》したテッド・アレグレッティーという人が書いた、

「ＮＨＫテレビへの期待」

という文章だった。この人は、昭和二十七年に来日し、ＮＨＫのテレビジョン全般《ぜんぱん》にわたる指導、実施《じっし》の企画《きかく》、演出にあたった人で、アメリカのＮＢＣテレビなどで活躍《かつやく》した人物だった。この文章は、日本より七年早く、一九四六年（昭和二十一年）から始まったアメリカのテレビの現状などを、ＮＨＫの人のために来日してから書いたものの中に、あったのだった。

「米国のテレビジョンは、ラジオと同様に、商業放送で売るために番組を提供する。番組内容も極度に大衆向きとなり、放送の目的自体が、大衆性にあることになるが、不幸にして、大衆性は、質とは一致《いっち》しない。ＮＨＫテレビは、公共放送であるから、知的、情操的な面の向上に大衆を刺戟《しげき》することに、総力を集中し得る立場にある。勿論《もちろん》、ＮＨＫたりとも、番組の一般娯楽《ごらく》性を忘れては、ならないが、それは、番組の中の唯一《ゆいいつ》の支配的要素ではない。私は、ＮＨＫでは、ニュースと教養番組が、全体の53％を占《し》めるのを知って、大変面白いと思った。米国のテレビでの、この部分の占める割合は、15％に過ぎない。然《しか》し、公共放送のみに許される、この番組選択《せんたく》の自由には、

重大な責任が伴《ともな》う。常に最良の番組作成に対する努力が払《はら》われるべきであり、自己満足と無気力に陥《おちい》っては、ならない」

そして、続けて、NHKを始めとして、将来テレビジョンを開始するであろう民放に対するメッセージとして、こうも書いている。

「テレビは、世界に現存する、あらゆる機関の中で、最も有力な教育宣伝の媒介物《ばいかいぶつ》であることは、否定できない。吾々《われわれ》の文化が、向上するか、堕落《だらく》するか、正しい人類向上の道をたどるか、或《あるい》は、その進歩の道をはずれるかは、テレビジョンに、かかっている、ということが出来よう。かくて、世界各国の国民は、テレビジョンの力により、お互《たが》いに自分の姿を、さらけ出すようになり、世界各地の慣行習俗も、今までの孤立《こりつ》の殻《から》を破って、お互いの眼《め》の前に現われてくる。かくて、今まで人類が夢想《むそう》だに出来なかった国際間の、より大いなる理解と永遠の平和の可能性が生れてくる。これがテレビジョンの力なのである。私がアメリカからやって来て、一人寂《さび》しく働いている人間である、というよりは、日本のテレビジョンの将来に偉大《いだい》な関心を持ち、この偉大な公共物を成功に導くため、全身の努力を傾倒《けいとう》している人間である、ということになれば、私の、最も幸いとする所であろう」

昭和二十八年、NHKが放送を始めた、このころ、テレビジョンに出るのは、俳優として、恥《はじ》だ、と思ってる人も大勢いた時代だった。テレビジョンを、「電気紙芝居《かみしばい》」と馬鹿《ばか》にして呼ぶ人もいた時代だった。

そんな時に、この人の書いたものは、深くは理解できなかったけど、なにかわからない、不思議な力、そして、安心感を与《あた》えてくれたように、トットには思えた。

競馬

トットの今日したこと、といえば、結果的に考えてみて、あまり人に言えることではなかった。それにしても、トットがＮＨＫの養成所に通っていた頃《ころ》から、気になっていることが一つあった。それは、新橋駅の、ＮＨＫに行くほうの改札口《かいさつぐち》を出たところが広場になってるんだけど、そこに何やら大きなステージのような、家のような、そそり立つ木の壁《かべ》のような、不思議な建物があることだった。そして、いつも沢山《たくさん》の人が、そこに集っていた。最近では、その広場に、街頭テレビ、という、とても大きなテレビジョンが置かれたので、なおさら、人が集っていた。相変らず、テレビジョンのセットは高くて手が出せないので、一般《いっぱん》大衆は、テレビを見たい時、こういう街頭テレビか、喫茶店《きっさてん》などで見ていた。この街頭テレビは、NHKより半年あとに開局したNTVが、方々に置いたもの、という話だった。それにしても、前からある、あの不思議な建物は一体なんだろう。

　トットは、丁度、ラジオの一スタの前で、大岡先生に逢《あ》ったので、聞いてみることにした。逢った、といっても、その日も、大岡先生とは、もう五度くらい、エレベーターの前や、トイレの前で逢っていた。そして、そのたびに大岡先生は、例の、靴《くつ》を少しひきずり、体を半身にした、横ばい風の奇妙《きみょう》な歩きかたで近よると、手の甲《こう》で口をかくすようにしながら、聞くのだった。

「トットさま、どちらへ?」

　いま一スタから出て、トイレに行って帰って来たのだもの、答えは、「一スタ」に決まっていた。でも大岡先生は、何度でも、逢うたびに同じことを聞いた。トットは、段々と、それは大岡先生が寂《さび》しいから聞いているのだ、とわかって来た。トット達《たち》、五期生の受持ちの先生、責任者としての役目は、養成が終り、トット達が仕事を始めると、ほとんど、なくなってしまった。だから、偶然《ぐうぜん》に逢うように見えるけど、それだって、大岡先生一流の、誰《だれ》も真似《まね》の出来ない独特の方法で、バッタリ逢うように、仕組んでいるのかも知れなかった。それでいて、自分の聞きたいことだけ聞くと、本当に、あっ！　という間に、姿を消してしまうのだった。大岡先生が、自分に近よって来る姿は、すぐ目に浮《う》かぶトットだけど、去って行く姿は一度も見たことが無いように思えた。大岡先生は、自分の後姿《うしろすがた》を絶対に見せない人だった。大岡老人と呼ばれても、聞こえないふりをする人だった。こういう大岡先生の、孤独《こどく》でもあり、また、トット達の受持ちになって、何回目かの青春を味わっているような、複雑な状態がわかってきたから、トットは、どんなに大岡先生に頻繁《ひんぱん》に逢い、同じことを質問されても、茶化したり、笑ったりすることはしなかった。何度でも、

「一スタです」とか、

「トイレです」

とか、答えていた。でも今日は、大岡先生に聞くことがあったので、トットは、うれしかった。

「新橋の駅の前の広場の、人が沢山、集って来るところにある建物、あれ、なんですか？」

大岡先生の丸い眼鏡の奥《おく》の目が、さも、大変なことを語るように、生き生きとした。

「トットさま、あれは、でございますね、競馬の馬券を売る所でございます。私は買いませんのですけれど、局のかたで、お買いになる方《かた》もいらっしゃるようでございま

すよ」

（競馬か！）

トットは、物凄《ものすご》く、びっくりすると同時に、うれしくなった。早く聞いておけば、よかった。でも、広場の周りは、小さい飲み屋さんが長屋のように並《なら》んでいて、焼酎《しょうちゅう》や、カストリ焼酎とか言うものを飲ませるんだと、みんなが話していたので、トット達は、近よったことがなかったのだった。

競馬とわかった二、三日後の今日、トットが、お昼頃、改札口を出ると、もう、人が沢山集っていた。トットは、すっかり、うれしくなった。トットは、深呼吸をして、勇気を出すと、人々の間をかきわけて、建物の近くに寄ってみた。ほとんど男の人で一杯《いっぱい》だった。中には、どういうわけか、新聞紙を地面に敷《し》いて、寝《ね》てる男の人もいた。近づいてみると、本当に小さい窓が沢山あって、その窓には、2―3とか、2―4とか、看板が出ていた。そして、それぞれの窓口の中に、女の人の居るのが見えた。トットは、

（やっぱり、馬券売場って、本当なんだ！）

と、感激《かんげき》した。それからトットは人混《ひとご》みを抜《ぬ》けると、ステージの上に、そびえ立っている木の壁《かべ》の後ろのほうに、ぐるりと廻《まわ》ってみた。

馬を探すためだった。トットは、そこで競馬をやっているんだ！　と思ったから。ところが、後ろに廻ってみると、そこは、ゴチャゴチャとした、小さいカウンターつきの飲み屋さんと、道路があるだけで、競馬をやってる風には、見えなかった。それでもトットは、念のために、二度くらいグルグルとまわりを廻ってみた。

どこにも馬は、いなかった。

すっかり、がっかりしたトットは、馬券売場の窓口の、空《す》いていそうな所に近よると、中のお姉さんに聞いた。

「すいませんけど、馬、どこにいるんですか？」

ソロバンかなんか、いじってたお姉さんは、顔を上げると、つっけんどんに、いった。

「なんですか？」

トットは、少し、どぎまぎしながら、聞いた。

「あの……馬……。ここで競馬、やってないんですか？」

お姉さんは、あきれたような顔になって、いった。

「ここに馬なんか、いませんよ」

トットはまだ思い切れなくて、恐縮《きょうしゅく》しながらも、追及《ついきゅう》した。

「じゃ、馬、どこにいるんですか?」

お姉さんが、トットのことを、どう思ったかはわからないけど、もう、ソロバンのほうに、指も目も行っていた。そして、口の中でブツブツと、

「中山に、居るんじゃない?……」

といって、もう、とりつく島のない、風情《ふぜい》だった。

「中山って、どこですか?」

なおも、しつっこくトットが聞くと、

「買わない人は、そこ、どいて!」

と、いった。トットは、もう、どくほか、なかった。

NHKでこの話をしたら、みんな、ドッ!! と笑った。中には、かなり、トットのことを、馬鹿《ばか》だ! と思った人もいたようだった。やさしい人は、

「君は、馬鹿、というよりは、空間的な感覚が、欠けてるんだよね……」

と、なぐさめてくれた。

でも、トットは、あの、そびえてるステージの上の壁の向う側には、広々とした空間があるもの、と、思いこんでいたのだった。そして、若々しく元気な馬が、何頭も、そこを走っているように思ったのだった。考えてみると、新橋の烏森《からすもり》に、馬が走って

るわけは、ないのに……。

「場外馬券」というシステムを、トットは知らなかったから、こんな風に考えてしまったのだった。

でも、真相がわかってからでも、トットは、なんだか、あの壁のむこうには、やっぱり馬が走っているように思えてならなかった。だから、雨の日なんか、馬が濡《ぬ》れてないか、と、ふと心配したりしてしまうのだった。

夢声《むせい》さん

トットは、テレビの化粧室《けしょうしつ》で、徳川夢声さんと隣《とな》り合せになった。これまで、全く放送にも映画にも縁《えん》の無かったトットだけど、徳川夢声さんは知っていた。というのも、子供のときから、徳川夢声さんに関して、（不思議だな）と思ってたことがあるからだった。それは、トットが小さいとき、たまにラジオを聞くと、よくアナウンサーが、こう、いっていた。

「いやあ、丁度いいところに、徳川夢声さんがスタジオに見えましたので、お話を伺《うかが》いましょう」

トットは、徳川夢声という人は、よく、こんな風に、丁度いい時にNHKを通りかかるもんだなあー、と感心していた。そして、NHKというところは、誰《だれ》でも、丁度いい頃合《ころあ》いの時に行けば、出られるものなのか、と奇妙《きみょう》な思いでも、いた。そんなわけで、トットは、夢声さんの名前を憶《おぼ》えていたのだった。

トットは、徳川夢声さんが、少しバサバサの、グレーと白髪《しらが》の混った、長目の髪《かみ》を梳《と》かしてもらったり、ほほ骨が特徴《とくちょう》の顔に化粧をしてもらいながら、トットのほうを向いて、ニッコリ笑って下さったので、いいチャンス！　と思ったから、聞いてみることにした。

「あの、昔《むかし》、よくNHKの放送を聞いてると、〝徳川夢声さんが、丁度いいところに見えました〟って、いってたんですけど、本当に、あんな風に、NHKに偶然《ぐうぜん》、お寄りになったんですか？」

徳川夢声さんは、あまり声を出さないで、

「ハハハハハ」

と笑った。笑うとき、顔はあまり動かさなかった。目だけが笑ってる、って感じだった。夢声さんは、トットの顔を面白《おもしろ》いものを見るような目つきで見ながら、おっしやった。

「ああ、君も、おかしいと思ったの？　そうだねえ、本当は偶然に行くことなんて、ないんだよ。いつも頼《たの》まれて行ってたんだから。なんで、あんな風にアナウンサーが言ったのかなあ。しゃれてる、とでも思ったのかな？　不自然だよね」

トットは、（そうだったのか）と、おかしくなった。

「そりゃ、そうですね。そんなにタイミング良く、誰か有名な方がブラリと、スタジオに見えることなんて、考えられませんものね」

多少の経験からトットは、こういった。

夢声さんは、トットのことを知ってて下さった。というのも、夢声さんの、あの有名な、

「宮本武蔵《みやもとむさし》」

の朗読は、大岡先生の手がけたものだった。大岡先生が、朗読の放送を受け持ち、演出もしてたとき、夢声さんに吉川英治作の「宮本武蔵」を、と考えたのだった。台本も、大岡先生と夢声さんで、いろいろ工夫《くふう》して作って、楽しかった、という話は大岡先生から聞いていた。そして大岡先生は、こういう大先輩《だいせんぱい》の方達《かたたち》にも、トットの事などを、いつの間にか、伝えておいて下さったのだった。

トットが、化粧前で、ハンドバッグに頭をつっこんで、ゴソゴソやってると、夢声さんが、白い化粧用のケープから顔だけ出した形で、トットに話しかけた。夢声さんの広いおでこに、メーキャップさんはパタパタと、パフを叩《たた》いていた。

「いやあ、この間は、本当に、おかしな事が、あってね。〝こんにゃく問答〟の本番中のことなんだけどね」

〝こんにゃく問答〟というのは、夢声さんが横丁の御隠居《ごいんきょ》さん、柳家金語楼《やなぎやきんごろう》さんが八っつぁん、という設定の、連続のテレビ番組で、番組のタイトルが出るとき、本当に、グツグツ煮《に》えてる、こんにゃくが画面に写るのも、変っていて、おかしかった。そして、御隠居さんと八っつぁんは、それぞれの役柄《やくがら》を演じながら、本当に世の中に起ってるいろいろなことを、その日の新聞から選んで話し合う、という、とても、程度の高いものだった。落語の、あの少し怪《あや》し気な物知りの御隠居と、間が抜《ぬ》けた質問をする八っつぁんの会話のような対談が、即興《そっきょう》で、しかも、話題はその日の新聞からナマ放送、というのだから、こういう、お二人じゃないと出来ないのだ、とトットは尊敬して見ていた。その番組でのことを、夢声さんは、これから話して下さろう、としているのだった。

「……本番が始まって少ししたとき、僕《ぼく》が、ふっ、と気がつくと、僕と金語楼氏が話してる座敷《ざしき》のセットからちょっと離《はな》れた、スタジオの壁《かべ》に掛《か》けてある僕のオーバーのポケットに、手をつっこんでいる奴《やつ》がいるんだ。丁度、僕のところから、まる見えなんですがね。ところが、こっちはナマ放送中で、〝泥棒《どろぼう》!〟というわけには、いかない。僕も、いろいろと考えてね、〝ちょっと便所に行って来る〟といって、立ち上っても、それほど不自然ではないかも知れないけど、今まで、そんな事、したことないので、金語楼氏が心配するかも知れない。よほどカメラさんに、〝おい、お前さんの後ろに泥棒がいるよ〟と教えようかとも思ったけど、一応、僕の家の座敷で、二人だけで話している、と、見てるほうでは思ってくれているのだろうから、それもうまくない。だけど、見てると、僕の財布《さいふ》をポケットから引っぱり出してるんだよ。誰かが気がつくかと思ったんだけど、みんな、こっちを見てるから、カメラのすぐ後ろで仕事をしてる泥棒には気がつかない。いやあ、本当に、やられたね。そしてね、とうとう泥棒君は、財布を抜きとって、自分のポケットに入れると、僕のほうを見たんだよ。そのとき、僕たちの目がパチッと、合ったんだ。なんと、君、そいつは、ニタ! と笑ったんだよ。僕のオーバーと、わかってたんだね。口惜《くや》しかったね、悠々《ゆうゆう》とスタジオを出て行くのに、手も足も出せないんだから。若い青年だったけどね。NHKの人じゃなかったね。いやあ、ニタ! と笑われたときは、〝お見事!〟といいたいくらいの気分だったかなあ。テレビって、残酷《ざんこく》ね。だから、ハンドバッグとか貴重品、離さないでいたほうが、いいからね」

トットは、「はい」といってから、(ナマ放送してるから、絶対に、つかまらないとわかって、夢声さんのお財布を盗《と》るなんて、ひどい)と思った。そのとき、夢声さんのお化粧も、終った。夢声さんは、

「じゃね、失敬!」

と、いって、ニッコリ笑うと立ち上った。トットも立ち上って、お礼を言った。その猫背《ねこぜ》で、少しガニ股みたいな足つきで静かに夢声さんは化粧室を出て行った。その後姿を見ていて、トットは、

「アッ!」と、小さく叫《さけ》んでしまった。

それは、数ヶ月前のことだけど、トットは、盲腸《もうちょう》の疑いで、一日だけ病院に入った。手術はしないで済みそうだ、という事だったけど、なんだか、膿《うみ》を止める薬と、盲腸との闘《たたか》いが、体の中で感じられる、深刻な夜だった。トットは、形容しがたい不快な気持で、ベッドに横になっていた。もとはといえば、大喰《おおぐ》いしたのがいけなかったらしいけど、とにかく、お腹《なか》は、そんなに痛くないにしても、熱は出るし、生まれて味わったことのない、いやーな感じで、いっぱいだった。おまけに、ちょっと目を閉じ

ると、すぐ、くり返し、同じような光景が目の前に現れるのだった。夢《ゆめ》なのか、実際なのか、はっきりしない、奇妙な感じだった。

それには、ソフト帽《ぼう》をかぶり、その下から、少しモシャモシャの長目の白髪を出し、グレーの夏服を着て、少しガニ股《また》のお爺《じい》さんが、必ず登場した。トットの前を、その人が歩いている。トットが後ろから歩いて行くと、お爺さんは、ふっ、と立ち止って、後ろを振《ふ》りむき、ニッコリする。トットは、ちっとも、こわくないお爺さんだけど、なんだかイヤで、なるべく目をつぶらないように努力した。だけど、どういうわけか、また、ふっ！　と気がつくと、今度は、トットが大きな石垣《いしがき》のそばを歩いている。いきなり、その石垣の途中《とちゅう》に、小さな木の扉《とびら》のようなものがあることに、トットは気づく。そーっと開けてみると、そこにまた、あのお爺さんがいて、ニッコリする。（なんで、あんな扉なんか開けちゃうんだろう）と後悔《こうかい》しながら、必死に目を開けて、起きていようとするのだけれど、またもや、ふっ！　となって、今度は井戸《いど》を見つける。なんとなく、上から覗いて見ると、井戸の底に、また、あのお爺さんがいて、ニッコリする。なにもかも明るく、ちっとも、こわい感じは、しなかった。こんな風に、必ずトットが、何かを覗くと、そこに、あのお爺さんがいて、ニッコリ笑う、というくり返しが続いた。おしまいにトットは、お爺さんが、何となく、さそっているような風なので、一緒《いっしょ》について行っちゃおうかな、とも思った。でも、どこかに、断固として、ついて行っては、いけない！　というものもあった。遂《つい》にトットは、起きていることに、決めた。そうこうしているうちに、薬が効いたのか、運がよかったのか、次の日にはもう熱も下り、盲腸までに進まずに、トットは元気になって退院した。

それから少し経《た》った、ある晩のことだった。トット達《たち》は、ラジオのために徹夜《てつや》していた。休憩《きゅうけい》時間に、なんとなく、怪談《かいだん》めいた話になった。いつも、あまり自分のことを話さない、トット達の劇団の一期生の加藤道子さんが、静かに、

「私、死神って、見たことあるの」って言った。みんなはシーンとした。

加藤さんの話をまとめると、こんな様子だった。それは、まだ、加藤さんが十代の時。妹さんが、疫痢《えきり》にかかって、入院した。そのとき、昼間だったそうだけど、なんとなく、道子さんが一人になって、看病することになってしまった。有名な俳優のお父さまの加藤精一さんも、お母さまも、ちょっと、いなかった。道子さんは、妹さんの足許《あしもと》の椅子《いす》にかけていた。突然《とつぜん》、ねむ気が来たような気がしたので、起きていなくちゃ、と思っていて、ふっ！　と気がつくと、ベッドから一メートル半くらい離れたところにお爺さんがいて、寝《ね》ていた妹さんを抱《だ》いている。びっくりした道子さんが、

「やめて！」

というと、次の瞬間《しゅんかん》、お爺さんは消えて、今度は、透《す》き通った、おじぞうさんが、妹さんを抱いている。（ああ、おじぞうさまならいいなあ）と、夢とも幻《まぼろし》ともつかない中で道子さんが考えて、ベッドを見ると、妹さんが、急に苦しそうに息をして、あっ、という間に亡《な》くなってしまった。そんなに悪いとは思ってなかった妹さんが、あっ！　という間に死んでしまった。道子さんは、

「昔のことだけど、はっきり憶えているのよ」

と、不思議な体験を、話して下さった。トットは、なんとなく、聞いた。

「その、お爺さんて、どんな感じの人でした？」

道子さんは、ちょっと考えてから、少し言いよどみながら、いった。

「そう……強《し》いていえば、徳川夢声さんみたいな……」

「えー?!」

そのとき、トットは、全身、とり肌《はだ》が立つような気がした。というのも、トットの、あの工合《ぐあい》の悪いとき、何度も見たお爺さんが、なんとなく、徳川夢声さんていう人に、そっくりだ……と思っていたから。道子さんも、

「不思議ね、同じような人を見るなんて」

と言った。その話を、いまトットは、化粧室を出る夢声さんを見て、思い出したの

だった。夢声さんのニッコリ笑った顔は、どこかで見た事があったけど、後姿を見たのは今が、初めてだった。そして、その後姿は、あの時のお爺さん、そのものだった。そういえば、夢声さんは、弁士の頃、ドイツの怪奇映画「カリガリ博士」の説明がお得意だったそうだし、怪談ばなしも、ことの外、お上手で、人をこわがらせるのもお好きのようだった、と、後《あと》でいろんな人から聞いた。そんなことから、工合の悪いトットの前に、似たような人が現れたのかも知れないけど、トットは、そういう「カリガリ博士」とか、どれ一つとして見た事はなかった。

でも本当の夢声さんは、トットのような、かけ出しのハンドバッグを心配して下さるような親切な方《かた》だった。そしてトットは、話芸の神様から、たった一人で、こんな面白い〝泥棒の話〟を聞かせて頂いて、とっても、うれしかった。

河原で泣け！

ＮＨＫラジオの演出家の中で、指折りと言われている近江浩一さんが、スタジオで、トット達《たち》にお説教をした。それは、トット達の仲間ではないけれど、トットくらいの年の、どこかの女優さんが、セリフが言えなくて、何度も何度も、近江さんにやり直しをさせられてるうちに、とうとう泣き出してしまった時だった。近江さんは、その泣いている人に言うことを、ついでに、トット達にも知っておいてもらいたいと思ったらしく、こう言ったのだった。

「スタジオで泣くっていうのは、甘《あま》えてる証拠《しょうこ》なんだぜ。本当に、せっぱつまっているとき、人間は泣く余裕《よゆう》なんか無い！　泣く暇《ひま》があったら、その分、なんとか考えて、うまく芝居《しばい》をするように。本当に泣きたかったら、河原に行って泣きなさい。スタジオで泣くのは恥《はず》かしいことと、今日から肝《きも》に銘《めい》じておくこと。泣くときは、一人で、河原に行って泣く！」

（なるほど）

と、トットは思った。たしかに、スタジオで泣きたい時はあるけど、泣いてる暇は無い。河原なら誰《だれ》もいないし、成程《なるほど》、昔《むかし》の人は、いいことを言う。

（それにしても）

と、トットは考えた。

（このNHKのある新橋から、河原というのは、随分《ずいぶん》、遠いなあ）

すぐ頭に浮《う》かぶ河原といえば、小学校のとき、学校から散歩に行った多摩川だった。

（わあ！　いちいち、多摩川の河原まで、泣きに行くのは大変だ!!）

トットは、ひそかに、そう思った。でも、近江さんの言う通り、たしかに、スタジオで泣くのは、恥かしいこと、と思えた。泣く時間があったら、その分、なんとか考えて、つらくても切り抜《ぬ》けよう……。

そのとき、スタジオにいた中年の女優さんが、そっとトットに教えてくれた。

「どうしても、涙《なみだ》が出て困るときは、舌の先を、少し、歯で噛《か》んでごらんなさい。涙は止《と》まりますよ。私も、昔、先輩《せんぱい》に教えて頂いたんだけど。これは、本当に、不思議に止まるのよ。悲しいことだけど、せめて、こうやって止めて、仕事をしていくしかないものねえ」

苦労人らしい、その、あまり有名ではない女優さんは、老眼鏡をはずしながら、そういった。トットは決心した。

「芝居が下手と言われたり、セリフを何度もやり直しさせられたり、役を降ろされたり、誰かにひどい事を言われたり、そういう、悲しい、と思えるときでも、泣くのはやめよう。どうしても涙が出そうになったら、舌の先を噛んで、我慢《がまん》しよう。そして、本当に、どうしても、泣かなくちゃ気が狂《くる》いそうなときに、河原に行こう！」

そして、本当に、トットはその日以来、ただの一度も、スタジオの中で泣いたことはなかった。自分と関係のない事柄《ことがら》で涙を流すことはあっても、自分のことで泣いたことは一度もなかった。泣き虫のトットだけど、この近江さんの言葉は、強く印象に残った。

「泣くときは、河原に行って泣け！」

そして、毎日が忙《いそ》がしく、また怠《なま》けもののトットにとって、多摩川まで電車を何度か乗りかえて行って、泣く、というのもおおごとで、結局、行かずじまいになってしまった。

それにしても、舌の先を嚙む、というのは、霊験《れいげん》あらたかだった。ちょっと嚙むだけで、出かかった涙は、止まった。涙腺《るいせん》と舌と、どういう関係があるのかはわからないけど、とにかく、止まった。心の苦痛が、舌の先の苦痛で、やわらぐ、というのも不思議だった。

「こんなに、しょっちゅう嚙んでいて、いつか、舌癌《ぜつがん》にならないかしら？……」

そんな心配が頭をかすめることは、あったけど、泣かないことが、先決だった。

顔で笑って、心で泣いて、涙が出かかりゃ、舌を嚙む。自分で選んで始めた仕事にもせよ、なかなか大変だ！　とトットは思った。

ところが、しばらくして、トットは、自分が大きな間違《まちが》いをしていたことを発見し

た。それは、あのとき、近江さんは、

「泣きたいときは、河原に行って泣け!」

といったのではなく、

「泣きたいときは、廁《かわや》に行って泣け!」

と、いったのだった。トイレを廁、というのは、軍隊でよく使ったそうだけど、トットには、あのとき、

「河原《かわら》」

と、聞こえたのだった。トイレなら、スタジオのすぐ傍《そば》にも、あったのに……。

でも、おかげで、トットは舌の先を噛みながらも、メソメソせず、誰を恨《うら》むこともなく、前むきに歩いて行くことを教わったのだった。

見開《みひら》き

NHKのスタジオの壁《かべ》を背中にして立っているトットに、カメラマンが、

「これは、見開きで行きますからね」

と、レンズを覗きこみながら、いった。トットは、アサヒグラフのグラビアにのるので、いま、写真を撮《と》られているところだった。カメラマンは、朝日新聞の秋元啓一さんで、のちにベトナム戦争の報道写真を、沢山《たくさん》撮った人だけど、この頃《ころ》は、呑気《のんき》に、トットの写真なんかを撮りに来てくれていた。

「見開き」

と聞いて、トットは、

「わかりました」

といった。そして、目を、なんとか実際より大きく見えるように開《あ》けて、まばたきをしないようにして、カメラを見た。秋元さんはカメラから顔を離《はな》すと、いった。

「顔、もっと自然にして下さい」

トットは、ますます目に力を入れて、大きくしながら、いった。

「だって、見開き、なんでしょう?」

突然《とつぜん》、秋元さんは、しゃがみこんで笑った。編集の男の人も、大声で笑った。トットには、意味がわからなかった。

(見開きです、といったから、目を大きく開いているのに……)

秋元さんは、随分《ずいぶん》、長く笑ってから、少しボサボサの髪《かみ》の毛をかくようにして、トットに、いった。

「ごめんなさいね。見開きっていうのは、君の目のことじゃなくて、グラビアの頁《ページ》でね、開いて両方の頁に、またがる写真のことを、いうんです。なるほどね、僕《ぼく》たちには当たり前になってることが、違《ちが》う世界の人には、わからないんだなあ。気をつけなくちゃ。顔は、ふつうで、いいんですよ、じゃ、いきますよ‼」

トットは、とても恥《はず》かしかった。それは、見開き、という言葉を知らなかったこともあるけど、それより、目を大きく開くのは、不自然なこと、と思いながら、無理して、ポーズをしてた自分に対してだった。でも、考えてみると、雑誌の見開きを、自分の目と勘違《かんちが》いしたのは、確かに、おかしいことだった。トットも、少し首をすくめながら笑った。でも、そのおかげで、とても雰囲気《ふんいき》のある、楽しい写真が出来上った。

それにしても、その現場の人達《ひとたち》にとっては、日常的な言葉だけど、トットのように、初めて聞く人間にとっては、びっくりしちゃう、というのが沢山あるのにも、トットは驚《おどろ》いた。

特にテレビは、映画から来たもの、歌舞伎《かぶき》から来たもの、アメリカから来たもの、いろんな言葉がゴチャゴチャに混っているので、憶《おぼ》えても憶えても、きりがなかった。

『ケツカッチン』

Ｆ・Ｄさんが、お化粧室《けしようしつ》でメーキャップをしてるトット達にむかって叫《さけ》んだ。

「古川緑波《ふるかわろつぱ》さん、ケツカッチンですから、急いで下さい!!」

トットは飛び上って、心配そうに、Ｆ・Ｄさんに聞いた。

「古川緑波さん、どっか、お悪いんですか？」

Ｆ・Ｄさんは、それこそ、見開きのとき、トットがしたように、目をまん丸くして、いった。

「どこも悪くありませんよ。ケツカッチンというのは、ここの仕事と、次の仕事が、時間的に余裕《よゆう》が無いんで、こっちを、きちんと決まった時間に終らせなきゃいけない、っていうこと。こっちのケツが次にぶつかっている、ということ。わかった？」

わかったけど、トットは、あまり美しい言葉ではないと思った。だから、自分では絶対に使わなかった。奇麗《きれい》な女優さんが、

「私、ケツカッチンですから、よろしく！」

なんて言ってるのを見るのも、あまり好きじゃなかった。小学生のとき、ひと頃、はやった、お尻《しり》をぶつけて遊ぶ「ドンケツ」は、面白《おもしろ》い響《ひび》きがあって嫌《きら》いじゃなかったけど。貴族的な古川緑波さんにも、ケツカッチンは似合っていないように、トットは思った。

『消えもの』

御飯《ごはん》をたべるシーンがあって、トットがお膳《ぜん》の前にすわっていると、ディレクターが来て、せわしい調子で、トットに聞いた。

「消えもの、どしたの？」

トットは、夢《ゆめ》を見ているのかと思った。（このディレクターは、私に、何を聞いているのかしら？　消えもの？　おばけのドラマじゃないのに。何が消えたというのかしら……）

その瞬間《しゆんかん》に、小道具さんが大きなお盆《ぼん》にのせて、エッサエッサと運んで来たものを見て、ディレクターは安心したように、

「ああ、来た来た」

といった。

（消えものが、来た？）

見ると、果物だの、おつけものだの、お味噌汁《みそしる》だの、焼魚だのが、並《なら》んでいた。つまり、喰《た》べて、なくなるものを、消えもの、というのだとトットは理解した。そして、「消えもの」というのは、たべものが主《おも》だけど、時には、ドラマの中で、投げつけて、割れてしまうコップだとか、まるめて、どうにかなっちゃうハンカチといった、消耗《しようもう》

品《ひん》もそう呼ぶ、ということも、あとになって、わかったことだった。

『なめる』

トットの大好きな永山ディレクターが、リハーサルのとき、トットを指しながら、いった。

「ここで、Aカメラさん、黒柳君の肩《かた》をなめて下さい」

トットは仰天《ぎようてん》した。そこで急いで、いった。

「なめて頂かなくて、結構です」

でも、永山さんは、まるで聞こえなかったような様子で、響きのある声で続けた。

「で、肩をなめたら、Aカメラさん……」

トットはもっと大きな声で、必死で、いった。

「なめて頂かないで、結構です」

やっと気がついて、永山さんはトットに、いった。

「なめる、ってこと、君、気にしてるの？　君の肩なめ、どうして、反対なの？」

（肩なめ？）

トットは、少し狼狽《ろうばい》した。

（あれ？　私、何か、思い過し、したかな？）

たしかに、これはトットの思い過しだった。

なめる、というのは、ある物越《ものご》しに何かを撮ることで、例えば、「花をなめる」または「花なめ」といったら、手前に花を置いて、その花越しに向こうに居る人を撮る、ということだった。トットは小さい声で、永山さんに、いった。

「なめて下さって、結構です……」

『バミリテープ』

F・Dさんが、上の副調整室との連絡用のレシーバーをはずしながら、トットに、いった。このレシーバー風のものを、スタジオでは、インカムと呼ぶ。恐《おそ》らく最初アメリカから来たときは、Intercommunication＝相互《そうご》通信・連絡＝と呼ばれていたんだろうけど、これではあまりに長いので、日本流に短かく、インカムになったらしい。そのインカムをはずしながら、F・Dさんは、トットに、いった。

「バミリテープ、持って来ますから、ちょっと、動かないで、ここに立っていて下さい」

「バミリテープ?」

何度、口の中でくり返してみても、見当のつかない言葉だった。何が来るのだろう……。トットは、物凄《ものすご》いものを期待して、待っていた。

F・Dさんは、まるで手ぶらのように、もどって来ると、いきなり、トットの足許《あしもと》にしゃがんで言った。

「ちょっと、足、どかして下さい」

トットがとびのくと、F・Dさんは、手の中に持って来た、幅《はば》一センチくらいの、ビニールテープのような絆創膏《ばんそうこう》のような巻いたものを、少し引っぱって千切ると、スタジオの床《ゆか》に小さな×じるしを作った。そして、上から手でこすりつけるようにして、よく貼《は》りつけた。そして、トットに、

「ここですからね」

と言った。つまり、トットが向こうから歩いて来て、止まる位置なんだけど、どうして、こんなバンソーコーみたいなものが、バミリテープ、なんて、おごそかな名前で呼ばれるのか、トットにはわからなかった。でも、よく観察していると、スタジオの床の、俳優さんが確実に立たなくちゃいけない点だとか、椅子《いす》などを芝居《しばい》の途中《とちゅう》で動かして来て、決められた所にきちんと置く、その場所を、

「バミる」

と、みんなが言ってることに、気がついた。

多分、「場《ば》をみる」から来た「場見る」に違いなかった。それが変化したのか、自

分の立つ所に×じるしをつけて貰《もら》いたい俳優さんは、

「ここ、バミって下さい」

と、F・Dさんに頼《たの》んだりしている。そしてF・Dさんは、「はい、バミりましょう」なんて、いう。

つまり、「バミる」「バミって」「バミリテープ」となっていったのだ、と、トットは自分流に解釈した。それにしても、この、どこの家にも、どこの会社にもあるビニールテープみたいなものが、テレビ局に来ると俄然《がぜん》、

「バミリテープ」

と特別な名前で呼ばれるのは、変っている、とトットは自分の足許の、小さい×じるしを見ながら思っていた。

五十八円

世の中に「手の平《ひら》を、かえしたような」という表現があるけれど、

(なるほど、こういうことを、いうのだな)

と、トットは悲しみながらも、この言葉に感心していた。

（こういう表現を考え出した人は、よくよく、ひどい目に遇《あ》ったに違《ちが》いない）

NHKに、通称「スタ管」という部がある。スタジオ管理の略なのだけど、例えば、ラジオのスタジオで公開放送があれば、必要なだけの椅子《いす》を数えて運んで来て並《なら》べる、そういうのがスタ管さんの仕事だった。それから、テレビにしても、ラジオにしても、オーケストラが出演するとなれば、その人数分の椅子の他《ほか》に譜面台《ふめんだい》、それからNHKが用意する楽器……ハープやコントラバスや木琴《もっきん》やティンパニー……そういうものを、スタジオに前もって運んでおくのも、スタ管さんの仕事だった。勿論《もちろん》、片付けるのも、その人達《ひとたち》の役目だった。

そんなスタ管さんの中に、なんとなく、トットなんかに口をきく三十歳《さい》くらいの男の人がいた。いつもグレーの作業服を着ていた。

「今日は、何時まで、かかりそうですか？」

とか、

「すいませんね、並べるのに、時間がかかっちゃって」

などと、そっと、トットに話しかけた。トットは誰《だれ》とでも話をするのが好きだから、

「今日は、少し遅《おそ》くなりそうよ」

とか、お友達のように話していた。

ところが、今夜のことだった。トットは、劇団に届いた伝票通りに、テレビのリハーサル室に来ていた。八時から十二時まで、という事になっていた。でも、八時にリハーサル室に来たのは、トット一人だった。トットは、自分が間違えたのかと、他のリハーサル室をひとつひとつ走って探して歩いた。運の悪いことに、この夜に限って、どこも使ってなくて、誰もいなかった。ドラマ班の部室に電話をしたけど、もう夜の八時過ぎのせいか、返事はなかった。トットは、ドキドキした。みんなが、どこか違うところで、リハーサル始めてるとしたら、どうしよう……。交換台《こうかんだい》にも聞いてみた。交換台の女の人は、

「八時から、一応、使用ってことになってますけど」

といった。出たり入ったり不安でいるうちに、とうとう二時間が過ぎた。そのとき、二、三人の靴音《くつおと》が聞こえた。トットはとび上ってドアを開けた。台本を重ねて持った人達が入って来た。

「あの、私が出して頂く番組のかたですか？」

すがりつきたい気持だった。

そのときトットは、あの、時々、はなしをするスタ管の人が台本を持っていること

に気がついた。つまり、その人は、もうスタ管の人ではなくて、F・Dさんか、そういう役目の人になってる、ということだった。スタ管さんだった人は、トットをジロリと見ると、いった。

「ああ、そうだよ」

トットは安心して、涙《なみだ》が溢《あふ》れそうな気持だった。それでも、（もし十時に変更《へんこう》になったのなら、どうして前もって連絡してくれなかったのかしら……）という気持があったのも事実だった。そこでトットは遠慮《えんりょ》がちに、その人に、いった。

「私、八時って伝票に書いてあったんで、八時に来てたんですけど、十時に変ったんですか？　知らないもので、待っちゃった」

そのとき、トットは想像もしない言葉を、そのスタ管さんだった人がトットに言ってるのを聞いた。かん高い荒々《あらあら》しい声で、その人は、こう、いったのだった。

「待ってりゃいいだろう？　伝票、出してあるんだから！　つべこべ言わないで、待ってりゃいいんだよ！」

十時に変更になったと、わかってるんなら、何時間でも待つのはつらくなかった。でも、何が何だか、わからなくて待っているのは、本当に、不安だった。でも、そんなことはおかまいなしに、その人は、つけ加えた。

「だまって待ってりゃ、いいんだよ」

トットは、だまって考えていた。スタ管だった時、あんなに人の顔色を見るように話していた人が、F・Dになった途端《とたん》、こんな風になってしまった。

その頃《ころ》になると、いろんな俳優さんが次々に入って来た。みんな、十時と知らされている人達だった。スタ管だった人は、有名な人には腰《こし》をかがめ、ニコニコしながら台本を配って歩いていた。

「伝票、出してあるんだから、だまって待ってりゃいいんだ！」という声が、胸の中で、重く悲しく、沈《しず》んでいた。

このとき、トットの一時間の出演料は、五十八円だった。給料に文句をいうつもりはなかったけど、ラーメン一杯《ぱい》分にもならない金額だった。気をもんで、走りまわった二時間が、百円ちょっとだった。

でも、考えてみると、百円で、トットは人生の現実を見ることが出来たのだった。人間として、どういうことが大切かということを、百円がトットに教えてくれた。

そして、トットの中にある優《やさ》しいもの、柔《やわ》らかいものが、このときほど、無言で、トットに話しかけたことは、なかった。

クリスマス

アメリカ映画の影響《えいきょう》か、それとも進駐軍《しんちゅうぐん》から流行してきたのか、少しずつ「ジングルベル」といった風な、クリスマスの音楽が町の中に流れ始めた。アメリカ軍むけのラジオ放送、FENから洩《も》れてくるのも、賑《にぎ》やかなクリスマスの歌だった。お菓子屋《かしや》さんには、靴下《くつした》の恰好《かっこう》のキャンディーの詰《つ》め合せとかが並《なら》び、お花屋さんには、ひいらぎだの、クリスマスツリーに飾《かざ》るモールだの、星だのが、ピカピカ光っていた。

そして、クリスマス当日の夜は、酔《よ》っぱらいの小父《おじ》さん達《たち》が、新橋の駅のまわりを、ワイワイ歩いていた。みんな、揃《そろ》って銀紙で出来た三角の帽子《ぼうし》をかぶり、手に、バン！　と音のするクラッカーと、クリスマスケーキの箱《はこ》をぶら下げていた。男同士、足をもつれさせながら肩《かた》を組んで、何故《なぜ》か、クリスマスの歌じゃなくて、軍歌をうたってる人が多かった。

クリスマスといえば、トットには大きな思い出が、三つあった。まるで、落語の「三題噺《ばなし》」の題のようだけど、一つは「第九シンフォニー」、二つ目は、「羊《ひつじ》」、三つ目は「初恋《はつこい》」だった。一つ目の「第九シンフォニー」は、ベートーベンの第九のことで、これはトットの誕生《たんじょう》に関係があった。というのは、トットのママとパパは、クリスマスの夜の、「第九シンフォニー」で、めぐり逢《あ》ったのだった。

ママは当時、音楽学校の声楽科の生徒で、オペラだとか、オーケストラでコーラスが必要という時は、学校から友達と一緒《いっしょ》にかり出されていた。そんなあるクリスマスの日、新響《しんきょう》(今のN響)が、「第九」をやることになり、ママ達は、あの有名な「歓喜の合唱」のために出かけて行った。他《ほか》の音楽学校からも、沢山《たくさん》、来ていた。そしてそのとき、パパは、まだ二十三歳《さい》くらいだったけど、もう新響のコンサート・マスターだった。トットが不思議だと思うのは、ママのほうから、パパを見つけるのは、そう難かしいことではなかっただろうけど、パパのほうが、どうやって、凄《すご》い人数の中のママを見つけたのか、ということだった。自分の昔《むかし》のことを話すのを、とても恥《はず》かしがるパパだから、トットは聞いたことがなかったけど、きっと、ママから、パパだけに通じる魔力《まりょく》のようなものが、オーケストラの人達の頭を飛び越《こ》えて、パパの胸にとどいたに違《ちが》いなかった。そして、パパは、ヴァイオリンを弾《ひ》く手を止《と》めたとき、ふりむいて、沢山いる女の子の中の、ママだけを、見た。そのとき、ママは、自分で毛糸で編んだグリーンのセーターに、グリーンのベレー帽、そして、やっぱり自分で縫《ぬ》ったグリーンのギャザースカート、というグリーン一色で立っていた。それに、お小《こ》遣《づか》いをはたいて買った輸入ものの、編みあげの靴で。

偶然《ぐうぜん》、ママのグループの中の積極的な人が、オーケストラの人と知り合いだったりしたことから、グループでつきあうようになり、そこで、パパとママは話すチャンスが出来た。とにかく、そんなわけで、クリスマスの晩以来、二人は、離《はな》れられなくなった。結婚《けっこん》ということになったとき、ママの家のほうから、「音楽家に、嫁《よめ》にやることは大反対！」といったゴタゴタがあったりしたけど、とにかく、パパとママは結婚した。そして、すぐ、トットが生まれた。ママは、トットがお腹《なか》にいるとき、ずーっと、第九の「歓喜の合唱」を、ドイツ語で口ずさんでいた。生まれてからは、子守唄《こもりうた》がわりに、この曲を歌った。だから、トットが生まれて最初に憶《おぼ》えた歌、というのは、この曲だった。

〽ザイネ・ツァーベル・ビンデル・ビーデル・ザイネーツァーベル・スタンゲッティー・アーレメ・シェンデルフンゲン……

トットは、大きい声で、おぼえた通りに歌った。パパの友達たちは、曲が曲だけに、小さい子がこれを歌うので大笑いをした。

ところが、これがあとになって、とても困ることになるのだった。というのは、トットが音楽学校に入って、また、ママと同じように、「第九」のコーラスを頼《たの》まれるようになった時だった。ドイツ語で歌おうとすると、必ず、この小さい時に憶えたのが、口をついて出てしまう。ところが、これは、ママの発音が正確じゃなかったのか、または、トットが小さくて、口がまわらないので、自分流に歌ったのを、そのまま憶えてしまったのか、いずれにしても、本当の楽譜《がくふ》に書いてあるドイツ語とは、似ているようで、全く違うのだった。でも、どんなに勉強しても、いざ、このメロディーになると、

〽ザイネ・ツァーベル・ビンデル・ビーデル……に、なってしまうのだった。コーラスの友達は、みんな、

「なんとなく、似てはいるんだけど、よく聞くと、違うんだなあー」と、冷やかした。

だからトットは、日本語の訳詞、

「うたえよ、同胞《はらから》、たたえよ、友よ……」

のほうが有難《ありがた》かった。

でも、そんなわけで、クリスマスの晩、「歓喜の合唱」の中から、トットが生まれることになったのだった。

大きくなってから、トットは、あるときパパに、どうして、クリスマスに「第九」

をやるのか、と聞いてみた。パパは、すぐ答えた。

「あの頃《ころ》、音楽家は、みんな、貧乏《びんぼう》でね。だから、大晦日《おおみそか》が近づくと、借金もあるし、お正月の用意もしなくちゃならないから、大変だったのね。そこで、誰《だれ》か頭のいい人が考え出したんだけど、せめて、第九をやれば、コーラスが沢山、出る。コーラスのメンバーが、最低一枚、家族に切符《きっぷ》を売ったとしても、かなりの切符が出るわけで、そうすれば満員になる。それで、みんな、なんとか年が越せる、という、本当は苦肉の策だったんだよ。いまは、もう、クリスマスというと〝第九〟という風に、なっちゃったけど、はじまりは、そういう、せっぱつまったことからだったのね。だから、日本だけじゃないかな？　年末になると、第九をやる国は……」

そして、パパは、つけ加えた。

「もちろん、今だって、本当に、いい音楽をやろうとしてる音楽家で、お金持の人はいないけどね」

でも、トットは、「第九」のコーラスが、シラーの詩で、本来の意味は、

「人々よ、自由になり、手をつないで、さあ、友達になろう」

というのだ、と知ったとき、この曲で育ったことを、とても、うれしく思った。

二つ目の「羊」は、トットが六歳くらいで、日曜学校に通っている頃の出来ごとだ

った。その年のクリスマスは、「馬小屋に生まれたキリストのところに、三人の博士が、貢《みつ》ぎものを持って、訪ねてくる」あの有名な場面を芝居《しばい》にすることに、牧師さんが決めた。よく、クリスマスカードにもなっている、あのシーンだった。小編成の聖歌隊が歌う。

〽聖《きよ》し、この夜、星は光り……

変声期をむかえた男の子もいて、時々、声がひっくり返るのを除《のぞ》けば、結構きれいな聖歌隊だった。そして、この歌をバックに、馬小屋の床《ゆか》にすわった母マリアに抱《だ》かれたキリスト。まわりを、小さな羊たちが、とりかこんでいる。頭から白い布をかぶった三人の博士が、手に手に、貢ぎものを持って入って来る……。こういう工合《ぐあい》に始まる予定だった。そして、なんと、トットは、キリストに抜擢《ばってき》された。教会の信者の中でも、かなり年かさの、マリア役のお姉さんに抱かれて、トットは、始めのうちは、赤ん坊のキリストらしく、大人しくしていた。でも、稽古《けいこ》をしてると、抱かれているままなので、段々、たいくつしてくる。三人の博士が、一人一人、長いセリフをいってる間、じーっとしてることなんか、トットに出来るはずがなかった。トットは、足許《あしもと》に、うずくまってる羊に、小さい声で話しかけた。その子たちは頭に羊の顔を描《か》いたお面をのせて、じーっとしていた。

「ねえ！」

　トットはポケットから、ちり紙を一枚出してヒラヒラさせ、羊の口のところにつき出して、いった。

「羊だから、これ、たべるのよ」

　羊の子は、ちらりと、ちり紙を見ると、もっと頭を下げてしまった。トットは、

「ねえ、どうして、たべないの？」

　といって、羊に近づこうとしたけど、母マリアがギューッと力を入れて抱いているので、それ以上は羊に近づけない。仕方なく、足で羊の子をギュウギュウ押《お》してたら、とうとう、牧師さんに見つかってしまった。牧師さんは、お説教のときと同じような、ゆっくりとした、歌うような調子で、トットに、いった。

「イエスさまは、どんなときでも、だれに対しても、おやさしかったのです。イエスさまになる子供は、大人しくしていなければ、いけません。では、役を、かえてみましょう。トットちゃんは、羊になりましょう。そして、羊だった粟田《あわた》君が、今度はイエスさまですよ。さあ、もう一度、はじめから、やってみましょう」

　トットは、羊のお面をかぶって、うずくまった。うずくまると、お尻《しり》が客席のほうをむいているわけで、顔が見えてないから、恥かしくもないし、このほうが（気に入

ったわ）と、トットは思った。博士のセリフが始まった時、トットは、キリストの粟田君に、いった。

「ねえ、紙、私に、頂戴《ちょうだい》？　たべるんだから！」

でも、粟田君は、本当のキリストのように博士のほうを向いていて、トットに返事をしなかった。トットは、うずくまった恰好で、もう一度くり返した。

「どうして、紙、出さないの？　ねえ、私、たべるんだから、紙、頂戴！」

それでも、キリストは知らん顔をしていた。そこで、トットは、丁度、トットの目の前にある粟田君の足の裏をくすぐった。粟田君は、くすぐったがって、ヒイヒイ、もだえた。

そんなわけで、トットは、羊の役も、おろされてしまった。そのときは、残念とも思わなかったけど、いまになってみると、新聞記者の人に、

「初めての役は、なんでしたか？」

と聞かれたとき、

「イエスさまです」

と答えられたら、（随分《ずいぶん》、面白《おもしろ》かったのに）と、少し後悔《こうかい》みたいな気持で、トットは、あの小さい教会のステージを思い出していた。

「初恋」は、もう、そのもの、ずばりの初恋だった。相手は、トットの教会の副牧師だった。小さい時から知ってはいたけど、海軍兵学校の制服で復員して来た日に、トットは、教会の入口のところで、しばらくぶりに、その人を見てしまった。別れた頃は、小学校の低学年だったトットも、今はもう中学生になっていた。背が高く、ハンサムで、笑うと、目がやさしくなり、声がとてもよかった。そのとき、トットは、あまり熱心な信者ではなかった。でも、その日から、トットはすべての集会に参加した。教会というのは、日曜日の礼拝の他にも、行こうと思えば、夜の祈禱会《きとうかい》だとか、信者のお見舞《みまい》だとか、色々、集る日があった。その、どれにもトットは出席した。副牧師は、住宅事情のせいか、教会の中の一室に住んでいた。とうとうトットは、日曜日の、子供の礼拝の日曜学校のオルガン弾きにもなってしまった。そうすれば、「どの讃美歌《さんびか》にするか」とか、少しでも副牧師と話すチャンスが出来るし、前の日にオルガンの練習をしてれば、チラリとでも、お姿を見かけることが出来る。トットは、聖歌隊にも入った。とにかく、一週間のうち四日間は、教会に通った。ママも、教会なら、と安心していた。学校の友達は、トットが急に熱心なクリスチャンになったのだと、驚《おどろ》いていた。

クリスマスが来た。長老たちの話し合いで、クリスマス・キャロルをしてみよう、という事になった。それは、クリスマスの夜、聖歌隊のみんなが、信者の家の窓の下に集って、クリスマスの讃美歌を歌う、という、この教会にしては新らしい試みだった。二曲くらい歌ったら、次の信者の家まで歩いて行って、また歌う。そして、また次の家と、夜通し歌い続ける。この夜だけは、〝どんなに遅《おそ》くなっても、心配しないで下さい〟という紙が、聖歌隊のメンバーの家に配られた。小学校の高学年と中学生が中心の、十五人くらいの編成だった。そして、トットが狂喜乱舞《きょうきらんぶ》したのは、引率《いんそつ》が、副牧師、とわかった時だった。

この夜は、特に寒かった。まだ戦争が終って、あまり経《た》っていないので、電気も、薄暗《うすぐら》かった。でも、トットの心は、明るかった。一番最初の信者の家の窓の下に立ったときは、ビクビクする気持と、外で歌う、というワクワクした気分とが一緒になった、不思議な感じだった。

「聖し、この夜」と「もろびと、こぞりて」を、まず歌った。すると、歌ってるときは、閉まっていた窓が、歌い終ると開いて、おばあさんが涙《なみだ》を浮《う》かべて、立っていた。

「なんて、ステキなんでしょう」

そういうと、おばあさんは、その頃ではとても貴重な、お砂糖を少し入れたお湯の入ったお茶碗《ちゃわん》を、みんなの手の中に渡《わた》してくれた。かじかんだ手に、熱いお茶碗は、気持がよかった。トットは、とても、うれしかった。

おばあさんが、よろこんでくださったのも、うれしかった。でも、何よりうれしかったのは、クリスマスの夜、うんと遅くまで、何時間も、副牧師と、一緒にいられる、ということだった。どんなに寒くても、どんなに歩いても、平気だった。背の高い副牧師の後姿を見ながら、あとから、ついて行くだけで、満足だった。そして、次の信者の家の窓の下につくと、心をこめて、出来るだけ大きい声で歌った。心の中は、踊《おど》っていた。月も星も、一緒に仲間になってくれているように感じた。でも、この初恋も、このクリスマスの夜で終ってしまった。というのは、それからちょっとして、副牧師は、教会の信者の、トットより、はるかに大人の女の人との結婚を発表したからだった。誰かの話によると、赤ちゃんも、もう出来てるらしい、ということだった。

トットは、それ以来、また、あまり熱心に教会には通わなくなってしまった。

そして、しばらくの間は、クリスマスの曲を聞いても、楽しくは、なれなかった。

新橋の駅で終電車を待ちながら、トットは、なつかしく、この三つの話を思い出していた。いつも、たいがい終電車で顔が合うホステスのお姉さんの姿が、今晩は、見えなかった。（クリスマスで、忙《いそ》がしかったのかも知れない）

ホームに、明々《あかあか》と電気をつけて、終電車が入って来た。

怪談《かいだん》

今日という今日は、トットにしても、テレビのスタッフにしても、冷汗《ひやあせ》ビッショリだった。今日の本番で、トットは、お琴《こと》を弾《ひ》くことになっていた。しかも、怪談の中で。原作が小泉八雲《ラフカディオ・ハーン》で、トットは新妻《にいづま》の役だった。何しろ、こわい話で、かなり地位のある、そしてお金持の、さむらいのところに、トットが後妻に来た。ところが、昼間はいいんだけど、夜、ひとりで寝《ね》ていると、にわかに恐《おそ》ろしい音がして、前妻の亡霊《ぼうれい》が現れる。でも、夫が家にいる時は、決して出て来ない。新妻が目当てなのだった。そして、夫が、夜、お城かなんかに行ってて留守だとなると、ドドドド……と音がして、現れる。いってみれば、それのくり返しなんだけど、こわがりのトットは、ドドド……が聞こえると、

「キャア〰〰出るう!!」

と本気で逃《に》げ出したくなってしまうのだった。そして、お琴、というのは、日中、旦那《だんな》さまが庭などを散策していると、お座敷《ざしき》で新妻が、お琴を弾く、といった、のど

かな風景を現すシーンに必要なのだった。

ところで、自分で演奏の出来る人は別として、テレビで楽器を弾くというのは、本当に大変なことだった。勿論《もちろん》、音は、専門家の人の演奏したテープが流れるから、それに合わせるんだけど、さわったこともない楽器を、上手に演奏してるように見せるのは、至難の業《わざ》だった。比較的《ひかく》、うまく胡麻化《ごまか》せるのはピアノで、手許《てもと》を写さないで貰《もら》えば、なんとか恰好《かっこう》はつく。でも、たいがいの楽器は、指とか、こまかい所が丸見えになるので、苦労の種だった。しかも、ふつう、配役が決まってから、楽器を演奏する、ということがわかるので、ずーっと前から練習しておく、ということは、よほどのことでない限り出来ないので、大変なのだった。

で、お琴がある、となると、NHKが頼《たの》んだお琴の先生が、リハーサル室にお琴を持って来て下さる。そのときによって、個人的に、その先生のお稽古場《けいこば》に伺《うかが》うときもあるけど、このときは来て下さった。女の先生だった。まず、座りかたから始まって、お琴の爪《つめ》の、つけかた。そして、絃《げん》に、どんな風に指をふれるかの練習。右手は、どう。左手は、どう……。そして、音階の説明。それから、トットの演奏する曲にとりかかる、という、やりかただった。でも、いくら音はテープから出る、といっても、テンポや、音の高い低いは、きっちり、合わせなければならない。右手の指に爪をつけてコロリンシャンとやり、左手は長い絃を押《お》したり、はなしたり、ゆり動かしたりして、音の高さを変えたり、音色を変化させたりする。それでも、三日目ぐらいには、なんとか形がついて来た。

　ところが、大変なのは、お琴だけではなかった。ナマ放送だから、着物の着換《きが》えの時間はなかった。おばけは夜になると出るので、必ず新妻は、寝るときは、ちゃんと、ねまきを着ていなくちゃならなかった。おばけが出ると、

「あれえ――」

　みたいな声を出して、ガバッ!!　と、ふとんの上に起き上るので、ねまきが見えるからだった。そして、すぐ朝になると、お城から帰って来た夫に、

「また、ゆうべも……」

　と報告をし、そのときは、もう、金持の新妻らしい着物を着ていなくてはならなかった。そして、また夜……。

　そんなわけで、ひきぬき的に、ぬいでいくしかない、ということになり、トットは、着物と、ねまきを交互《こうご》に、合計六枚着て、帯をしめた。これは、もう異常な見もので、これに、かつらを、かぶってるんだから、小泉八雲が生きていなくて、本当に良かった、とトットは、ひそかに思った。冷汗は、本番のとき、やって来た。

それは、いよいよお琴のシーンになった時だった。トットは、先生のおっしゃった事をすべて頭に叩《たた》きこみ、スピーカーから流れて来るテープに合わせ、新妻らしく弾き始めた。突然《とつぜん》、親指のお琴の爪が絃に引っかかって、絃の間から指が抜《ぬ》けなくなった。

（どうしよう）

必死で、ひっぱったら、はずみで今度は中指までが、ズルッと、絃と絃の間にもぐってしまった。そして、そのとき、人さし指に、はめてた爪が、スポン！　と取れて、お琴の向こう側に飛んでしまった。トットは逆上して、とにかく手を絃の間から抜こうと、もがいた。

困ったことは、そうやってる間にも、コロリンシャン、と美しい音《テープ》は続けて出ているのだった。（とにかく、右手を、なるべく、かくすことだ！）トットは、上半身を少し前につき出した。ところが、こういうとき、着ぶくれている、というのは、自由がきかなくて、これまた仕方のないもので、その時、かつらが、どういうわけか、目のところまでかぶさってしまった。それは、もう、前妻とくらべて、どっちが、おばけか、わからない様子に違《ちが》いなかった。その後、どうなったか、「終」のマークが出るまで、トットは無我夢中《むがむちゆう》だった。おかしいことに、この怪談は、

「とても、こわかった」

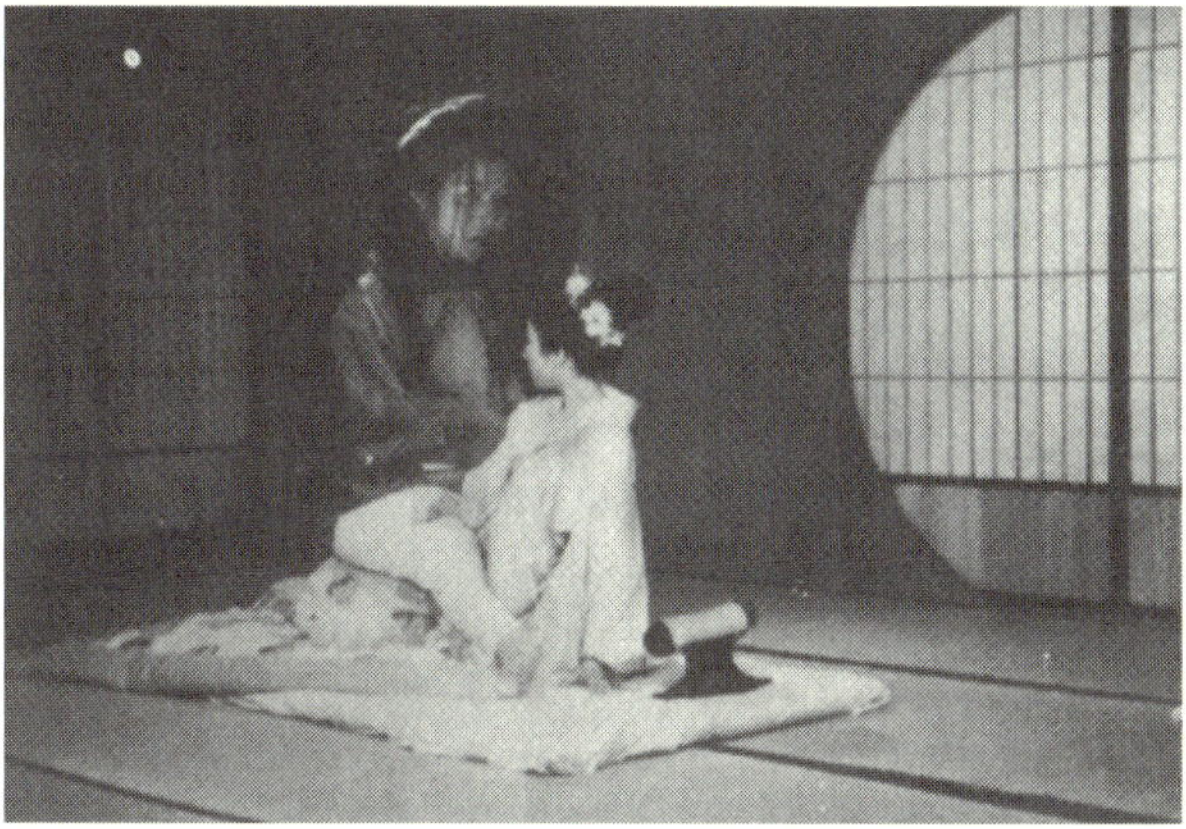

そのときの写真。この話を書いてる時、写真が存在するだろうなどとは、全く思っていなかった。しかも、モンタージュまでしてあったとは。家の中の装飾が、なにもないのにおどろく。お金持のはずなのに、畳じゃなくゴザなので、お琴のところがめくれている。

と評判が良かった、という話だった。

内縁《ないえん》関係

トットは、結婚式《けっこんしき》の披露宴《ひろうえん》というものに、それまで招《よ》ばれたことが、なかった。初めての経験だった。それはＮＨＫの劇団の一期上の、東儀さんがお嫁《よめ》さんに行くことになり、披露宴に、劇団のみんなも招んで下さったのだった。トットは、その日のために、ピンクのコールテンの布地を無理して買い、ママにスーツを作ってもらった。五期生の友達《ともだち》も、結婚式の披露宴に出るのは初めて、といって、なんとなく緊張《きんちょう》して、出席した。

新橋の、品のいいレストランの特別室だった。トットが部屋に入ると、もう東儀さんは、おむこさんの人と、正面にすわっていた。いつも大きい目が、もっと大きく見え、とても奇麗《きれい》だと、トットは思った。そのとき、トットは、おむこさんを盗《ぬす》み見した。そして、とても驚《おどろ》いてしまった。というのは、その男の人は、トットが日曜学校の頃《ころ》から、教会で知ってる男の人だった。（こんな偶然《ぐうぜん》が、あるだろうか！）トットは、俄然《がぜん》、うれしくなった。トットは背のびをして、おむこさんに手を振《ふ》った。でも、おむこさんは、目を伏《ふ》せているので、トットのことは見えないらしかった。親戚《しんせき》のかたとか、みなさんも席について、披露宴が始まった。お仲人《なこうど》さんという男の人が、「新郎《しんろう》新婦は……」と、二人の紹介《しょうかい》を始めた。そして、次々と、いろんな人が立って、挨拶《あいさつ》をした。東儀さんのお家は、宮内庁《くないちょう》の、雅楽《ががく》のお家柄《いえがら》なので、品のいい御挨拶が多かった。新郎のほうも、立派な方達が、祝辞をいった。そのうち、劇団の先輩《せんぱい》の加藤道子さんにも、御指名《ごしめい》が来た。道子さんは、放送のときのような美しい声で、「東儀さんが、これで劇団をやめて、奥《おく》さんになってしまうのは勿体《もったい》ない」ということや、「でも、お幸福《しあわせ》な家庭を、お作り下さい」というお祝いをいった。そのとき、司会の人が「それでは、東儀さんの後輩を代表して、黒柳徹子さんに、お祝辞を頂戴《ちょうだい》しますす」といった。トットは、前もって頼《たの》まれてはいなかったけど、披露宴で御挨拶するのなんて、初めてのことだから、うれしいし、ましてや、おむこさんを知っているのだから、話す内容もあるし、と、立ち上った。トットは、丁寧《ていねい》に新郎と新婦に、おじぎをしてから、元気よく話し出した。

「えー……」そこまでいって、トットは考えた。(なんと言えば一番いいのかなあ。つまり〝皆《みな》さんは御存知ないでしょうけど、実は、私と新郎とは、昔から、ずーっと、教会で知り合いでした〟って言いたいんだけど、これじゃ、ちょっと幼稚《ようち》じゃない？もっと端的《たんてき》に、大人っぽく、いえないかしら？……）

そのとき、いい言葉が、ひらめいた。そうだ、これがいい！　そこでトットは、こういった。

「今日は、本当に、おめでとうございます。私は新婦の後輩で、今日、おまねきを受けましたが、実は、私と新郎とは、内縁関係でございます」

一瞬《いっしゅん》、会場はシーンとした。トットとしては、実に、いい形容だと思っていた。

（それにしても、どうして、シーンとしたのかしら？）そのとき、トットの隣《とな》りに座《すわ》っていた同期生の木下秀雄君が、

「すわれよ‼」

と、いって、トットの手を引っぱった。木下君は五期生のお目付役、と呼ばれている人だった。トットは、小さい声で、木下君に、いった。

「まだ何も言ってないじゃないの。これから、まだ、いうことあるんだもの！」

二人がゴソゴソもめているのを見て、そのうち、会場中の人が大笑いを始めた。トットには、ますます、わけがわからなくなった。それでも、なんだか少し喋《しゃべ》って、トットは、すわった。そして、お食事が出た。

トットが、大変なことを自分が言ったらしい、とわかったのは、その日、披露宴のあと、NHKの玄関《げんかん》を入ったときだった。そこで逢《あ》った知り合いのディレクターが、トットを見るなり笑い声で、

「今日、結婚式で、新郎とは内縁関係、って言ったんだって？　評判だよ？」と、いった。

「だって、そうなんだもの！」

トットは威張《いば》って、そういった。ディレクターは、

「おむこさん、それ、君が言ったとき、どんな顔した？」と、トットに聞いた。（そういえば、おむこさんが、凄《すご》い勢いで、頭をあげて、トットのほうを見たような、気がした……）

トットは急に心配になって、ディレクターに聞いた。「内縁関係って、いっちゃいけないんですか？」ディレクターは冗談《じようだん》好きの人らしく、イヒイヒと笑い声を入れながら、こういった。

「いけなくはないけど、普通《ふつう》は、結婚式じゃ、いわないよ。まあ、君だから、間違《まちが》いだろうと、みんなも許してくれたんだろうけど、ひどいね。たいがいの家なら、これで、もめちゃうよ。本当に、君、知らないで、いったの？　ヒ・ヒ・ヒ……」

なんとなくトットは、からかわれているようで、いやになったから、「失礼します」といって、スタジオのほうに歩き出した。そのあとは、本番の忙《いそ》がしさに、とりまぎれて、そのことは忘れてしまっていた。

二日くらい経《た》ったときだった。トットが朝、新聞を開くと、この字がトットの目に、とびこんで来た。

「内縁の妻、刺《さ》し殺される」

記事を読んでみると、「内縁関係にあった夫が、嫉妬《しっと》から、内縁の妻を殺した」という内容だった。なんで夫とか妻に、わざわざ〝内縁〟なんていうのを、つけるのかしら……。トットは、だんだん不安になってきた。そーっと、辞典を引いてみた。

内縁関係‖‖男女が婚姻《こんいん》の意志を有して、同居し、事実上の婚姻関係がありながら、未《いま》だ、法律上の届出を、すましていない状態。

「わあー!!　×!　△!!」

やっと、本当の意味がわかったトットだったけど、それから数年間というもの、誰《だれ》も、結婚式には招んでくれなかった。

有名人

（考えてみると……）と、トットは思った。

（これは凄《すご》いことなんだ！）

トットは、隣《とな》りの鏡の前で、ただでも大きい目を、もっと大きく見えるように、鏡に顔をくっつけるようにして目《め》ばりを描《か》いてるエノケンさんを見ながら、そう思った。

トットにとって、夢《ゆめ》や憧《あこが》れを持って入った芸能界ではなかったし、あんまり一どきに、沢山《たくさん》の有名人に逢《あ》ったせいもあって、いちいち、感動はしなかった。

（でも、本当は、大変なことなんだ……）

なにしろ、トットが小さい時、お誕生日《たんじょうび》に、パパからプレゼントしてもらった手廻《てまわ》しの映写機に写るのは、いつも、チャップリンとエノケンさんだった。アクロバットのような身軽さと、面白《おもしろ》い顔と演技。何回、くり返して見たか、わからないくらいだった。歴史上の人物とさえ、思っていた人だった。そのエノケンさんと、かけ出しの私が、いま、話をしたり、セリフを言い合ったりしてるんだもの……。そう思って見廻してみると、この世界に入らなければ、遠くのほうから、画面とか舞台《ぶたい》だけで、見させて頂くはずの方々に、毎日逢っているのだった。しかも、ふだんの顔のままの、御本人《ごほんにん》に。

例えば、〝海老《えび》〟サマだった、後《のち》の市川団十郎さんとは、ラジオのスタジオでお逢いしたのだけれど、びっくりするほど、顔の色が黒かった。「光源氏《ひかるげんじ》」の時は、真白い顔の色だったので、余計、そう見えたのかも知れなかった。そして、着物の胸元《むなもと》から は、ラクダのシャツが、のぞいていた。でも、真実、やさしそうな笑顔だった。それは親しみやすく、光源氏より、更《さら》に色っぽい、ドキドキするような男性だった。

丹波哲郎《たんばてつろう》さんは、ラジオの公開放送のために、汽車旅行を一緒《いっしょ》にしたのだけれど、トットの目を、じーっと見つめて、それから、自分の鼻を人さし指でさして、こういった。「きみ、こういう人を、好きにならなくちゃ、駄目《だめ》なんだぜ！　ハ・ハ・ハ！」響《ひび》きのある、少し不良っぽい、それでいて大人じみた声で。トットは面白かった。

テレビ初期の大ヒット番組、「私の秘密」の解答者の藤浦洸《ふじうらこう》さんは、同じ解答者の渡辺紳一郎さんや、藤原あきさんに、本番前、テレビの化粧室《けしょうしつ》で、こんなことを言っていた。「コレラが外国で発生して、〝コレラって、どんな症状《しょうじょう》になるんだ？〟って、みんなが言うからさ、〝俺《おれ》みたいになるんだよ〟っていうと、みんなが、〝ああ、そうですか、成程《なるほど》！〟って納得《なっとく》するんだよ。つまり脱水《だっすい》状態になったときの、見本だね」

みんなが、ドッと笑った。そのくらい藤浦洸さんは、やせていて、小さくて、しわが一杯《いっぱい》あった。でも、元気一杯で、全身が感性のような人だった。

藤原あきさんは、藤原義江さんと別れて、資生堂のコンサルタントをしている時期だった。年をとっても美しい女性の代表だった。しわなんか、一本も、なかった。あきさんは、メーキャップさんに、こぼしていた。

「みなさんが、私の着物を楽しみにして下さるんで、毎週、変えるようにしてるんだけど、あんまり大変なんで、この間、安いもの着たのね。テレビって、その点、ちょっと見が良ければいい、と思って。そしたら、すぐ、お友達《ともだち》から言われちゃったわ。〝あなた、どうして、あんな安物、着るの？〟って。画面て、なんて正直なんでしょうね」

あきさんは、トットのパパとも親しいせいもあって、トットにも、とても親切にして下さった。着るもののアドバイスとか、お化粧のコツとか。なかでも、トットが忘れられないのは、あるとき、小さい声で、こんな風に、おっしゃったときだった。

「はっきり言って、お化粧品てね、つけることより、取ることを大切に考えたほうが、いいのよ。高いクリームをつけるより、安いのでいいから、沢山、使って、よく、お化粧を落すこと。高いもの使うと、落すのにも、ケチるでしょう？　それは、ダメ。

安くてかまわないから、ジャンジャン使って、ガーゼで拭《ふ》いてみて、お化粧の残りが全く、つかなくなるまで、落すの。それと、自分の顔や体に、手をかけること。いいこと？　手をかけるのと、かけないのとでは、私くらいの年になったとき、とっても違《ちが》ってくるのよ。いまからお始めになると、随分《ずいぶん》いいわ。女の人は、奇麗《きれい》でいなくちゃ、つまらないじゃない？」

あきさんは、顔だけじゃなく、どこもかしこも、美しいだろう、と、トットは思った。それにしても、夫も子供も捨て、イタリアまで、年下の藤原義江さんを追いかけて行き、「姦婦《かんぷ》！」とまで新聞に書かれた、あきさんが、「お化粧は、よく落すことが、何より」と地味な話に熱心なのが、心に残った。これから、しばらくして、あきさんは、タレント議員第一号として、参議院に立候補し、最高得票で当選することになるのだった。

森繁久彌《もりしげひさや》さんほど、スタジオが、華《はな》やか、というか、賑《にぎ》やか、というか、派手っぽくなる男優さんは他《ほか》にいなかった。森繁さん出演のテレビは、いつも女優さんの数も多かった。そして、なんとなく、みんな競《きそ》い合って、はなやいだ雰囲気《ふんいき》を作り出した。トットから見ると、はるか年上の、大人中の大人に見えた森繁さんだけど、あとで数えてみると、まだ四十歳《さい》くらいだった。本読みの時も、テレビのスタジオの待ち時間でも、森繁さんは、みんなに、楽しい話を、たて続けに聞かせた。みんなが笑いころげ、特に女優が喜ぶのを見て、自分のほうもたのしむ、という感じだった。何もかもが充実《じゅうじつ》していて、男の盛《さか》りとは、こういうことを言うのだろうと、トットは観察した。

ある時、ドラマの中で、森繁さんと一緒の場所から出ることになって、トットは薄《うす》暗《ぐら》いところに立って、キューを待っていた。森繁さんと二人だけだった。勿論《もちろん》、それまで何回か森繁さんとは、お話もしたし、芝居《しばい》もしていた。でも、二人だけというのは初めてだった。そのとき、森繁さんが、ひょっ、と軽い感じで、こういった。

「どう？　僕《ぼく》と一回！」

瞬間《しゅんかん》、トットは、その意味がわからなかった。芝居のこととか、そういうことじゃないことはわかったけど、何を指しているのか、はっきりしなかった。

（キスのことかしら？）と、トットは思った。（それとも……！）トットは、森繁さんに失礼とは思ったけど、小さい声で聞き直した。

「何をでしょうか？」

森繁さんは、だまって、トットの手をとると、手の甲《こう》に、ちょっとキスした。そのとき、キューが出て、トットも森繁さんも何くわぬ顔で、その場所から、明るい所に出た。トットはカマトトではなかったけど、あまり、そこらへんのことは、よくわかっていなかった。でも、悪い気持はしなかった。それは、森繁さんが、新人の女の子を自分の思い通りにしようとしているスター、といった、昔風《むかしふう》の感じじゃなかったからかも知れなかった。それ以後、森繁さんは、二人だけになると、「どう？　一回！」と口ぐせみたいに言い、トットも「何を一回ですか？」といって、それからは、もう二人の合言葉のようになってしまった。そんな中でトットは、おぼろ気ながら、人間というものは、ほんの一瞬にもせよ、そういった、色っぽい、というか、しなやかな雰囲気というものが、大切なのだろう、と感じていた。

丹下《たんげ》キヨ子さんは、女性のコメディアンとして、放送界で一世を風靡《ふうび》していた。大勢の男性のコメディアンに囲まれて、たった一人で、軽く、いなしている、という風だった。「女傑《じょけつ》」とも呼ばれていた。その丹下さんが、ある時、ラジオのスタジオに入って来ると、

「暑いねえ」

といって、さっさとブラウスを脱《ぬ》いでしまった。そのとき、トット達、女性しかいなかったけど、ラジオのスタジオで、ブラウスを脱いじゃう、というのは、びっくりすることだった。たしかに、暑かった。冷房《れいぼう》というようなものの無い時代の夏のスタジオは、扇子《せんす》くらいでは、追いつかない暑さだった。

ブラウスを脱いだ丹下さんを見て、トットは、ドキッ!!　とした。あんなに奇麗なスリップとブラジャーというものを、トットは、アメリカ映画でしか見たことがなかった。薄いベージュ色のサテンのスリップと、白のブラジャーで、どっちもレースがついていた。そして、ブラジャーの中の胸は、思ってもいない程《ほど》、豊かだった。女傑と呼ばれ、男っぽい喋《しゃべ》りかたをしてる丹下さんの、本当の姿を見た思いがした。真白い輝《かがや》くような肌《はだ》も、丹下さんの女らしさを表わしていた。トットが、そんな風にショックを受けてる、なんて、全然気がついていない丹下さんは、あの独特の低い、張りのある、笑わないではいられない喋りかたで、ディレクターに叫《さけ》んでいた。

「ちょっと！　そろそろ、始めてもいい頃《ころ》じゃないの？」

山田五十鈴《やまだいすず》さんを見かけたのは、トットが、テレビの通行人を降ろされて、スタジオの外の廊下《ろうか》の椅子《いす》にすわって、中の同期生が終るのを待っていたときだった。

山田さんは、着物の両袖《りょうそで》の中の手を胸のところに入れた、ふところ手をして、スタジオの廊下をプラプラプラプラプラ歩いていた。トットと目が合うと、ニッコリした。そのあとも、だまって、トットの前を行ったり来たりしていた。セリフを憶《おぼ》えていたのか、何かを考えていたのか、わからないけど、だまって、ふところ手をして、プラプラ歩いていた。映画で松井須磨子《まついすまこ》になった時とは違ってるけど、やっぱり「女優」という以外に、呼びようがない人に見えた。プラプラと廊下を歩いてるだけなのに、芝居を見ているようだ、とトットは思った。

ラジオのスタジオで、滝沢修《たきざわおさむ》さんが、台本の一番最後の、何も書いてない頁《ページ》に、いつの間にかトットの顔をスケッチして、

「はい！」

と、本番が終ったとき、渡《わた》して下さった。トットは驚《おどろ》いた。こんな偉《えら》いかたが、こんなに簡単に、トットなんかを描いて下さるなんて。「炎《ほのお》の人・ゴッホ」を見ていたから、余計に、そう思ったのかも知れなかったけど、とにかく、トットは感激《かんげき》した。滝沢さんが、本職くらい、絵がお上手で有名、ということは、あとから知った。滝沢さんの描いて下さったトットは、本物より、しっかりとした知的な顔立ちで、トットは恐縮《きょうしゅく》してしまった。でも、よく見ると、トットのもっと若い頃の、少し少女の時のような面影《おもかげ》も、そこにあった。

川口松太郎さんの脚本《きゃくほん》で、主演が三益愛子《みますあいこ》さんというラジオの番組の時は、とても面白かった。川口松太郎さんも、スタジオに見えた。本読みのとき、三益さんは、隣りに座《すわ》ってらっしゃる川口松太郎さんに、しょっちゅう、「ねえ、パパ、これ、どういう意味？」とか、平気で、大きい声で聞いた。

川口松太郎さんは、若い女の出演者も沢山いるし、その他、大勢、俳優さんもいるので、わりと、脚本家と女優、という関係にしよう、としてらっしゃるのかな？　と、トットには見えたんだけど、三益さんは、おかまいなく、「ねえ、ちょっと、パパ、この読みかたは、どうなの？」とか「パパ、ここ、これでいいの？」とか、聞いていた。そのたびに、川口松太郎さんは、笑いながら、親切に答えてらした。

（夫婦で同じ仕事をするのも、いいな）

トットは、ふと、思った。

映画俳優のAさんとテレビで一緒になった。新劇の女優さんが、小さい声でトットにいった。「あのAさんね、この前、夕方、私の友達の女の子、さそってね、〝御飯たべよう〟って、いったんですって。だから、ついて行ったら、待合みたいのに連れてったから、〝あら、御飯て、おっしゃったから……〟といったら、〝馬鹿《ばか》だなあ、明日の朝御飯だよ!!〟って、いったんですって」

そのAさんが、早目に稽古《けいこ》が終って、帰り支度《じたく》してるトットに、いった。

「オードリー・ヘップバーンの映画、見てなかったら、見ませんか？」トットは、「麗《うるわ》しのサブリナ」を見たいと思っていたところだったので、（どうしようかな？）と思ったけど、まだ、明るいし……、「じゃ、御一緒します」と、いった。

オードリー・ヘップバーンは、最高だった。映画が終ったとき、Aさんは、いった。「少し、日比谷《ひびや》公園散歩しようよ」歩いてるうち、かなり暗くなって来た。Aさんは、立ち止まると、大きな体をかがめて、トットにいった。「さっきの映画みたいなキス、してみようか」（こんな手もあった！）トットは、息を吸いこむと、いった。

「私はオードリー・ヘップバーンじゃないし、あなたもハンフリー・ボガートじゃないから、やめといたほうがいいと思います」Aさんは、大声で笑った。それは、映画に出るときのAさんと全く同じトーンの、少し恰好《かっこう》のついた、笑い声だった。

水谷八重子《みずたにやえこ》さんは、テレビの化粧室で、誰《だれ》かに、ゆっくりした口調で話していた。

「ハリウッドはね。化粧室が立派なの。名犬リンチンチンも、個室をちゃんと持ってました」

越路吹雪《こしじふぶき》さんは、豪華《ごうか》なイブニングドレスを着て、茶色くしたショートの髪《かみ》も美しくセットし、イヤリングもネックレスも全部した恰好で、鏡の中の自分を点検して、「まあまあかな？」といった。そして突然《とつぜん》、トットに、「オコゼって魚の顔、見たことある？」と聞いた。

トットが「ない」というと、越路さんは、自分の両手で自分の顔をはさんで、大きな両目をさげ、唇《くちびる》を斜《なな》めに曲げ、ひどい顔にして、「これが、オコゼ！」といい、次

エノケンさんと。

の瞬間、イブニングの裾《すそ》をサラサラさせて、スタジオに入っていった。

「虚像《きよぞう》と実像」、というようなことは、わからなかったけど、かけ出しのトットに、当時の有名人は、こんな風に、見えた。そして、一流といわれる人ほど、人間的だ、とトットは思った。

拙者《せつしや》の扶持《ふち》

その頃《ころ》、NHKでは、本番当日、出演者に出演料を払《はら》っていた。トット達《たち》劇団員には、NHKの庶務《しよむ》が、一ヶ月働いた時間を計算して、職員と同じ二十五日に月給袋《げつきゆうぶくろ》を手渡《てわた》してくれていた。でも、外部の出演者は、ラジオもテレビも、本番の前に謝金係りの女の人がスタジオに来て、茶封筒《ちやぶうとう》に入れたその番組の出演料を、顔と名前と照合して渡した。俳優さん本人が、中に入ってる領収書に住所と名前を書いて、その女の人に渡すと、現金の入った袋が手の中に残る、という仕組みだった。NHKの頭文字《かしらもじ》をとって「日本薄謝《はくしや》協会」とか「ケチケチケー」とか、みんな、いろんなことを言ってたけど、とにかく、その日のうちに必ず現金が貰《もら》えちゃう、というのは、新劇の舞《ぶ》台《たい》で暮《くら》していくことの難かしい俳優さん達《たち》にとっては、結構ありがたいことに違《ちが》いなかった。トットにしても、月給袋をもらった日に、洋服一枚と、靴《くつ》かハンドバッグを買っちゃうと、もう、手許《てもと》にはほとんど何も残らないくらいの月給で、あとは、毎日、家を出るとき、ママから百円、おこづかいを貰ってる身だった。だから、領収書にサインして袋を受けとる外部の俳優さん達を、毎回、どんなにうらやましく見てたか、わからなかった。

この出演料が、あるとき、もう一寸《ちょっと》で、大変なことになるところだった。それは、テレビの時代劇の時だった。ある新劇の中年の俳優さんが、この出演料を、いつものように、本番前に受け取った。普通《ふつう》なら、カバンとか、上着のポケットにでも入れて、鍵《かぎ》のかかるロッカーにしまうんだけど、もう本番直前で、すっかり扮装《ふんそう》をしていたので、ふところに何気なく、しまった。この人の役は忍者《にんじゃ》で、密書を殿様《とのさま》に届ける役目だった。ところが、途中《とちゅう》で敵にやられてしまって、虫の息になる。そのとき、同僚《どうりょう》の忍者が、かけよって来るので、密書をその人に渡し、本人は息たえる、というストーリーだった。本番になった。途中まではトントンと進んだ。そして、とうとう、何人もの敵に囲まれ、遂《つい》に、バッサリと切られるクライマックスになった。敵は姿を消した。「う〜む」地面に倒《たお》れて、もがいていると、同僚の忍者が近よって来た。虫の息で、忍者は、近づいて来た同僚に、いった。

「ふところの……ふところの、密書を殿へ……」

同僚は、いそいで、もがいてる人の、ふところに手をつっこんで、手にさわったものを取り出した。カメラ、その手許に近よる。クローズ・アップ。本来なら、それに「密書」と書いてあるはずだった。でも、よく見ると、これが、あの出演料の茶色の袋だった。同僚は、ハッ!! と気がついて、思わず「これは……」と、いってしまった。もがいている忍者も、何か様子が、おかしいと薄目《うすめ》をあけて見てみると、なんと、さっき受け取った出演料では、ないか……。このとき、この人、ちっとも騒《さわ》がず、「それは、拙者の扶持でござる。密書は、もっと奥《おく》……」といって、息たえた。同僚の忍者は、ふところの、もっと奥に手をつっこみ、見事に密書を殿にとどけた、という、この話は、その日のうちに、NHK中に伝わった。ナマ本番の俳優の心得として、立派だ、ということで。御本人《ごほんにん》は出演料を衣裳《いしょう》のふところに、しまう、という不注意は、俳優の心得として「ありうべからざることで、ござる」と恥《は》じていた、という話も、ついでに、伝わった。それでも、時代劇の中で、親指と人さし指で輪を作って、仲間の武士に「ＯＫ」と、合図をしたという俳優も出て来てる時代なので、この「扶持」という、セリフにない言葉が、すぐ出るのは、やはり、たいしたものだ、と、みんなは、面白《おもしろ》がりながらも、ほめたたえた。

それでもナマ番組では、とり返しのつかないことも、相変らず、起っていた。

カメラにむかって話をする落語家の人や、漫談《まんだん》の人、また司会のようなことをする人で、カメラが、ついたとたんに、さり気なく話し出す、というのに、まだ馴《な》れない人が大勢いた。カメラの上の赤いランプがつき、Ｆ・Ｄさんがキューを出すんだけど、みんな、たいがい、キューを出す人のほうを向いていて、キューが出ても、すぐ話し出さずに、キューを出した人に、自分を指さして「私、写りました？　いいんですね？　始めますよ？」というジェスチャーをし、それから、おもむろにカメラにむかって、おじぎをしてから始めた。また中には、キューを出した人に、おもむろにうなずいて、それから急にカメラのほうに笑顔《えがお》になって、あいさつをする人もいた。若い女の人の中には、キューを見損《みそこ》なって、写ってるのかどうか半信半疑で、困った顔で舌を出して首をすくめたり、キョロキョロしてるところが、たっぷり写ってる、なんてことも、しょっちゅうだった。始まるときが、そんな風だから、終りも、うまくいかない事が多かった。

「では、さようなら」とカメラにいって、おじぎをした人が、いつまでも写ってる。仕方なく、何度もニッコリして「本当に、さようなら」なんていってるのに、まだ写ってる。中には、横をむいて「まだ写ってるんですか？」と聞いたりしてる人もいた。時には、Ｆ・Ｄさんが「あと何秒です」と終りの秒よみを、指で知らせてる最中に、勝手に「では、ごめん下さい」と帰っちゃう人もいたりして、あとは壁《かべ》だけが、時間まで写ってる、なんてこともあった。

帰っちゃう、といえば、トットも出ていたドラマで、左卜全《ひだりぼくぜん》さんが凄《すご》いのを、やった。森繁久彌《もりしげひさや》さんが、おまわりさんで、犯人を探し出す、という推理劇のドラマの時だった。卜全さんは、死んでお棺《かん》に入ってる役だった。劇中、森繁さんの推理が進行するにつれ、お棺の中の卜全さんも、証拠《しょうこ》として、何度も画面に写った。四回くらい写ったあとだった。卜全さんは、もう自分の出番は終った、と思ったか、お棺から出て、さっさと化粧室《けしょうしつ》に入り、お化粧を落して、帰り支度《じたく》を始めた。ところが、もう一回、お棺の中のシーンが残っていたのだった。カメラがポーン!! とお棺を写すと、なんと、中の死体がない。森繁さんは絶句した。トットは、すぐ次のシーンに卜全さんの孫の役で出る事になっていた。でも、死体が忽然《こつぜん》と消えてしまった。元来、死体が消える、というスリラーじゃないから、森繁さんが、どんなに上手に即興《そっきょう》にセリフをいって繋《つな》いでも、説明のしようも、つじつまのあわせようもなかった。例によって、誰《だれ》かが「終」のパターンを、カメラにおっつけて、この番組は終ってしまった。化粧

室で、これを聞いた左卜全さんは、あの歯のない口を大きく開けて、フヮフヮフヮと笑ってから、

「いやあー、それは、失敬しましたぁー」といった。トットの見たところ、卜全さんは、それほど大事件とも思っていないようで、呑気《のんき》というか、面白い人だな、とトットはおかしかった。

ラジオのスタジオで、事件が起った。それは、トットの先輩《せんぱい》の名古屋章さんが巻き起したのだった。これから本番、というとき、名古屋さんの右手の人さし指が、使ってないマイクスタンドの穴から出なくなる、という事件だった。マイクスタンド、というのはマイクロフォンを立てる器材で、いってみれば、電気スタンドのようなもの。電球のかわりに、マイクを乗《の》せる、と思って頂けばいいんだけど、高さは、立ってる男の人の胸のところくらいまであり、ガタガタしないように、頑丈《がんじょう》な鉄で出来ていて、下に行くほど太く重くなっていた。放送に使う、みんなが取りかこむマイクスタンドの上には、勿論《もちろん》マイクがのっているけど、スタジオの方々に、このマイクの、のっていない、本番で使わないマイクスタンドが何本も置いてあった。マイクは、俳優だけじゃなく、音響《おんきょう》効果さんや、音楽を演奏する人達も沢山《たくさん》使うので、マイクスタンドは、予備のため、あっちこっちに置いてあった。そして、マイクスタンドのてっぺんには、

マイクを固定する心棒をさしこむための、穴が開いていた。その穴から、なぜ、名古屋さんの指が、ぬけなくなったのか、というより、なぜ、そんな穴に名古屋さんが指をつっこんだのか、というと、それは、こういうことだった。

テストも終り、あと一寸で本番というとき、名古屋さんは煙草《たばこ》を吸った。スタジオの中は禁煙《きんえん》なので、名古屋さんは、そーっと、隅《すみ》のほうで吸った。そして「さあ、本番だ！」というので、いそいで、すいがらを捨てに行こうとしたけど、時間もギリギリだったので、丁度、手近にあったマイクスタンドの、てっぺんに、こすりつけて煙草を消した。そして、誰も見ていないのを幸い、その穴に、すいがらを、つっこんだ。ところが、なかなか下に落ちていかないので、指をつっこんで、ギュウギュウ押《お》しこんでいるうちに、悪いことは出来ないもので、人さし指が金輪際《こんりんざい》、ぬけなくなった、というわけだった。ナマ本番の恐《おそ》ろしいところは、どんなことがあろうとも、時間が来たら始まってしまうことだった。このころ、ラジオの二枚目、一手販売《はんばい》という売れっ子だった名古屋さんは、最初から出ていた。仕方なく、名古屋さんは、台本を口でくわえると、左手でマイクスタンドを持ちあげ、マイクのところまで、やっとの思いで運び、左手に台本を持って、放送が始まった。ページをめくるとき、誰か手の空いてる人が親切に見ていて、めくってくれる時もあったけど、みんなが忙《いそ》がしいとき、名古屋さんは、歯でページをめくった。その間、右手の人さし指は、マイクスタンドの中に、つっこんだままの形だった。そして、自分の出番が終ると、また台本を口でくわえ、恐縮《きょうしゅく》しながら、みんなの邪魔《じゃま》にならないところまで左手でマイクスタンドを運んだ。トットが見ていると、名古屋さんは、離《はな》れたところで、必死に指を引きぬこうと努力していた。でも、穴の中の指は、すでに、ふくらんだらしく、どうしても抜《ぬ》けない。しまいには、スタンドを足ではさんで、体ごと、ひっぱるんだけど、駄目《だめ》みたい。そうこうしているうちに、自分の出番になる。またマイクスタンドを、静かに大急ぎで運び、マイクのところに置くと、二枚目の声で、台本を読んだ。物音をたてないために、名古屋さんが、すべて、コソコソと静かにやるのが、当然とはいえ、おかしかった。誰かが石鹼水《せっけんすい》を持って来て流しこんだけど、マイクスタンドからぬけない指は、まわりの狼狽《ろうばい》とは無関係のように、なんとも優雅《ゆうが》に、地面を指してる形のまま、動かなかった。しかも、マイクスタンドが馬鹿《ばか》々《ばか》しく重いだけに、ごくろうさま！　という感じも強くした。

みんなは、気の毒、という気分と、意外な出来ごとに、始めは同情もし、手をかしていたけれど、だんだん、おかしくなってきた。どう見ても、片手に台本、片手の指はマイクスタンドの中、という恰好《かっこう》は、滑稽《こっけい》だった。みんなが我慢《がまん》してるのに、一人、年上の女優さんが、クスッ！　と笑った。こういう場合、一人だけ始めに笑う人がいると、あとは、せきを切ったようになるものだった。笑いは、一度はじまると、涙《なみだ》より始末が悪かった。涙なら止めようがあっても、笑いは、止まらない。とうとう、マイクの前の全員が笑い始めてしまった。笑わないのは、名古屋さんだけだった。名古屋さんが必死になればなるほど、また、おかしくて、みんなは笑った。たまに息を整えて、なんとか喋《しゃべ》り出した人も、途中から、また笑い出して、笑いながらではセリフがいえないので、間があく。そんなわけで、次々と間が空き、会話として成り立たなくなって来た。トットはガヤガヤだったので、一生懸命《いっしょうけんめい》やったけど、やっぱり笑いがこみあげて来て、声も、とぎれがちだった。

そうこうしてるうちに時間が来て、グチャグチャのまま、本番が終った。勿論、ラジオを聞いてる人達にしてみると、なにがなんだか、わからないままだった。第一、聞いてる人の誰一人として、スタジオで、そんなことが起ってるだろう、なんて、想像もつかないに決まっていた。全員がディレクターから、ひどく叱《しか》られた。叱られる、とわかっていても、こういう時のおかしさは止まらないのだった。

しかも、もっと、おかしかったのは、本番が終ったと同時に、どういうものか、あんなに、とれなかった名古屋さんの指が、スポン！　と抜けたことだった。

インタビュー

「ヤン坊《ぼう》ニン坊トン坊」が始まり、一年が過ぎた。ＮＨＫの方針で、ラジオを聞いてる人のイメージをこわさないために、トット達《たち》大人が子供の声をやってることを、一年間は伏《ふ》せる約束《やくそく》だったので、相変らず、配役をいうアナウンサーは、放送が終ったとき、

「ただいまの出演

　ヤン坊

　ニン坊

　トン坊」

というだけだった。それが、そろそろ、マスコミも「誰《だれ》がやっているのだろう？」と騒《さわ》ぎだしたし、一年も過ぎた事だし、ということで、ＮＨＫが新聞社などに発表した。すでに、トット達の一年間の養成が終ったとき「ＮＨＫがテレビのために養成した女優」ということで、新聞などが取りあげてくれていた。でも「あの〝ヤン坊ニン

坊トン坊〟の声をやってる三人は、実は子供ではなく、ゴキラと呼ばれている新らしいタイプの、ＮＨＫの劇団の五期生でした！」ということで、相当の話題になった。特に、「ヤン坊」たちは白い猿《さる》なんだけど、次の年がサル年、という事もあり、取材が殺到《さっとう》した。

しっかりものの　ヤン坊　里見京子

あばれん坊の　　ニン坊　横山道代

かわいいチビ助　トン坊　黒柳徹子

毎日毎日、三人は「ＮＨＫの三人娘《むすめ》」とか「仲良し三兄弟」という風なタイトルで、新聞に出た。当時のマスコミは、週刊誌というのは、まだ大手新聞社の、朝日、読売、毎日、サンケイから出ていたぐらい。あとは、松島トモ子、小鳩《こばと》くるみ、などが表紙の少女雑誌が全盛《ぜんせい》だった。女性週刊誌やテレビの芸能ニュースが姿を見せるのは、もっと、ずーっと後《あと》のことだった。新聞記者の人達は、みんな男の人だった。そして、それぞれ親切だった。トット達には、マネージャーもいないし、ＮＨＫの広報とかの人がつきそう、ということも別になかったので、いつも三人固まって、田村町の喫茶《きっさ》店《てん》で、そういう記者の人達のインタビューを受けた。始めは、インタビューなんて、びくびくしてた三人だけど、記者の人達が、優《やさ》しい、とわかってからは、安心して話が出来た。ヤン坊たちが猿、ということもあって、動物園での取材もかなりあった。たいがい、猿の檻《おり》の前とか、チンパンジーと一緒《いっしょ》に写真に写った。たまには「木にぶら下って下さい」なんていう人も、中にはいたけど、ほとんどの記者の人は、不自然なことをさせようとは、しなかった。「たべものは、何が好き?」と聞いてくれて「栗鹿《くりか》の子《こ》!」なんてトット達が答えると、インタビューの場所を、NHKの近くの甘《あま》いもの屋さんにしてくれる人もいた。どの人も、まだ社会に出てホヤホヤの、西も東もわからないトット達に、丁寧《ていねい》に接してくれた。話もちゃんと聞いてくれた。そして、記事の内容も、話した通りをうまくまとめてくれて、好意的だった。映画で見るような、メモを手にしたヨレヨレのレインコートの人はいなくて、スーツに、ネクタイをきちんとしてる人が大部分で、中には、大学ノートを持ってる記者の人もいた。こういう、一見プロに見えない人ほど、凄《すご》く上手な記事を書くのだ、ということも、トットには驚《おどろ》きだった。一緒に来るカメラマンの人達も、みんな苦労人らしく、ひとこと何かいうことが、とても意味があって、トットは感心した。本当に、その頃《ころ》のジャーナリズムの人達を、トットは信頼《しんらい》していた。

(何か嘘《うそ》を書くかも知れない)とか、(こんなことを質問してるけど、実は、別のことを聞き出そうとしているのだ)とか、(どうせ聞いたって、始めから書くことは決めてあるんだろう）なんて、そんなこと、これっぽっちも疑った事はなかった。そしてまた、裏切られたこともなかった。自分の話したことが、こんな風な文章になるのかと、トットは、くり返し、印刷されたものを読んで、感動した。

そういう時に、有名な出版社が、週刊誌を出すことになり、記者の人がインタビューに来た。その若い男の人は、とても、ぶしつけに、トットに聞いた。新らしいタイプの週刊誌、ということで張り切っていたに違《ちが》いないけど、のっけから、こんな風だった。このときは、トットだけ、一人だった。まず、その人は、こう聞いた。

「カストロの胸毛《むなげ》について、どう思う？」

トットは、ちょっとびっくりしたけど、カストロの顔や姿を思い出しながら、答えた。

「私の母の友達で、胸毛がなきゃ、いやだ、という人もいますけど、私は、胸毛は、その人によるし、カストロの胸毛、見たことないのでわかりません」

その人は次に、

「どんな男性のタイプが好き？」と聞いた。これも、トットには、答えようがなかった。

「タイプで、男性のこと、おはなしするの、難かしくて……」

するといった。


すると、その人は、こういった。

「この間、女優のYに同じ質問したら〝私は、芝生《しばふ》に入らないで下さい、と書いてあると、入らないような人が好きです〟って。あの答えは、実によかったなあー。そんな風なこと、言ってよ」

トットは、女優のYさんという人は、きっと「きちんとした人が好き」「ルールを守る人が好き」ということを、面白《おもしろ》くいったのだな、と思った。でも、トットは、その記者の人の、威圧《いあつ》的な喋《しゃべ》りかたや、態度が、好きになれなかった。その人の気に入るような事も、いえばいえるけど、気持が動かなかった。それでもトットは、一生懸命《いっしょうけんめい》に、わかってもらえるように答えた。

「男性は、その人、その人によって、きっと、いいところが違うと思います。タイプは決まってないけど、私に影響《えいきょう》を、あたえてくれる人が、いいです」

その記者の人は、次に、

「いま読んでる本は？」と聞いた。丁度そのとき、トットはストレイチーの「エリザベスとエセックス」を読んでいたところだったので、そう答えた。それから、ちょっとして、その週刊誌が発行された。トットが、それを読んだとき、自分の悲しい気持を、どうしたら早く忘れられるだろうか、と、いつまでも考えたくらいの内容だった。

——カストロの胸毛を、どう思いますか？

この質問に、トットが、こう答えたようになっていた。

「胸毛？　いいじゃん？」

——どういうタイプの男性が好きですか？

「男なら、なんでも、いいわ」

——今、読んでる本は？

「エリザベスとセックス！」

他《ほか》のいくつかの質問の答えも同じようだった。トットは、自分とは全く別の人格の人間が答えているように思えた。自分が一生懸命、伝えようと思ったことが、こんな風になるのかと、恐怖《きようふ》を感じた。そして「芝生に入らないで下さい、と書いてあると、入らないような人が好き」という言葉を、いいなあー、と言った人が、本当は、ルールも何も無視して、どんどん芝生の中に入るような人だったんだ、と本当に残念だった。

もっとも、この週刊誌は、有難《ありがた》いことに、数ヶ月で姿を消した。うまく、いかなかった、という話だった。それにしても、これまで知らなかった世界があることを知って、トットはおびえた。自分らしくあるために、一体、どんな風に生きていったら、

当時の新聞に出た写真。

いいのかしら。人は、このインタビューを読んで、「どうってことない」って、いうかも知れないけど、少なくとも私は、いわなかったのに、

「男なら、なんでも、いいわ」

なんて……。トットは悲しかった。

お見合い

突然《とつぜん》、トットの身の上に、考えてもいなかったことが起った。それは、「お見合いをしてみないか?」という、おさそいだった。

しかも、たて続けに三つも。

最初のは、トットのママの女友達《おんなともだち》――この人は、かなり、いい画家なんだけど、その人からの話だった。この人は、ママと同じくらいの年で、御主人《ごしゅじん》は一流銀行につとめている温厚《おんこう》な人だった。でも、その画家は、温厚な人が、大嫌《だいきら》い、という性格ときているので、しょっちゅう、御主人につらく当っていた。なんで結婚《けっこん》したのかはわからないけど、トットの見る限り、御主人は大きい体に、やさしい声で、いつも奥《おく》さん

の機嫌《きげん》を取るように、何をいわれても文句もいわずに、暮《くら》していた。その機嫌を取るような態度も、画家である彼女《かのじょ》には気に入らなかった。なにしろ、この画家は強い性格の人で、例えば、女の人のヌードを描《か》くのに適当なモデルがいないと、新らしく来たお手伝いさんに、

「ちょっと裸《はだか》になってよ！」

と、いうような人だった。お手伝いさんは当然、びっくりして断わる。そうすると画家は、さっさと、自分の洋服をぬいで、こういう。

「私もぬいだんだから、あなたも平気でしょ？」

仕方なく、お手伝いさんは、しぶしぶと洋服をぬぐ。アトリエといっても、普通《ふつう》の日本風の家の一室を、それにあてて るんだけど、そこで、描くほうも、描かれるほうも、両方ヌード、という事になるのだった。この話をママから聞いたとき、トットは、面白《おもしろ》いと思った。そして、もっと面白いのは、この、一人がポーズ、一人がキャンバスにむかっているという、二人とも裸の絵を、誰《だれ》かが描くことで、これは珍《めず》らしい絵になるだろうと想像した。とにかく、そのママの友達の画家の紹介《しょうかい》で、トットは生まれて初めてお見合いをすることになったのだった。ふつう、お見合いというと、相手の経歴だの写真だのが前もって渡《わた》される、って話だけど、形式的なことを嫌う、その

画家のことなので、トットにもママにも、相手のことはわからなかった。それでも、「お医者ですって」とひとこと、直前になって、画家がママに伝えてくれた。それは、多少なりとも、トットが何かを空想する材料には、なった。そして、偶然《ぐうぜん》とはいえ、お見合いの場所が、トットが小学校に通ってる頃《ころ》からかねがね興味を持っていた家に、決まった。この家は、大井町線の緑ヶ丘《おか》と大岡山の間の、高台にあった。いつも電車の窓から見ては、

「一体、どんな人が住んでいるのかなあ？」と、トットが考えていた家だった。

大きな赤い三角の屋根に白い壁《かべ》の、巨大《きよだい》な西洋館。しかも、小さな窓が一個だけ、白い壁のまん中にあるので、まるで、

（子供の描く絵みたいな家だ！）

と、トットは、その頃、自分も子供だったけど、そんな風に考えていた。そのあたりは、空襲《くうしゅう》で焼けた家も随分《ずいぶん》あるのに、この目立つ家は焼け残った。

（あの家でお見合いなんて、本当に人生は、不思議なものだ……）

この家でお見合い、となったのは、この家のおばさまが、トットのお見合いする相手の知り合いで、画家のところにお話を持って来た人だったから、ということだった。とにかく、トットは、子供のときからの憧《あこが》れの家に行くのだ、というだけで興奮した。

「お見合い」という事については、なんとなく「人ごと」みたいな所があった。

お見合いには、両親がついていくものか、どうか……パパとママは、話し合ったけれど、なにしろ二人にとっても初めてのことなので、迷っている風だった。そして結局、ママだけ、という事になった。みんなの都合のいい日の、夕方から、お見合いは始まった。

憧れの西洋館の中は、電車の中から想像していたのとは、全く違《ちが》っていた。広くて、天井《てんじょう》が高く、エキゾティックなんだろう、と、ずーっと思っていた。でも、実際は、天井の高さも普通の日本の家ぐらいで、しかも家の中《なか》、全体がなんとなく薄暗《うすぐら》く、いくつも小さい部屋に仕切られていた。

「想像していた雰囲気《ふんいき》に合ってる!」とトットが思ったのは、そこのおばさまが、可愛《かわい》らしい花模様のティーポットから同じ模様のティーカップに、お紅茶をそそいで、すすめて下さった時だった。夕方の光線と花模様のティーポット、それから、しゃれた肩《かた》かけの、上品なおばさま……。

(ふむ、こういう人が、住んでいたのか!)

トットは、やっと長い間の疑問がとけて、安心した。

相手のお医者さんという人は、トット達より前に来ていた。トットは、その人に、

「今晩は！」といった。トットより、七つか八つ年上だろう、とトットは思った。色が黒く、あまり特徴《とくちょう》のない感じの人だった。その人は、

「自分は、歯医者です」

と、自己紹介をした。トットのママは、なんとなく、あまりお邪魔《じゃま》にならないように、という風に、すわっていた。お紅茶を、みんなにすすめながら、そこの家のおばさまは、その歯医者さんが、

「立派な病院を持っている」ということや、「患者《かんじゃ》から評判がいい」というような事を、いろいろ話して下さった。トットは、そのたびに「はあ」と、うなずいた。その男の人は、だまって、じろじろ、その男の人の顔を見ていた。考えてみると、その男の人は、四人の女の人に囲まれていることに、なるのだった。いつも、よくしゃべるトットだけれど、知らない方《かた》の家だし、ましてお見合いなのだし、と、自分からしゃべろう、という気持はなかった。突然、その歯医者さんは、

「私は軍隊にも、行きましてね」

と、戦争中の話になった。そして、その人は、ずーっと軍隊の話をした。トットを含《ふく》めて、みんな、だまって、時々うなずきながら、ずーっと話を聞いた。そのうち、お食事も出たけど、その間も、軍隊の話は続いた。随分、長く聞いてる割には、胸を

打たれるところが、（あまりないわ）とトットは思った。勿論《もちろん》、大変だったらしい、という事はわかるんだけど、印象に残るものがなく、平板な話が延々《えんえん》と続くのだった。結局、トットが、その何時間にも及《およ》ぶ軍隊の話の中で、印象に残ったのは、一つだけ、「馬が、いた」ということだけだった。

一方、トットのパパは、夜、仕事から帰って来て、まだ、ママもトットも帰って来ていないので、

「これは、話がはずんで、うまくいったに違いない！」と、楽しみにして、二人の帰りを待っていた。夜かなり遅《おそ》く、トットとママが疲《つか》れ切って帰ってきた。パパは、二人の様子を見て、いった。

「どうしたの？　うまくいったのかと思ってたけど……」

ママは、パパに、いった。

「駄目《だめ》よ、だって、この人より、しゃべるんだもの！」

トットは、ベッドに入ってから、ふと思った。

（歯医者さんの患者さんは、みんな口を開けたままだから、何もしゃべれない。そういうとき、あの人は、ずーっと、あんな風に、話をしつづけるのかしら？）

それから、今日トットがお見合いの人に逢《あ》って、何か言ったのは、逢ったときに

「今晩は！」と、別れぎわに「さようなら」と、それだけだったことに気がついた。

（でも、あの歯医者さんは、気のいい人なんでしょうねえ）疲れた頭で、やっと、そこまで考えると、トットは、もう次の瞬間《しゅんかん》、ねむってしまった。そして、この、はじめてのお見合いの結果は、なんとなく、うやむやのうちに立ち消えになってしまった。

二回目のお見合いは、トットのママのほうの親戚《しんせき》からの話だった。相手の人は、トットとは遠い縁《えん》つづきになる人で、この人もまた、お医者さんだった。お父さんも医者で、親子で開業してる医者だった。先方のお母さんは、ママもよく知ってる人なので、今度は、気楽にいきそうだ！　と、ママは言った。

それにしてもお見合い、という制度について、トットのパパやママは「それでうまくいくのかしらね」という気持を持っていた。自分たちが恋愛《れんあい》結婚で、周囲の反対がありながら、若いときに結婚しただけに、お見合い、ということに、あまり積極的ではなかった。積極的なのは、トットだった。

（結婚したい！）

という気持は、特になかったけど、お見合い、という方法は、悪くない、と思っていた。

（お見合いなら、自分だけじゃわからない相手のことを、パパやママによく見て貰《もら》える！）

いろんな点で、トットは、自分の判断を信用してないところがあった。だから、パパとママに判断してもらうのも、悪くない、と考えていた。

「結婚」という事を、トットは、人生の中で一番くらい重要な事、と考えていた。するなら、絶対、一生、別れたりしないで、一緒《いっしょ》に暮していきたい、と、おぼろげに考えていた。少しずつ「離婚《りこん》」という言葉が、人の口にのぼるようになり始めた頃だった。でも、まだ離婚する人は少なく、もし離婚、となると、誰かが死にでもしたような騒《さわ》ぎで、将来はもう真暗、という、そんなイメージがあった。

二度目のお見合いは、大森にある、相手のお家だった。出迎《でむか》えて下さったお母さんを見た時、トットは驚《おどろ》いた。奇麗《きれい》な顔立ちのかたなのに、目のまわりと口のまわりが黒茶色で、ちょっとむじなのようだった。お見合いの相手は、背が、うんと高く、ハンサムで、のびのびと育ってる人のように見えた。家の中に、白いスピッツ、という種類の犬が二匹《ひき》いて、たえずキャンキャンと吠《ほ》えていた。スピッツも、まだ珍《めず》らしい頃だった。ところが、このスピッツが神経質で、トットやママがお邪魔をして、随分たつのに、何だか、いつまでもキャンキャン吠えていて、落ち着かないお見合いになった。それでも、トットとママは、暖かい、おもてなしを受けた。お食事がすむと、

お父さんのほうのお医者さんが、トットと息子《むすこ》に、

「散歩でも、してらっしゃい」

といった。トットたちは、なんとなく、相手を意識しながら、二人で外に出た。二匹のスピッツは、玄関《げんかん》までついて来て、また、ひとしきり吠えた。羽田のほうから吹《ふ》く風の中で歩きながら、その人は、友達の話だとか、医学の話をした。トットも、少しは、テレビの話とかをした。でも、なんとなく、共通の話題もなく、盛《も》り上りに欠けて、二人は家に割と早く帰って来てしまった。またスピッツが、玄関に来て、吠えた。飼《か》い主も客も、見さかいのつかない犬のようだった。

「パパが、そろそろ帰って来る時間なので……」

と、ママがいって、トットとママは失礼することにした。むじなの顔のお母さんは、門のところで、トットに、「また是非《ぜひ》、遊びにいらして下さいませね」といい、息子は、少し離《はな》れた後ろのほうで、頭を下げた。スピッツ二匹は、顔を並《なら》べて、お別れのつもりか、一段と高い声で吠えた。帰り道、ママが、少し笑い声で、いった。

「あの、おばさまね、上等のクリームというのを買って、特に、目のまわりと口のまわりの、しわの出そうな所にはよくすりこんで、マッサージしなさい、っていわれて、そうしたら、なんだかクリームが合わなくてね、あんな風に、しみになっちゃったん

ですって。いつかは、もとにもどるそうだけど……。あら、あなたも、むじなって思った？　私だって、びっくりしたわよ」

ママは、別に、お見合いの相手を、「どうだった？」とは聞かなかった。でも、トットの様子で、少し興奮に欠けてる、と思ったのか、数日後、「この間の話、うまく、断わっておくわ」といった。トットも、あのスピッツの中に入って、嫁《よめ》としてうまくやれる、とは思えなかった。

懲《こ》りもしないで、トットが挑戦《ちょうせん》した三つ目のお見合いは、やはりママのお友達からの話だった。このときは、写真は来なかったものの、お父さまの仕事、本人の履歴《りれき》、家族のこと、すべて一目瞭然《いちもくりょうぜん》の紙が来た。トットは面白くて、何度も何度も読み返した。お見合いのいい点は、おいしい食事が出る、という事も、トットはこの頃になると発見していた。両家の話し合いで、お見合いの場所は「辻留《つじとめ》」になった。噂《うわさ》だけしか聞いてなかった「辻留」でお見合い！　トットは、ワクワクした。そして、三人目の、この相手の人も、どういうわけか、お医者さんだった。脳外科のお医者さんで、特に手術がうまい、といわれてると、ママの友達はつけ足した。

トットのパパとママの両方のお父さん、つまり、トットの二人の祖父は、両方とも偶然、医者だった。でも子供は、誰も医者にならなかった。パパのお兄さん達や、ママのお兄さん達や弟も、誰一人として、なろう、とした人もいなかった。孫にも、いなかった。そんなわけで、もしかすると、なんかのめぐりあわせで、トットの旦那《だんな》さまには、医者を……という事になったのかしら、と、トットは不思議に思いながら、「辻留」にむかった。

この日は、パパも仕事が休みだったので、ママと一緒について来てくれた。お座敷《ざしき》に入ると、御本人はまだで、御両親が座《すわ》っていた。トットは、頭がツルツルで、血色がよく、凄《すご》いハンサムのお父さまを、まず、一瞬で気に入った。お母さまも女らしい感じのかたで、着物がよく似合っていた。トットは、お父さまとも、お母さまとも、どんどん、いろんな話をした。二人とも若々しく、会話は楽しかった。

（この御両親の息子さんなら、きっと大丈夫《だいじょうぶ》！）トットは、うれしくなった。トットは小さい時から、頭の毛のない人が好きだった。小学校の時の、大好きな校長先生が毛が薄かったせいか、特に、ツルツルの人は大好きだった。そして、ツルツルの人は、たいがい、うまい工合《ぐあい》に頭の恰好《かっこう》が良くて、いかにも脳味噌《のうみそ》とかが、つまってる！という感じもあって、頼《たの》もしくトットは気に入っていた。お母さまは、

「男の子ばかり、四人の家なので、前から、一人でいいから女の子が欲《ほ》しいと思っておりましたの」

と、上等のハンカチを手に握《にぎ》りながら、おっしゃった。やわらかく、やさしい声だった。元《もと》、大変な実業家だった、というお父さまは、すっきりとした体つきで、トットを子供あつかいしないで、対等に話して下さった。お見合いの相手は、その日も手術で、少し遅《おく》れる、という事だった。

お父さまとお母さまを観察していて、トットは、（こんな風な人が来るのかな？）という予想をたてて、期待していた。とうとう、本人が到着《とうちゃく》した。でも「遅くなりまして……」と入って来たお見合いの相手の人は、髪《かみ》の毛がフサフサしていた。繊細《せんさい》で、整った顔だけれど、少し神経質そうにも見えた。お父さまとくらべるのがおかしいのだけれど、お父さまが持っている〝自由闊達《じゆうかったつ》〟の気分——トットが何にもまして気に入ってる——が、息子さんには見当らないのも残念だった。

それでも、初めて喰《た》べる「辻留」のお料理は、おいしく、美しく、心に残った。

それから、トットはしばらくお見合いの相手の人と話をした。話をすると、物静かではあるけど、お父さまの子供だけあって、活力が充分《じゆうぶん》で、（なんとなく、うまくいくかも知れない）とトットは思った。

次の日から、お母さまは、トットを、まるで本当の娘《むすめ》のように思って下さって、デパートなどに一緒に行けば、セーターやブラウスや、オルゴールや、コンパクトなん

かを買って下さった。将来、もし結婚しないことになったら困るから、トットは、

「本当に、買って頂くの、困るんです」

と、いちいち、ことわった。でも、昔から娘が欲しく、娘と歩くのが夢《ゆめ》だった！

というお母さまは、まるで堰《せき》を切ったように、次々と、いろんなものを買ったり、送ったりして下さった。

その間も、トットは、脳外科の先生と、自分のスケジュールの合う日は、デイトして、映画を見たり、食事をしたりした。医学にも、少しくわしくなった。また、大磯《おおいそ》のお宅にも伺《うかが》った。

男ばかり四人の息子の中に入って遊ぶ、というのは、お兄さんが欲しい、と思っていたトットには、夢のようなことだった。

四人もまた、新らしい妹、という風に、大切にしてくれた。四人とも結婚していなかった。四人の性格も、それぞれ違っていて、トットには興味があった。一緒に、お食事を作ったり、海に行ったり、誰かのガールフレンドの相談にのったり、まるで学生の寮《りょう》にでも入ってるみたいな楽しさだった。トットのお見合いの人は長男だったので、もし結婚したら、トットは年は妹でも、みんなの姉になるわけだった。お母さまは、トットに、すっかり気を許して、

「あの一番下の子、空手か、なんかやったのはいいんですけど、目がするどくなっちゃって……まるで、巾着切《きんちゃく》りの目みたいでしょ？　いやね」とか、みんなが、ワアワアいいながら、御飯をたべ始めると、

「ごめんなさいね。ちょっと、みんな！　ここは飯場《はんば》じゃないのよ！」とか、滑稽《こっけい》なことを、次々とおっしゃった。見たところが上品なので、こういう言いまわしが、なお面白く聞こえた。

　本当に、遊んでるぶんには、こんな夢のような事があって、いいのかしら？　と、トットには、信じられない気持だった。

　ある日、お母さまは、トットの家に見えると、パパとママに、

「七重《ななえ》の膝《ひざ》を八重に折って、おねがい致《いた》します。どうぞ、お嬢《じょう》さまを家《うち》の嫁にして下さいませ」と、まるで、おがむようにして、おっしゃった。

　トットは、考えた。

（たしかに遊んでる時は、本当に、楽しい。でも、一人になると、やっぱり仕事をしたり、自分の家にいるほうが、気持が安まる。これは、どういうことなのかしら？）

　決めかねていた。その頃、ママの友達が、ママに言った。

「お嬢さまというものは、お母さまが、はっきりなさらないと、気持が決まらないも

のなんです。フラフラしてらっしゃるのは、お母さまの責任もあるんですよ」

ママは、責任を感じて、トットに言った。

「ねえ、どうする？　あなたが決まらないのは、私のせい、って言われたんだけど……。あちらのお母さまも、あんなにおっしゃってるから、おことわりするんなら、早くしたほうがいいと思うわ」

トットは、ふっ！　と（結婚しちゃおうかな？）と思った。色んな点からいって、こんなに、みんなに祝福されてする結婚も、ないかも知れない。パパの意見も聞いてみた。パパは、

「トット助《すけ》がよかったら、いいんじゃないの？　やさしそうだし、仕事は、出来るそうだし……」

でも、そうかといって、大賛成！　という風でもなかった。

トットは、自分で決めるよりほか、なかった。結婚と仕事をくらべてみたとき、トットには、結婚のほうが大切に思えた。「ヤン坊《ぼう》ニン坊トン坊」で、マスコミに取りあげられ、放送は大ヒットしたけれど、これから先、テレビやラジオでやっていける、という自信は、全くなかった。個性が認められる風潮には、なってきたけど、やっぱり、ディレクターやプロデューサーの感覚の根底には、個性のあまり強くない、美し

いけど主張のない顔や、演技や、しゃべりかたをよしとするところも、まだ多分にあった。トットは、自分なりに、いろいろ考えてみた。

そして、ある日、ママに、そーっと、いった。

「私、あの人と、結婚する」

結婚詐欺《けっこんさぎ》

「私、あの人と結婚する！」

そうトットが言った時から、どういうわけか、ママは、トットを（可哀《かわい》そうに）という風に見始めた。客観的に見て、この結婚は申し分のないものだった。嫁《とつ》いで行って、みんなに可愛《かわい》がられるのは、目に見えていた。結婚相手の男性は、将来を嘱望《しょくぼう》されていた。まして、嫁《よめ》と姑《しゅうとめ》は難かしいと言われているのに、そのお姑さんが誰《だれ》よりもトットを気に入って下さっている、というのは、ママ達《たち》にとっても、安心のはずだった。

ところが、ママは、あまりウキウキとした様子もなく、むしろ同情するような感じで、ある日、こう言った。

「ねえ、結婚したら、オーバーなんかも、やっぱり、そう自由に作って頂くってことも出来ないと思うから、作ってあげるわ」

トットは大よろこびで、ママと自由ヶ丘に出かけた。それまでトットが持っていたオーバーといえば、濃《こ》いブルーの、プリンセス・ラインのと、ママのお古の臙脂《えんじ》色のギャバジンのとの二枚だった。自由ヶ丘の洋服屋さんで、トットとママはあれこれ相談した。そして結局、今まで持っていないということで、毛足の長いピンクのオーバーを、トットは絶対に欲《ほ》しい、と主張した。ママは賛成した。それからママは、驚《おどろ》いたことに、ブルーの品のいいのと、グリーンと黒のチェックの新らしい感じのものと、あと二枚も、オーバーを注文してくれた。どっちも、トットが決めかねて、最後まで、鏡の前で体に巻きつけてみたりしていたものだった。トットは、びっくりして、ママに聞いた。

「本当に、三枚も、いいの?」

黒いベレー帽《ぼう》に、黒のレインコートのママは、人が振《ふ》り返るほど美しかった。トットは、ママが自慢《じまん》だった。そのママが言った。

「三枚あっても、一生っていうわけには、いかないけど、まあ、いいじゃない?　お祝い！」

トットは、（ああ、こうして、家族と、少しずつ、別れていくんだな）と、多少センチメンタルな気分になった。それから、お店の人と相談して、オーバーのスタイルを決め、なるべく早く作って下さい、とお店の人にお願いして、トットとママは店を出た。

トットが「結婚する」と返事した事は、相手の家《うち》をとても喜ばせた。お母さまからは、矢《や》継《つ》ぎ早に、色々なプレゼントが贈られて来た。結納《ゆいのう》といった形式的なことはしなかったけど、段々と、結納をした形になっていった。

そんなある日、トットは、仕事の帰り、青山の明治記念館の前を通りかかった。結婚式があった日らしく、中から、手に手に引き出ものの風呂敷《ふろしき》包みを持った人が、ゾロゾロ出て来た。男の人はモーニング、女の人は黒の留袖《とめそで》を着ていた。トットは、ふと、自分の結婚式を思った。「結婚する」とは、いったものの、結婚式のことまで想像していなかった。ウェディング・ドレスだとか、お色直しのドレスだの、というものに、まだ、ほとんど、みんなが気を使わない時代だった。それにしても、結婚式という具体的なことについて、何も考えていなかったことに、トットは気がついた。

「結婚式！」

そう思った途端《とたん》、トットは、足が止まってしまった。

(私は、お見合いで結婚する。恋愛《れんあい》じゃない。もし、結婚式の帰り道、「この人！」というような人に逢《あ》っちゃったら、どうするのかしら……)

トットは、いそいで家に帰ると、ママに、この件で相談した。ママは、

「ふむ」

というと、手をほほに当てて考えた。それから、いった。

「本当ねえ、それは問題だわね」

次の日、ママの友達の、このお見合いの話を持って来て下さったおばさまが、トットの前に現れた。白髪《しらが》の混った毛で、きっちりとしたオカッパ頭にしてる、そのおばさまは、トットの前にきちんと座《すわ》ると、こういった。

「恋愛結婚は、燃え上るのも早いかわりに、冷えるのも早いものなのよ。その点、お見合い結婚がいいのは、結婚してから恋愛が始まること。そして、その恋愛は、いつまでも続く、と申しますわ」

説得力のある話しかただった。(なるほど)と、トットは思った。でも、冷静に考えてみると、トットのパパとママは、恋愛結婚だけど、こんなに長く続いている。いまだにパパは、家がよくて、仕事に行く時はたいがい遅《おく》れて行くのに、帰って来る時

は、つんのめって帰って来る。そして、玄関《げんかん》のドアを開けるが早いか、

「ママは？」

と聞くんだから。

段々と、トットは憂鬱《ゆううつ》になって来た。一度も恋愛しないで結婚してしまって、大丈《だいじょう》夫《ぶ》なのかしら。オカッパ頭のおばさまのいう通り、お見合い結婚して、徐々《じょじょ》に恋愛になっていくのも、いいかも知れないけど、やっぱり、一生に一度、出逢いがしらに、ぶつかるような恋愛もしてみたい……。だけど、一度結婚したら、絶対に、別れる、というのはいやだった。

（どうしよう……）

トットは悩《なや》んでしまった。

そんな時、トットは、「ヤン坊《ぼう》ニン坊トン坊」の作曲の服部正先生と、偶然《ぐうぜん》、NHKの向い側の喫茶店《きっさてん》で、お茶を飲むことになった。作曲家としては大先生だけれど、大学生みたいな若々しいところが身近に感じられて、トット達、ヤン坊の里見京子さんや、ニン坊の横山道代さんも、いろんなことを服部先生に相談していた。トットは何気なく、お茶を飲みながら、先生に、いった。

「私、いま、結婚しようかと思ってるんですけど、どうしたらいいか、わかんなくな

っちゃってるんです。お相手は、とてもいい人なんだけど、特に、好き、っていうんでも、まだ、ないし……。結婚式の帰りに、〝あ、この人！〟と思うような人に逢っちゃったら、どうしよう、って、そんなこと、心配になっちゃうんです」

服部先生は、トットの話を聞くと、恰幅《かっぷく》のいい体を少し前かがみにすると、トットに、小さい声で、こうおっしゃった。

「君、その人の、どこか気に入らないところ、ない？　大きいとこで、いやだな、と思うとこは、始めからわかってるんだから別として、小さな、取るに足らないこと……例えば、お箸《はし》の持ちかたが気になる、といった、そんな、一見なんでもないような小さなとこで、気に入らないことがある場合ね、そういうのが、案外、重大でね。どうしても、気になるところがあったら、止《や》めたほうがいいのよ」

やわらかな服部先生の声は、静かに、そして軽く、トットの胸を揺《ゆ》さぶった。ためらいと不安で一杯《いっぱい》だったトットは、この先生の言葉で、自分がどうしたいのか、わかったような気がした。たしかに、トットは、一つだけ結婚相手の人の動作で、気になってるところがあった。それは、歩く時の感じだった。もしかすると、外科医独特の歩きかたなのかも知れないけど、トットが前から、（もっと若々しく歩けばいいのに）と思うような、そんな歩きかただった。難くせをつければ、誰にでも、気に入らないところがあるだろうことは、トットにだって充分《じゅうぶん》わかっていた。それでいて、なお、服部先生の言葉には真理があるような気がした。

(そういえば、先生は、離婚《りこん》の経験があるって、聞いた……)先生の体験から出たものかどうかは伺《うかが》わなかったけど、(多分そうだろう)と、トットは思った。

いずれにしても、トットは、いま、自分がどうしたいのか、やっとわかった。

トットは、決心した。(自分勝手とは思うけど、いろいろな点からいって、いま結婚するのは、どうも、私にとって、いいことではなさそうだ)そう考え出すと、これまでの自由さが大切に思え、仕事だって、まだ始めたばかりで、海のものとも山のものともわからないのに、今、やめちゃうなんて……と、いう気になってきた。でもまた、こんなに固まってる話を、いまさら御破算《ごはさん》にするのはどんなに大変か、と恐《おそ》ろしくもなった。そのゴタゴタさが、いやさに、「結婚しちゃおう!!」って思う人も、きっと沢山《たくさん》いるに違《ちが》いない、とも思った。でも、トットは、自分の考えに結論を出し、勇気を出して、ママにいった。

「悪いけど、私、この結婚、やめたいんだけど」

ママは、「なんで?」と聞いた。トットは、自分の思ってることを伝えた。ママが、「いまさら、そんなこといっても、もう、どうしようもないのよ」っていったら、どうしよう。でも、また、そういわれても仕方ないな、と、トットはつらい気持でいた。パパは仕事に出かけていて、留守だった。ちょっとして、ママは、いった。

「そうね。やっぱり、あなたが、そう思うんなら、やめましょうよ。あちらには申しわけないけど」

はっきりいって、ママも、トットが自分からお見合いしてみる、といったにもせよ、お見合いで、こんなに早く決まっちゃったことに不安を感じていたのだった。

「でも、あちらのお母さまとか、あんなに、おっしゃって下さったのに、どうしよう……」

突然《とつぜん》トットは泣き声になった。

ママは、元気のある声で言った。

「そりゃ、大変よ。でも、やってみるわ」

それから、どういう事があったか、ママはトットに、いちいち報告しなかった。しなかったけど、電話の工合《ぐあい》や、外に出かけて行く様子などで、かなり難かしいことなのだな、と、トットにもわかった。そして、心の底から、相手のお家の皆さんを、おさわがせしたことを申しわけなく思った。（でも、自分の心には正直じゃなきゃいけない）とも、思っていた。

かなり経《た》った、ある日のことだった。ママは、トットに、いった。

「万事、うまく、おさまりました。御安心ください！」

トットは、本当に、ホッとした。と同時に、勝手すぎる考えだけど、相手のお家の皆《みな》さんに、もう逢えないことを、寂《さび》しく思った。そして、考えてみれば、自分みたいなものを大切にして下さる、とおっしゃってるお申し出を断わるなんて、バチが当らないかしら？　とこわくもあった。その日以来、ママは、トットを見ると、こう呼ぶのだった。

「結婚詐欺！」

どうして？　と聞くトットに、ママは、半分、本気の声でこういった。

「オーバー三枚も、作ってあげたじゃないの！　こういうのを、結婚詐欺、というんです！」

このとき以来、トットは、お見合いは、一切《いっさい》やめようと、心に誓《ちか》った。

結婚詐欺で手に入れたオーバーは、どれも、よく似合って、暖かく、トットを包んでくれた。いろんな意味で、ママの母親らしい気持の、一杯こもったオーバー。

でも、本当の話、心がとがめて、あまり着心地《きごこち》のいいオーバーじゃない、ってことを、トットは誰にもいえなかった。

二宮金次郎《にのみやきんじろう》

テレビにしても、舞台《ぶたい》にしても、俳優にとって、一番困るのは、セリフが出て来ない、ということだった。特に、テレビのナマ放送は、終りの時間が決まっているから、時間通りに進行しなくちゃならなかった。そんな訳で、どうしても、セリフを忘れちゃう人や、おぼえられない人は、カンニング、という事になるのだった。それにしても、学校の時は、一人の先生の目を盗《ぬす》めば良かったんだけど、テレビでは、何百万人、時には何千万人の目を盗んで、カンニングするんだから、（凄《すご》いなあー）と、トットは感心して、先輩《せんぱい》の俳優さんのやりかたを、見学するのだった。それにしても不思議なのは、圧倒《あっとう》的にカンニングするのは男優さんで、どういうわけか、女優さんでカンニングをする人はいなかった。これは、女優のほうが記憶力《きおくりょく》がいいからか、それとも生真面目《きまじめ》なせいなのか、よくわからないけど、とにかく、カンニングは男優さんの専売特許だった。

カンニングの方法で一番多いのは、手に持っているノートや新聞、週刊誌、扇子《せんす》、などに書きこむやりかただった。でも、世の中はうまくいかないもので、「老眼鏡をかけないと、カンニングも読めない」と、こぼしている中年の俳優さんもいた。

　それにしても、トットが出た番組で、電車の中ならともかくも、バーのせまいカウンターに、五人並《なら》んだ男優さん全員と、カウンターの中のバーテンさんが、手に手に、カンニング用の新聞や雑誌を持ってるのを見た。誰《だれ》も飲みものを持たないで、新聞紙を握《にぎ》りしめて酔《よ》っぱらった演技をしてるのが異様で、見てるトットのほうが、酔っちゃいそうだった。「モダン・タイムス」で、チャップリンが、カンニングをカフスに書いといたら、踊《おど》って腕を振りあげた瞬間《しゅんかん》に、カフスがポン！　と飛んじゃって、大《だい》爆笑《ばくしょう》、というのがあったけど、本当に、みんな、苦労していることが、よくわかった。また、役によっては、手に何も持てない、という時もある。そういうときは、なにか、まわりの物に書きこんでる人を、トットはよく見かけた。でも、この方法は、手許《てもと》に無いだけに、失敗も多かった。

　例えば、電信柱。トットも一緒《いっしょ》に出ていた刑事《けいじ》さんの役の人は、電信柱の陰《かげ》にかくれて、犯人を待ちながら、沢山《たくさん》セリフをいう設定だった。だから、この刑事さんは、セリフを電信柱に、几帳面《きちょうめん》に書いた。ところが、本番前に、照明さんの都合で、電信柱を少し移動させることになり、そのために、電信柱の向きが変った。そんな事を知らない刑事さんは、ヒタッ!!　と電信柱の陰にかくれた。（なんということだ!!　セリフが無い！）刑事さんは困りはてて電信柱の廻《まわ》りを、グルグルと犬みたいに、まわった。おかげで、刑事さんは、犯人にまる見え、という結果になってしまった。

でも、こんな風に、なにか書く物がある時はいいけど、いろんな都合で、全く無い場合だってある。そういう極限状態でも、カンニングを試みた人は大勢いる。トットの見た限りでいうと、お丼《どんぶり》の中の、おうどんに書いた人、おまんじゅうに書いた人、お位牌《いはい》に書いた人、自分のはいてる運動靴《うんどうぐつ》に書いた人、すき焼きの白菜に書いた人、マージャンのパイに書いた人、相手役のワイシャツのポケットに書いた人、（この人は、自分のセリフの時、上着をひらいて見せて貰《もら》う、という約束《やくそく》を、相手役に取りつけた心臓の強い人）そして、こういうのは、たいがい、失敗のうちに終るのだった。

伝説になっているカンニングの失敗篇《しっぱいへん》は、こういうのだった。

時代もので、長火鉢《ながひばち》の灰の中に、男優さんがカンニング・ペーパーを埋《う》めた。向かい側に、おかみさん役の中年の女優さんが座《すわ》り、やりとりがある。男優さんの考えとしては、こうだった。そのシーンになって、長火鉢の前に座るやいなや、まず火箸《ひばし》を手に取る。それから、なんとなく灰の中から、例の紙を取り出し、いかにも炭《すみ》の様子を見ている風をしながら、紙を見て、セリフをいう。これなら、不自然には見えなかろう。ところが、この中年の女優さんは、男優さんを好きじゃなかった。そこで、この女優さんは、長火鉢の前にドン！　と座ると、物もいわずに、火箸をしっかり握ってしまった。男優さんは狼狽《ろうばい》して、「一寸《ちょつと》、火箸、お貸しよ」とかいって引っぱるんだけど、女優さんは、にっこり笑いながら、「あら、こんなこと、お前さんにさせちゃあ、女がすたるよ」といって、絶対に渡《わた》さない。仕方なく、男優さんは、（異常と思われても、セリフが出ないよりは、いいだろう）と、灰の中に手をつっこんで、紙を引っぱり出す。やっと、姿を現した紙を見よう、とする間もなく、女優さんが、火箸で、パシャ！　パシャ！　と灰を上から、かけちゃう。とうとう、何もセリフが始まらないうちに、火箸の取りっこと、ののしり合う、という大騒《おおさわ》ぎ。以来、このシーンは、テレビ界に伝説として残った話の一つとなった。

でも、失敗ばかりとは限らないで、立派な伝説として後世に語りつがれているのもある。それは、左卜全《ひだりぼくぜん》さんとお地蔵さん。左卜全さんが、お地蔵さんの、よだれかけにカンニングを書いておいた。意地の悪い人がいるもので、本番直前に、全部、お地蔵さんを後ろむきに並《なら》べてしまった。さて、このシーンに入って来た卜全さんは、ちらり、とお地蔵さんを見るなり、つかつかと、そばに寄り、

「村の童《わらべ》が、いたずらしおって！」

といいながら、お地蔵さんを、次々と元《もと》のむきに直してしまった。そして、全く何事もなかったように、よだれかけを見ながら、セリフをおっしゃった。そばにいた人《ひと》達《たち》は、思わず本番中なのも忘れ、拍手《はくしゅ》をしそうになった、という。

悪役で有名な上田吉二郎さんは、お弟子《でし》さんに、長くて大きい巻物状の紙を、カメラの横に持たせるので有名だった。セリフは絵入りが多かった。あるとき、トットが見ていると、火山の噴火《ふんか》してる絵があったので、

「これ、何のセリフなんですか？」

と聞いてみたら、あの独特のダミ声で、

「え?!　と、おどろく！」

とおっしゃった。たった「え?!」なら、おぼえたら良さそうなのに、あんな何色もの、クレヨンで噴火の絵を……。トットは、その優雅《ゆうが》さに、驚嘆《きょうたん》したのだった。

テレビでは、マイクに声が入ってしまうので、プロンプターは通用しない。でも、舞台では、プロンプターがどこかに隠《かく》れていて、セリフが途切《とぎ》れるとすぐ、台本を見ながら、つけてくれる。

トットの知ってる、あらゆるカンニング、プロンプターの中で、最高と思ったのは三木のり平さんの二宮金次郎だった。のり平さんが主役の「あかさたな」という芸術

座の芝居《しばい》のとき、あまりのセリフの量に、のり平さんは、ふつうのプロンプターでは間に合わない、と考えた。そこで、その時のお弟子さんが背の小さい人だったのを幸い、その人に、ちょんまげをつけさせ、衣裳《いしょう》を着せ、たきぎを背負わせ、床《とこ》の間に、二宮金次郎の置きものの恰好《かっこう》で立っているように、いいきかせた。

なぜ、これが、いい考えか、というと、二宮金次郎は、御存知のように、本を読んでいる恰好をしている。これを台本に換《か》えればいい、と、のり平さんは考えたのだった。なるほど、のり平さんのいる座敷《ざしき》の床の間の二宮金次郎がプロンプターなら、こんなに近くて、いいことはない。遠くから見ると、確かに、置きものに見えた。でも、時々、凄いいきおいで、置きものがページをめくるので、これは、おかしいのじゃないか、というので取りやめになった、ということだった。これほど滑稽《こっけい》で、いいアイデアのプロンプターを考える人は、古今東西、三木のり平さんぐらいしかいないに違《ちが》いないと、トットは何度も思い出し笑いをしながら、感心したのだった。

その後、次々と、テレビ技術は開発されたけど、一向に、カンニング技術は改善されなかった。アメリカでは、カメラの下や横に、セリフが電光掲示《けいじ》板《ばん》のように、どんどん出る、と聞いた。日本のほうが俳優さんを信用してるのか、そういう機械は導入されなかった。白菜に万年筆でセリフを書いてる男優さんの姿は哀《かな》しく、テレビが二十世紀の新らしいメディアという感覚は、このとき、トットには全く無かった。

仕出《しだ》し

テレビでは、役がついていない、いわゆる通行人、といった出演者を、「仕出し」とか「エキストラ」と呼んでいる。ラジオでは、そういう人達《ひとたち》を「ガヤガヤ」とか「その他大勢」とかいった。テレビでは、そういう人達を斡旋《あっせん》するプロダクションの人を「仕出し屋さん」と呼んでいた。ふつう「仕出し屋さん」というと、お弁当なんかを作って届ける商売をいうのかと思うけど、ここでは、そうではなかった。そして今日、トットは、一人の仕出しの人のために涙《なみだ》を流したのだった。

その人は、お爺《じい》さんだった。

今日のドラマは、サラリーマンの話で、トットの役はＯＬ。同僚《どうりょう》たちと、会社の帰りに一寸《ちょっと》した飲み屋に寄って、みんなでワァワァやったりする、というシーンでの出来ごとだった。トット達は、一応、役があるので、カメラの撮《と》りやすい位置のテーブルに座《すわ》って、セリフのやりとりをする。飲み屋さんには、いろんなお客が来ているので、仕出し屋さんの出番になるのだった。ディレクターのだいたいの意向を聞くと、どこのテーブルに、どんなタイプで、どのくらいの年齢《ねんれい》の人を座らせるかは、仕出し屋さんのマネージャーの仕事だった。

　このマネージャーは、まるで工事現場の監督《かんとく》さんみたいに、皮のジャンパーを着て、声の馬鹿《ばか》に大きい人だった。体も頑丈《がんじょう》そうで、赤ら顔だった。年は三十五歳《さい》くらいだけど、仕出しの人達には威圧《いあつ》的にものを言った。トットは、その人が仕出しの人達に、「あんた、ここに座って！」とか「ほら、あんたは、ここだよ！」とか、どなるようにいうのを聞くと、こわくて、ドキドキした。そして、この人は、仕出しの人には威張って命令するんだけど、一応、形がつくと、突然《とつぜん》目を細め、卑屈《ひくつ》な笑い顔になって、自分より年の若いディレクターに、「こんなもんで、いいでしょうかねえ？」と言うのだった。

　そして、リハーサルが始まった。トットも通行人の経験があるから、そして、しょっちゅう、降ろされていたから、よくわかるのだけれど、こういう、一見、なんでもない飲み屋のシーンの仕出し、というのは難かしいものだった。役のある人達の邪魔《じゃま》にならないように、適当に賑《にぎ》やかに盛《も》りあげる必要があった。時には、ディレクターの注文で、役のある人のセリフを聞いていて、きっかけのセリフのところで、

「お姉さん、ビール、もう一本！」とか、

「おばさん、お勘定《かんじょう》！」

とか叫《さけ》んだりもしなくちゃならなかった。

今日の飲み屋さんでは、トットの斜《なな》め後ろのテーブルに、お爺さんが二人、向い合せに座った。そのうちの一人が、トットはとても気になった。どうしてかというと、その人は、トットの小学校の小林校長先生にそっくりだったからだった。年恰好《としかっこう》も、背恰好も、ほとんど同じだった。ずんぐりした体つきで、頭のてっぺんが、はげていて、歯が抜《ぬ》けていた。トットの校長先生は、いつも、黒のヨレヨレの三つ揃《ぞろ》いを着ていたけど、そのお爺さんも、ＮＨＫの衣裳《いしょう》の、グレーの安物の三つ揃いを着ていた。トットは懐《なつ》かしい思いで、そのお爺さんを見ていた。

当時、カメラに、あまり、はっきり写らない仕出しの人達のテーブルの上には、食べられるものは出なかった。お皿《さら》や、小鉢《こばち》は出るけれど、小鉢の中は、ナマのお大根の切ったのだとか、せいぜいオタクワン。お皿の上は、お魚でも、わざわざ、骨や皮をバラバラにして、食べ散らかした形に小道具さんが作って出していた。日本酒はお水で、ビールはお茶だった。ところが、今日は、なんの風の吹《ふ》きまわしか、冷ややっこだの、焼き魚だのが、そういう仕出しの人達のテーブルにも出た。トットが見てい

ると、そのお爺さんは、背中を丸めて、その魚を見ると、小声で、自分の前に座っている、もう一人のお爺さんに、

「これ、食べても、いいのかねえ?」

と、いった。いかにも、うれしそうだった。トットは、なんだか悲しくなった。トットだって、たまに本物のケーキなんか出ると、「ワァ！」とかいって、リハーサルの時から食べちゃって、「本番用のが、もう、ありません！」と叱《しか》られる時だってあった。でも、トットは、なんだか、校長先生にそっくりのお爺さんが、あまり、おいしそうでもない焼き魚を、いかにも、うれしそうに、ジロジロ眺《なが》めているのを見たくなかった。

とにかく、カメラ・リハーサルが始まった。このお爺さんは、もう一人のお爺さんと、飲んだり、話したりという芝居《しばい》を続けていて、ここのシーンの最後のほうの、トットのセリフのきっかけで立ち上る。そして、

「じゃ、また来るよ」

といって、この店の常連らしい感じで出て行く、ということになっていた。トット達は、それぞれ、長いセリフがあり、丁丁発止《ちょうちょうはっし》と受け渡《わた》し、若者らしく笑ったりしながら、最後のほうになった。お爺さんが立ち上る、きっかけになるセリフを、トット

は、いった。当然、お爺さんは立ち上るはずだった。ところが、お爺さんは立ち上らない。カメラのそばに立っていたF・Dさんが、いった。

「一寸、すいません、そこの人、きっかけですから……」

トットは振《ふ》り返って、お爺さんを見た。お爺さんは、お猪口《ちよこ》を片手に持って、焼き魚を一生懸命《いつしようけんめい》、食べているところだった。F・Dさんの声も耳に入らないようだった。お猪口の中味は、勿論《もちろん》、水だった。トットは、（どうしよう？）と思った。失礼だけど、そっとお爺さんに、「ここで、お立ちになるんじゃないですか？」と、いおうかしら……。ところが、それより早く、あの皮ジャンパーのマネージャーが飛んで来ると、大声で、

「あんた、なに、ぼんやりしてるんだよ！　ここで、立ち上って出て行くんだろ?!」

と怒鳴《どな》った。お爺さんは、その声に顔を上げた。そして、スタジオ中の人が、自分を見ていることに気づくと、お爺さんの顔は紅《あか》くなった。そして、お魚を食べていたお箸《はし》を置くと、いそいで立ち上り、片手をあげて、

「じゃ……」

と、いおうとしたけれど、興奮したせいか、そのあとのセリフが出て来なかった。しかも、あわてたためか、お銚子《ちようし》を倒《たお》したので、ガチャン！　と音がして、中の水が

テーブルの上にこぼれた。マネージャーは、また怒鳴った。

「何してんだよ！」

お爺さんは、片手をあげたままの形で、ヨロヨロと、のれんをかきわけて、出て行った。マネージャーは腰《こし》をかがめると、F・Dさんに、

「すいません、よく言いますから！」

といった。第一回目のカメラ・リハーサルは終った。そして、手直しがあってから、二回目のカメラ・リハーサルになった。飲み屋のシーンになると、トットは、気が気じゃなかった。お爺さんは、さっきより、もっと背中を丸めて、座っていた。オドオドしてるようにも、見えた。もう焼き魚は、ほとんど残っていなかった。トットは、校長先生と一緒《いっしょ》に、お弁当を食べた時の事を思い出した。あの時は、楽しかった。いつもいつも、みんな笑いながら、お弁当を食べた。校長先生と食べるお弁当の時間は、待ち遠しかった。戦争中で、ほとんど食べるものが無かったけど、それでも、誰《だれ》も、卑《いや》しくはなかったし、みんなが、お互《たが》いにやさしかった。怒鳴る人も、卑屈な人も、いなかった。トットは、悲しくなってくる気持を押《おさ》えて、元気にセリフをいった。いいながらも、（お爺さん、きっかけ大丈夫《だいじょうぶ》かしら？）と、心配だった。もう一寸で、きっかけ、という時、ガタンと音がして、お爺さんが立ち上る気配がした。トットは、

ハッ！　とした。（お爺さん、そこじゃないの！　まだ早いのよ、待ってて！）トットは、大急ぎでセリフを言った。でも、お爺さんは、きっかけより早く、モゴモゴと不鮮明《ふせんめい》に、

「じゃ……また……来るよ」

といって、歩き出してしまった。途端《とたん》にF・Dさんが、叫んだ。

「すいません、きっかけが違《ちが》います！」

お爺さんは、混乱した顔になって、もどって来た。そして、「すいません、すいません」と頭を下げた。そして、トットにも頭を下げると、

「すいません」

と、いった。トットは、出来るだけ安心させるように笑って、

「大丈夫ですよ」

と、いった。お爺さんは、靴《くつ》をひきずるようにして、椅子《いす》にもどると、座った。トットは、大きい声で、F・Dさんに、

「私のきっかけのセリフの、少し前から言いますから。いいですか？」

と頼《たの》んだ。F・Dさんは、インカム（耳につけたレシーバー）で、上の副調整室のディレクターに、

「じゃ、そこからで、いいですね？」といい、「五、四、三、二、一」と叫んで、キューを出した。トットは、お爺さんに、わかるように、ゆっくりとセリフを、いった。特に、きっかけの時は、（ここですよ）という風に、大きめの声でいいながら、（うまく立ってくれますように！）と、祈《いの》るような気持だった。

ところが、お爺さんは、立ち上らなかった。間《ま》が出来た。スタジオの中がシーンとした。トットは、振り返る勇気がなかった。でも、（どうしたのかしら？……）と、やっぱり、振り返って見た。お爺さんは、だまって、座っていた。もう一人のお爺さんが、小声で、

「立つんだよ、早く！　早く！」

と、いっていた。お爺さんは、何も芝居をしないで、だまって座っていた。茫然《ぼうぜん》としているようにも見えた。間髪《かんはつ》を入れずに、マネージャーが走って来た。そして、さっきより、もっと怒鳴った。

「あんた！　もう、いい！　駄目《だめ》なんだよ、もう。帰んなさいよ！　みんなに迷惑《めいわく》かけて！」

そして、マネージャーは、離《はな》れた別のテーブルに座っていた若い仕出しの男の人を、

引っぱって来ると、まだ座っているお爺さんをひきずり上げるように立たせ、そこに、若い男の人を座らせた。お爺さんはされるままになって、だまって立っていた。

トットは、胸が痛くなった。（校長先生に似ていなかったら、こんなに悲しくは、なかったかも知れない……）校長先生は、トットにとって、誰よりも尊敬する人だった。人間は、どんな人でも、生《う》まれた時、素晴《すば》らしい性質と、才能を持っているんだ、と教えてくれた人だった。普通《ふつう》の小学校を一年生で退学になったトットの話を聞いてくれ、

「君は、本当は、いい子なんだよ」

と、いい続けてくれた人だった。

校長先生に似たお爺さんは、マネージャーに邪慳《じやけん》に、突《つ》きとばされるようにして、飲み屋を出て行った。トットは、若い男の人の前の、さっきのままになってる焼き魚のお皿を見た。

「これ、食べても、いいのかねえ？」

と、うれしそうに言った顔が浮《う》かんだ。「すいません、すいません」と、頭を下げたときの、不安な目を思い出した。突然、涙が止まらなくなった。それは、誰にも、誰にも、わかってもらえない涙だった。（あの人が、私の好きだった校長先生に似て

いたから……）そんな理由で泣くなんて、と、みんなは笑うに決まっていた。トットは、みんなにわからないように涙を拭《ふ》いた。若い男の人は、いっぺんで、きっかけを憶《おぼ》え、リハーサルはスムースにいった。

本番が終って、トットが衣裳部屋に、自分の衣裳をぬぎに行ったら、あのお爺さんが、ぬいで行った三つ揃いが、畳《たたみ》の上に、たたんで置いてあった。トットは、それを見ると、また悲しくなって、子供みたいに泣きじゃくった。なんで、こんなに悲しいのかと、自分でも、あきれる程《ほど》、トットは衣裳部屋の隅《すみ》で、いつまでも、泣いていた。

そして、トットは、このとき、自分の涙が、「老い」を、いたむためなのだとは、まだ、わかっていなかった。

初めての旅

（夢《ゆめ》じゃないかしら！）

トットに凄《すご》い仕事が来た。それは、京都を皮切りに、大阪、広島、福岡、大分、宮崎の、それぞれの街の、大きな劇場で催《もよお》されるファッション・ショウの司会だった。トットは、戦争中が小学校だし、女学生の時は、戦後のゴタゴタで、修学旅行というものをしたことがなかった。だから、東海道線に乗って九州まで行けるなんて仕事が自分に来るなんて、本当に信じられない嬉《うれ》しさだった。これも「ヤン坊《ぼう》ニン坊トン坊」で、パーッと名前が出たお陰《かげ》に違《ちが》いなかった。「スキー毛糸」という毛糸会社の、ニットのショウで、沢山《たくさん》のファッションモデルも、ずーっと一緒《いっしょ》に旅行する、という事だった。NHKの仕事のほうも、うまく、やりくりがついた。パパは、

「十日間も？」

と反対したそうに言ったけれど、いつものように、ママが、うまく説得してくれた。トットは、青森に疎開《そかい》したとき以来、初めて、自分で荷物を作った。（あの時の旅と、なんという違いだろう）

東京駅から汽車に乗るのも、初めてだった。どんなに我慢《がまん》しようとしても、うれしくて、顔が笑っちゃうのだった。ガタン、と汽車が動き出したとき、トットは思わず、ホームに立ってる知らない人にも手を振《ふ》った。汽車の窓からの景色は何もかもが珍《めず》らしく、顔を窓にくっつけて、ずーっと外を見ていた。モデルの人達《ひとたち》の中には、旅馴《たびな》れた人がいて、

「横浜駅では、シュウマイを買うと良いのよ」とか、「豊橋では、チクワを買う事に決めてるの」と教えてくれた。当時、京都までの所要時間は八時間だった。

二時間くらい走った時、トットは、金の鯱《しやちほこ》のついた建物を発見した。

「わあー、名古屋城！」

トットは感動した。本当は、それは熱海《あたみ》の旅館だったんだけど、トットは知らないから、屋根の上の鯱を見て、すっかり名古屋城と信じてしまった。だから、そろそろ次は京都だと思ったので、荷物など整理し始めた。そこに車掌《しやしよう》さんが通りかかったので、トットは、一応、念のため、と思って聞いた。

「次は、京都ですね？」

車掌さんは、トットの顔をじーっと見ると、少し、びっくりした声を出して、こういった。

「いま、熱海を出たところですから、次は沼津です。名古屋までは、あと四時間です」

というなり、どこかに行ってしまった。

トットは学校で、地理と歴史を、ちゃんと習っていなかった。なぜなら、戦争に敗《ま》けた、と決まったとき、日本の歴史と地理は大きく変った。でも、新らしい教科書を作る余裕《よゆう》は、当時の日本には全くなかったので、トット達は、古い教科書の、違うとされた所をすべて、墨《すみ》で塗《ぬ》りつぶしたものを渡《わた》された。ほとんどが、真黒の教科書だった。

〃日本は[redacted]の歴史があり、[redacted]であり、[redacted]のである〃

こういう工合《ぐあい》だった。地理も同じようなものだった。勿論《もちろん》、自分で勉強すれば良いのだけれど、トットは、フランス革命だの、マリー・アントワネットだの、フーシェのことは、くわしく勉強したのに、自分の国のことは怠《なま》けてしまった。そこで、基本的なところが欠如《けつじょ》しているので、人から見ると、冗談《じょうだん》をいってる、と思われるところが、よくあった。でも、トットの同級生で、

「豊臣秀吉と、信長と、家康は、三人兄弟なんでしょう？　誰《だれ》が長男？」

とトットに聞いた女の子がいるから、トットだけでは、ないらしかった。

富士山も、生まれて初めて、近くで見た。子供の時、小学校に通う大井町線の、自由ヶ丘の手前のカーブの所で、富士山のてっぺんを見たことがあるけど、まるごと見るのは初めてだった。その品の良い形に、トットは拍手《はくしゅ》したい気持だった。そして、今さらのように、北斎《ほくさい》だの広重《ひろしげ》という人のうまさを、しみじみと思った。

「次は、名古屋！　名古屋！」といって、車掌さんが歩いて来た。トットは急いで、「恐《おそ》れ入ります、名古屋城は、どっちの窓から見えますか？」と聞いた。車掌さんはチラリと、トットを見ると、いった。さっきと同じ車掌さんだった。

「ここからね、名古屋城は、見えないんです」

がっかりしたトットは、続けた。

「だって、石川五右衛門《いしかわごえもん》が、名古屋城の鯱のとこに登って、〝絶景かな、絶景かな！〟って、いった、って聞いたんで、高い所にあるのかな？　って思ったものですから……」

車掌さんは、トットから目をそらすと、手許《てもと》の時刻表かなんかを見ながら、早口でいった。

「五右衛門が登ったのは、京都の南禅寺の山門と、芝居《しばい》なんかではやるようだけどね。名古屋城に登ったってことは、聞いてないねえ。それに、名古屋城は焼けちゃって、これから復原するって聞いてるけどね」

関西なまりの、親切そうな人だったけど、なるべく、トットに、かかずり合いたくない、という感じだった。

こうして、キョロキョロしてるうちに京都に着いた。長い間の憧《あこが》れの町だった。絵や写真や映画では見ていたけど、自分の足で歩いて、京都の空気が吸える、というのは、特別の気分のものだった。日本旅館に泊《とま》ることになったトットは、ここでも、何もかもが珍らしく、女中さん達を質問ぜめにした。パパの仕事の関係で、小さい時から洋風に育ったトットには、すべてがエキゾティックに見えた。夕方、南座でのリハーサルに出かけようとしたトット達に、美しく着物を着た旅館のおかみさんが、

「おはよう、おかえり」

と、柔《やわ》らかく細い声を、門口でかけてくれた。

（まるで、自分の家にいるようだ）とトットは思うのだった。

次の朝のことだった。トットは、暗いうちに起きた。なんか、ワクワクして寝《ね》ていられなかった。「わあー、京都に来てるんだあー」叫《さけ》びたい気持だった。トットは、朝御飯《あさごはん》の前に、一人で、すぐ近くにある清水寺《きよみずでら》に行ってみようと決心した。朝もやの中を、トットは跳《と》びはねながら、清水寺に向った。坂を登ると、清水寺があった。誰の姿も見えなかった。本堂と思えるところに頭をつっこんだトットは、折角《せっかく》、来たんだから、ちゃんと拝《おが》んで行こうと考えた。靴《くつ》をぬいで、大きな祭壇《さいだん》の前の、厚い朱色《しゅいろ》のお座ぶとんの上に座った。どうせなら、鉦《かね》も、木魚《もくぎょ》も、叩《たた》いたほうが、御利益《ごりやく》があ

りそうだ。トットは、いろいろ鳴らしながら、心をこめて、お祈《いの》りもした。しばらくした時だった。誰かが後ろからポンポンと、トットの肩《かた》を叩いた。ふり返って見ると、それは緋色《ひいろ》の袈裟《けさ》をお召《め》しの、偉《えら》そうな年老《としと》ったお坊《ぼう》さんで、その後ろに、何人もの、いろんな色の袈裟のお坊さんが、ずらりと並《なら》んでいた。お年を召したお坊さんは、トットにおっしゃった。

「ちょっと、そこ、どいて、もらえませんか?」

トットは、愛想よく、

「どうぞ、どうぞ、交代しましょう」といってお座ぶとんを、ゆずった。そしてトットは、満足して、坂を降りた。

何も知らない、という事は恐《おそ》ろしいことで、あの清水寺の、有名な管長さんのお座ぶとんにすわって、鉦を叩いたり、木魚を鳴らしたりしてたわけなんで。しかも、みなさんの、朝のおつとめの前に。

こんな風に、すべての街で、みなさんにご迷惑《めいわく》をかけながら、トットは、生まれて初めての旅を、心ゆくまで楽しんだのだった。

お上手ねえ

「ヤン坊《ぼう》ニン坊トン坊」がどんなにヒットしたかは、九州、熊本のNHKが、トット達《たち》三人を飛行機に乗せて、特別番組のために招《よ》んでくれたことでも、よくわかった。当時、飛行機がどのくらい珍《めず》らしいか、というと、トットが学校を卒業した時でも、NHKに入った時でも、どんな時でも、ついて来たことのないパパとママが、このときは羽田飛行場に見送りに来たんだから。リンドバーグの時代から、随分《ずいぶん》たっているけれど、やっぱり、飛行機に娘《むすめ》が乗るというと、熊本までなのに、ハンカチ振《ふ》って送りに来る、というのは、つまり、そのくらい飛行機が珍らしかったに違《ちが》いない。

トットが生まれて初めて飛行機に乗って、ずーっと下を見ていて、一番感心したことは、

「日本は、地図と同じ形をしている」

ということだった。地図を作った人は、空から見た訳じゃないのに、よく、あんなに正確に、岬《みさき》だの、入江《いりえ》だの、島だの、ちゃんと描《か》いたものだ、と感動した。熊本の

旅館で、ヤン坊の里見京子さんと、ニン坊の横山道代さんと、一つの部屋で、ふとんを並《なら》べ、電気を消した中で、いろんな話をしたことも、トットにとっては楽しいことだった。「ヤン坊ニン坊トン坊」に関しての新聞や雑誌のインタビューを、三人揃《そろ》って百以上したかも知れないけど、ゆっくり話しするのは初めてだった。

ＮＨＫの面接試験のとき、黒いスーツの胸に赤い造花のバラをつけ、耳たぶを赤くしていたのが里見京子さん、ということはわかっていた。でも、あの造花が、とても印象が強かったので、トットは、もう一度聞いてみた。

「あのときの、赤い造花の女の子が、あなただったのよね」

鈴木崇予《みつよ》、というのが本名だけど、大岡先生によると「これは崇予《そうよ》、というのが、よろしゅうございます」ということで、「ソーヨ」と私達が呼んでいた里見さんは、甘《あま》い声で、いった。

「あら、やーね、あれ造花じゃなかったのよ。本物のバラだったのよ」

トットは、とても驚《おどろ》いた。胸に本物の赤いバラをつけるなんて、その頃《ころ》、考えられない贅沢《ぜいたく》だった。トットは体を起して聞いた。

「え？　どうして？」

ソーヨは、マシマロみたい、とみんなに形容されてるくらい、やわらかい顔立ちとは違った、強い感じで、いった。

「だって、そのほうが目立つじゃない？　無理して、試験中、ずーっと毎回、一輪、お花屋さんで買って、胸につけて行ったの」

不思議な羨望感《せんぼうかん》のようなものが、トットを襲《おそ》った。トットは試験の時のことを思い出した。考えただけでも、冷汗《ひやあせ》が出た。〝目立つ〟なんてこと、考えてみたこともなかった自分が、（なんて幼稚《ようち》だったんだろう！）と恥《はず》かしくなった。ソーヨは、続けて、いった。

「私も、あなたのこと、憶《おぼ》えてるわ。私の、少し後ろに居たでしょう？　私、家に帰って、その日のこと、母に報告したから、憶えてるの」

トットは、ソーヨが自分のことを憶えていた、ということにも、びっくりした。

「へーえ、私、どんなだった？」

ソーヨは、ゆっくりと、いった。

「〝お母様、私、今日、フランス人形みたいな人、見たわ〟って、いったの」

……一張羅《いっちょうら》のオレンジ色のパラシュート・スカートに、白の、ちょうちん袖《そで》のブラウスだった自分の姿が、パッ！　と浮《う》かんだ。どこを見ても、奇麗《きれい》な受験生ばかりの中で、心細く立っていたトットを、そんな風に見てた人がいた、というのは、信じられない驚きだった。でも同時に、自分では、あわれっぽく見えただろう、と思っているのに、フランス人形みたいに見えたなんて、とトットは嬉しくなった。ソーヨは、お世辞をいう人じゃない、って知っていたから。

そういえば、他《ほか》にも、こういうことがあった。「ヤン坊ニン坊トン坊」の何回目かに「歌舞伎猿《かぶきざる》」という猿が登場した。すべてのセリフが、飯沢匡《いいざわただす》先生の台本に、七五調で書いてあった。その歌舞伎猿の役になって、小野田勇さんが出演した。小野田勇さんは放送劇団の二期生で、その頃は、一世を風靡《ふうび》した三木トリローグループの日曜娯楽版《ごらくばん》の出演者として、大スターだった。そんなことを全く知らないトットは、小野田勇さんの七五調のうまさに感激《かんげき》して、ぴったり、そばにくっついて聞きほれた。そして、テストが終った時、小野田さんに、

「お上手ねえ」

と、いった。小野田さんにしてみれば、お上手で当然だし、第一、プロに面とむかって、

「お上手ねえ」

などという人間がいるなんて、信じられないことに決まっていた。しかも、それまでの「女優」といえば、スタジオで静かにしていたのに、見ていれば、トットは、ハ

ンドバッグから飴《あめ》やお菓子《かし》を出して、クチャクチャ食べてる。まわりの人に、それをすすめる。そして、目まぐるしく動く。それでいて、「歌です」とディレクターにいわれると、ナマ放送でも平気で、初見《しよけん》で楽譜《がくふ》を見て、すぐ歌っちゃう。娯楽版の人達も歌うけれど、あんな風に、苦もなくは、歌えない……。小野田さんは、トットを見ながら、考えた。

「自分たちの今までの〝女優〟に持っていたイメージは、苦節何年、というようなものだった。それなのに、あの人は、生まれついてのリズム感があり、率直《そつちよく》だ。時代は変って来た。天性の人の時代になっていくのだろうな。きっと、これからは、こういう人達が、放送を占領《せんりよう》していくに違いない……」

そこで、この「お上手ねえ」を境にして、小野田さんは、スターだった俳優業をあっさりと止《や》め、作家に転向してしまった。そして、後《のち》に「若い季節」や「おはなはん」を書いた。書く仕事は、前から少しは、してらしたけど、これで、はっきりと、職業にしていくことに決めた、という話だった。勿論《もちろん》、こんなことは、その頃、トットが知るはずもなかった。トットは、自分では、自信なく通ってたスタジオだったのに、ある人には、こんな感じをあたえていたのかと、後年、小野田先生になってから伺《うかが》って、ショックを受けた。そして、先生が、

「とにかく、君は、キラキラ輝《かがや》いてたよ」

と、つけ加えて下さったとき、「わあ！　本当ですか？」と有難《ありがた》く思ったけど、同時に、（ああ、あの頃、もし、それを知ってたら！）と、残念にも思った。でも、自分がほとんどの人に、ダメだ、といわれ続けてる中で、キラキラ輝いてた時があった、と知ったことは、それが後《あと》であったにせよ、トットには幸福なことだった。

カラー・テレビ

とうとう、カラー・テレビが、本放送になった。トットが一番、カラーで面白《おもしろ》い、と思ったのは、今まで、白黒のとき目立たなかったシミチョロなんかが、はっきりしたことだった。よほどのクローズ・アップにならない以上、グレーのスカートの下からシミーズが少し出てても、白黒の画面ではわからなかった。それが、カラーだと、くっきりと立体的になって、

「あっ、シミチョロ！」

と、わかった。まして、着物の下から、赤い長襦袢《ながじゅばん》がチョロチョロ出てたりすると、

白黒なら、なんてことなかったけど、カラーで写ったら、これはもう、

「色っぽーい!!」

と、鮮烈《せんれつ》に、目に焼きついてしまう。色気を必要としない役では、邪魔《じやま》になることだった。なにもかもが、いい加減ではいけなくなった。

メーキャップも、本当の色に近いものを、つけるようになった。白黒では、紫色《むらさきいろ》みたいな口紅をつけさせられて、「これが白黒だと、ちょうど、普通《ふつう》の赤に見えます」といわれて、鏡を見るたびに気持が悪かったんだけど、今は、口紅もピンク色になった。衣裳《いしよう》も勿論《もちろん》、家のセット、景色、小道具、たべもの、もう何から何までが、根本的に本物じゃないと嘘《うそ》に写るので、NHKの中は、上から下まで大さわぎだった。

それより何より、俳優たちが困ったのは、スタジオの暑さだった。白黒の何倍もの光量を必要とするので、その暑さは想像を絶した。トットは生まれて初めて、植木鉢《うえきばち》の木から水蒸気が上がっていくのを、目で見た。こういうものは、すべて本番前までスタジオの外に出しておいて、「本番、五分前！」くらいに入れるんだけど、入れたと同時に、サーッと、木から水蒸気が上にあがっていって、見る見る、木がしおれていった。花なんか、すぐグンニャリとなった。なにしろ本番が始まって、十分くらい経《た》って、

「お茶でもいれましょう」

というセリフで、トットが台所に立って行ってヤカンを手に持ったら、アルミの手で持つところが、すっかり熱しちゃってて、

「アチチチ」という間もなく、火傷《やけど》で、火ぶくれが出来る、という有様だった。本番での、たべものも、困ったものの一つだった。お寿司《すし》なんか早くたべないと、マグロの赤い色が、ちょっとの間に、茶色になった。トットが迷惑《めいわく》したのは、サンドイッチだった。喫茶店《きっさてん》のシーンで、男の人とデイトをしたトットは、サンドイッチを注文した。勿論、台本の指定だった。ウェイトレスが、二人の間にサンドイッチののったお皿《さら》を運んで来た。これも、それまで、スタジオの外で冷やしてあったものだった。運ばれても、しばらくトット達《たち》はセリフのやりとりがあったので、サンドイッチに手をつけなかった。これが、いけなかった。トットが、いざ、サンドイッチを食べようと、手に持って、口に近づけた時、愕然《がくぜん》とした。

(わあー、サンドイッチのパンが、暑さで、すっかり乾《かわ》いちゃって、それぞれ、外側に、反《そ》っちゃってる!)

パンが、それぞれ、外側に反りかえっちゃってるサンドイッチを口に入れるのは、至難の業《わざ》だった。かなり大きく口を開けても、入りそうになかった。そうかといって、

手で押《お》しつぶしながら、口の中につっこむ、という訳にもいかなかった。第一、サンドイッチを食べるのに、そんなに、顎《あご》がはずれるくらいに、大きく口を開けるのは、いかにも異常だ。仕方なくトットは、まるで手品師のように、食べたふりをしながら、手の中に、どんどんサンドイッチをしまいこみ、その分、ほっぺたを空気でふくらませて、噛《か》んでる芝居《しばい》をして、切り抜《ぬ》けた。ところで、この時、トットのデイトの相手の人は、別に困った風もなく、反っくりかえったサンドイッチを平気で食べていた。よく、こんな大きなものが口に入るな、と、トットは感心して、その人の四角い顎《あご》を観察した。よくよく見ると、目は、とても細かった。名前は渥美清《あつみきよし》、という人だった。

とにかく、この暑さは、白黒のテレビが本放送になった頃《ころ》、番組が始まった時は、たしかにあった数本の髪《かみ》の毛が、「おあとがよろしいようで」と終って気がついたら、焼け切れてて全く無かった、という、落語家のかたの伝説にはかなわないけど、苦労の一つだった。

そして、汗《あせ》。トットは、ほとんど汗をかかない体質なので、平気だったけど、フランキー堺《さかい》さんの場合、本番がスタートして、「みなさん今晩は！」と、カメラにむかって歩いていっただけで、もう、遠心分離器《えんしんぶんりき》みたいに汗が飛び散った。汗かきの越路《こしじ》吹雪《ふぶき》さんは、ほんの一寸《ちょっと》の芝居の間に、ショートカットの髪の毛が、シャワーから出たみたいにビショビショになった。誰《だれ》も彼《かれ》もが、セリフを言いながら汗をタラタラと、たらしていた。それでも、夏のストーリーならいいけど、冬の話の時は不自然だった。まして、オーバーなんか着てる人は、よその家に上ってオーバーをぬぐと、湯気がたった。カメラさんは、みんな、タオルを首にまいて、汗の流れを止めていた。一回リハーサルが終るごとに、みんなスタジオの外に走って出て、ハアハアと息をした。夏でも冬でも、スタジオの外は極楽のように感じた。砂漠《さばく》で日陰《ひかげ》を見つけたら、きっと、こんなだろう、と、みんなで話しあった。

スタジオでは、そんなでも、テレビは、カラーになってますます普及《ふきゅう》し、番組も増え、トットはだんだんと忙《いそ》がしくなった。

「実家に帰ってます」

テレビがカラーになった頃《ころ》、突然《とつぜん》のように、世の中は「個性」の時代に入っていった。マスコミは、

「個性が重要な時代！」

と書きたて、トットは、新聞や雑誌に、毎日、追いかけられるようになった。「個性的な女優」ということで。でも、昨日まで、ディレクター達《たち》から、「みんなと同じに出来ませんか?」とか「あなたの個性が邪魔《じやま》なんだよね」といわれていたトットが、「さあ、あなたの個性は、なんですか?」と聞かれても、答えようがなかった。「なんだか、変った子だね」と、あつかいに困っていたディレクターが、「個性があるから、なんとかなるだろう」と、仕事の伝票を劇団に廻《まわ》して来た。NHKのディレクターの中でも有名な畑中庸生さんは、トットのことを、こんな風に新聞に書いた。

「お世辞にも、美人とはいえないが、個性があり、クローズ・アップに耐《た》えられる顔……」

美人とは、自分でも毛頭、思ってはいないけど、何もかもが、「個性」という言葉で片付けられてしまうことが、トットには少し悲しかった。それでも、仕事は毎日毎日、増え続け、「あっ!」とトットが気がついた時は、もう、寝《ね》る時間が毎日三時間くらいしかない、という事になっていた。テレビのレギュラーだけでも週に六本あり、ラジオも、毎日のものを含《ふく》めて、三本くらい、あった。それでも、後《あと》から後から、仕事が入って来た。仕事を始めて間もないトットは、自分で断わる、という事は出来なかった。劇団には、マネージャーなんていなかったから、すべて自分で時間を調整し、交渉《こうしょう》し、整理していた。伝票が廻って来ると、その仕事を「したいか、どうか？」ではなくて、単に、時間が空いてるかどうか、だけで引き受けた。断われたのは、すでに同じ時間に本番が入っちゃってて、どうしようもない時だけだった。

トットは、ほとんど寝てなくても、ちゃんとセリフを憶《おぼ》え、まじめにリハーサルに出て、本番も、なんとかボロを出さない点数をとっていた。

そんな、ある日の夕方、テレビスタジオの本番中、突然、トットは、相手のセリフがほとんど聞こえないことに気がついた。その少し前から、なんだか耳の中が、ザワザワザワザワ、まるで上野駅の雑踏《ざっとう》みたいだな、とは思っていたけど、その日は、そのほかに「キーン」という高い音も入って、人の言ってることが聞こえない、とわかった。（一体、これは、なんだろう？）いつも、いろんなことで、率直《そっちょく》なトットだけど、自分の体のことを、人にいう、というのは恥《はず》かしくて、いやだった。次の日も同じだった。なんだか、それに、目まいもしてるように感じた。トットは、前から健診断して頂いてる病院の院長先生に電話した。そして、今の症状《しょうじょう》を説明した。年老《としと》った院長先生は、

「今、すぐ、おいで！」

と、いった。でも、トットは、病院に行く時間さえ、「都合つけられない」といっ

た。先生は、いった。

「死ぬよ」

トットは、リハーサルのディレクターに、こわごわ打ち明けた。ディレクターは、時間をくれた。トットは感謝して、青山の病院に急いだ。先生は、トットの話を聞き、一寸《ちょっと》、診察しただけで、

「過労だな、すぐ、入院しなさい」

といった。トットは、唖然《あぜん》とした。入院するほど、自分がどこか悪くなってる、なんて、思ってもいなかった。それに、一体、どうやって、全部のディレクターやプロデューサーに、断わったらいいのか、見当もつかなかった。トットは、途方《とほう》にくれた。

（マネージャーがいれば、きっと、そういう人が、やってくれるのだろうけど）

トットは、院長先生に、

「とにかく、NHKの方達に、おことわりして、すぐ入院しますから」

といって、走ってNHKに帰った。そして、一人ずつ、ディレクター達に、「過労で、入院しなくちゃいけないので、休ませて下さい」と頼《たの》みこんだ。ところが、見たところ、トットは、少しは青い顔をしてるかも知れないけど、歩いてるし、しゃべれるし……ということで、なかなか、みんなが「うん」とは言ってくれなかった。みん

な「他《ほか》のは降りても、これ、一本だけやってくれない？」といった。みんな、トットがいなくなると困る、といった。トットは、

「もう、私がいないと、NHKは、つぶれちゃうんじゃないの？」と冗談《じょうだん》めかして言いながらも、悪い気はしなかった。結局、ズルズルと、また、スタジオにもどって、本番をやったりしていた。でも、耳鳴りは、もっとひどくなっていた。三日くらい経《た》った朝だった。トットは目を覚まして、何気なく足を見て、叫《さけ》びそうになった。膝《ひざ》から下に、いくつも、いくつも、真赤《まつか》な、花びらのようなものが見えた。それは、蕁麻《じんま》疹《しん》のように、ふくらんだりしていなかった。色も、ピンクとか紫《むらさき》じゃなく、血、そのものの、真赤な色だった。大きさは、花びらのようだったり、小さな花くらいだった。痛くも、かゆくもなく、鮮明《せんめい》な赤で、どちらかというと、奇麗《きれい》なくらいで、恐怖《きようふ》、そのものだった。

「死ぬよ」

と、先生が言ったことを思い出した。トットは、ママに足を見せた。ママも呆然《ぼうぜん》とするくらい、それは恐《おそ》ろしい見ものだった。

トットは、すぐ入院した。いい按配《あんばい》に、その病院がNHKに関係のある病院だったので、院長先生が、全部の番組に断わって下さる、という事になった。トットは、自

分が死ぬのかしら？　と思った。トットが心配そうにしてると、院長先生は、トットの足を指して、「それは、そんなに心配することないよ。毛細血管が切れたんだから、二、三日も寝てれば、すぐ、なくなる」と、いった。過労から、赤血球が減って、そんな風になった、ということだった。いろいろ検査した結果、一ヶ月は入院、ということになった。

「寝てれば、なおるよ」

と、院長先生にいわれて、仕方なく、トットは、ただ寝ることにつとめた。院長先生が言った通り、本当に、足の赤いものは三日で消えた。テレビを見てもいい、というお許しが出たので、トットは、テレビを借りて、病室で見ることにした。自分のレギュラーの番組が、自分がいなくて、どうなるのかが心配だった。時間が来て、トットが司会をしていた番組が、まず放送になった。ドキドキして見ていると、トットの知らない若い女の人が出て来て、こういった。

「みなさん、こんにちは！　今日から、私が当分、司会、やりますよ、どうぞ、よろしくね！」

そして、番組が始まった。たった、それだけだった。トットがいなくても、番組は、別に、困った風もなかった。みんな楽しそうに、写っていた。トットが、渥美清《あつみきよし》さん

渥美清さんとのドラマの中での結婚写真（婚礼写真）。ドラマの中で、この写真を使ったらしく、「寿」と「鳳凰」が表紙についている台紙に、ちゃんと貼ってあった。

と、夫婦をしてるドラマがあった。これも、ナマ放送だから、一体、筋はどうなるのかしら？　と、トットは気をもんでいた。放送が始まった。近所の人が、夫の渥美さんに聞いている。

「奥《おく》さん、どうしました？」

「実家に帰ってます」

これで終りだった。

トットの役に、実家があったかどうか疑問だったけど、そんなことは問題にならないことだった。死にもの狂《ぐる》いで続けようとした仕事が、

「実家に帰ってます」

この、ひとこと。他《ほか》の番組も似たりよったりだった。そして、みんなは、どしどしと、トットなしで進んでいた。トットは、この時はじめて、

「テレビは、すべてが使い捨て」

と、わかった。

たった一人、病室で、トットは、何も写っていないブラウン管を、いつまでも見つめていた。

あとがき

今から六年前、テレビが始まって、丁度「二十五周年」ということで、大きな特別番組の収録がＮＨＫホールでありました。

私は、そのとき、〝私とテレビの関係〟は、昔《むかし》の女の人が、相手の顔もよく見ずに、お見合いで結婚《けっこん》し、そして銀婚式を迎《むか》えたのに似ている、と思いました。私は、テレビのために養成されました。でも、テレビというものが、まだ始まってなくて、どんなものか、よくわからず、それでも身をゆだねて、二十五年経《た》ってしまったんです。

「銀婚式なんだわ、本当なら」

私は、ＮＨＫホールの片隅《かたすみ》で、つぶやきました。

その日、私は、司会者の一人だったんですけど、司会のほかに、もう一つ、面白《おもしろ》いコーナーに出演しました。それは、私と森繁久彌《もりしげひさや》さんが、その日から更《さら》に二十五年経った……つまり、

「テレビ開局　五十周年」

という特別番組に出演したら……という想像のシーンでした。そのころ、森繁さんは九十歳《さい》ちょっと、私は七十歳くらいです。二人とも、その年齢《ねんれい》に自分がなった時を推定して、扮装《ふんそう》しました。たしか森繁さんは和服、私はスーツだったように思います。森繁さんは、ふくさに包んだ、しびんを、お持ちになりました。二十五年後、NHKホールに、二人が登場します。アナウンサーのかたがインタビューなさいます。

「五十年前のテレビというのは、どんなもので、ございましたか?」

森繁さんが、ぼんやりしていらっしゃるので、私が注意を、うながします。

「森繁さん! テレビが始まった頃《ころ》、どんなだったか、って聞いてらっしゃいますよ」

すると、森繁さんは、いきなり、

「えー? NHKの弁当は、まだ、出ないの?」

と、お聞きになりました。私が、

「あら、さっき、楽屋で召《め》し上りましたよ」

というと、森繁さんは、

「僕《ぼく》はね、まだ喰《た》べていないんだ!」

と、すっかり恍惚《こうこつ》の人になっておしまいになりました。(映画での名演技より、更

に、年期が入ってる感じでした)。アナウンサーは困って、

「はあ、五十年前のテレビというと……」

と、くり返します。森繁さんは、次に、

「うなぎは、とどきましたか?」

と、アナウンサーに聞きました。仕方なく私がアナウンサーのかたに、

「はあ、あの頃は、ライトが暑くて、髪《かみ》の毛の薄《うす》いかたで、焼け切れて、ツルツルになったかたも、いらっしゃいましてね」といって、森繁さんに、

「そんなこと、ございましたでしょう?」

と同意を求めたら、森繁さんは、もぞもぞと、ふくさを拡《ひろ》げて、

「おしっこ……」

と、まあ、こんな風な感じで、実は、即興《そっきょう》で続いたんです。でも、実際に、あと二十五年経ったとき、どうなっているんでしょうね、と、みんなで笑いました。笑いながら、みんなが心の中で考えていたことは、同じだと思います。

(自分は、大丈夫《だいじょうぶ》かな?　その頃、まだ、元気でいられるかな?)

森繁さんは、七十歳の私が入歯にもならず、早口で喋《しゃべ》って、シャンシャンしてる、ってことについては、疑問のようで、

「あなたは、自分だけ、いい役にしてるんじゃあ、ありませんか？」

と、おっしゃいました。といっても、この二人の設定をお決めになったのは、森繁さんなんですけど。

この「テレビ五十周年」というスケッチ（コント）は、森繁さんの、ひどくお気に入りのものとなり、この後《のち》も、どこかで、お逢《あ》いするたびに、

「ねえ、あの二十五年後の稽古《けいこ》してみようよ」

と、おっしゃっては、

「うなぎ、とどきましたか？」

と、本当の恍惚の人のようになさるので、そのたびに私は笑いました。

でも、それからも、もう六年も経ってしまいました。五十周年まで、あと十九年。

森繁さんと、

「現役《げんえき》じゃないと、出して頂けないから、頑張《がんば》りましょうね」

と、時々、話し合います。

その二十五周年のとき、私が、びっくりしたのは、技術の進歩です。カメラなど、どんなに遠くにあっても、その場所で、動かさずに、クローズ・アップも、ロング・ショットも、レンズで思い通りに撮《と》れるようになりました。クローズ・アップのとき、

俳優のほうから、カメラの前まで飛んで行ったり、反対に、カメラが近寄りすぎて、俳優と正面衝突《しょうとつ》！　なんていう、初期の頃を思うと天国のようです。そして、照明ですが、昔は、ライトの一つがポリバケツくらいあったんですけど、今では、同じ光量で、煙草《たばこ》のライターの大きさになっています。照明の、ついたり、消えたり、上ったり下がったりも、コンピューターです。いま風に言えば、ハードウェアーの進歩は信じられない早さです。でも、ソフトウェアーの、私たち人間のほうは……？　番組の内容や、演技や、美術は……。

この点になると、本当は、とても心細くなってしまうのです。

「徹子の部屋」というテレビの対談番組を始めて、九年になります。今までに、二千二百十五人の方達《かたたち》にお目にかかり、お話を伺《うかが》いました。この番組をやって、私が発見したことが、あります。それは、もう、ほとんどのゲストのかたが、

〝始めに、自分が、やろう！〟と思った仕事と、違《ちが》う仕事を、現在、やってらっしゃる、ということです。そして、なお、一流になり、永続《ながつづ》きしてらっしゃるのです。このことは、私の、思ってもいないことでした。私は、自分が始めに、「女優になろう！」と思って、なったわけではないので、それが長い間の、私のコンプレックスでした。こういう創造的な仕事は、始めから、

「なろう！」として、なった人が、やるべき、と考えていました。偶然《ぐうぜん》から、なってしまった人間が、こんなに仕事に恵《めぐ》まれては、いけないのではないか……ということが、いつも心の中に、ありました。それが、「徹子の部屋」で、みなさんのお話を伺って、（私だけじゃない！）と、わかったのです。人生って、不思議なものだ、と、つくづく思います。勿論《もちろん》、あいだに戦争がありましたから、余儀《よぎ》なく、違った人生を選ばなきゃならなかった方《かた》も多いと思いますけれど……。

この、「トットチャンネル」は、昭和二十八年から話が始まります。なるべく、その時点のことに、とどめておきたかったので、後日談、といった風なものは、あまり書きませんでした。でも、「後日談」として、書いておきたいこともありますので、それは、これから、お読み頂ければ、と思います。

〝お母さんになる！〟（二一六頁《ページ》）

ＮＨＫの試験を受けてみよう、という直接の原因になった人形劇「雪の女王」。あの音楽の作曲が芥川《あくたがわ》也寸志《やすし》さんだった、ということは、最近まで知りませんでした。

「音楽の広場」というＮＨＫのテレビ番組を御一緒《ごいっしょ》にやるようになって、あの「雪の女王」のことが、ある日、話題になり、あれが、芥川さんだったのだ！　とわかったのです。歌がダーク・ダックスだった、ということも、そのときにわかりました。もし、あの時の音楽が良くなかったら、私は、ＮＨＫを受けることにならなかったかも知れません。そして、ついでのことですが、芥川さんは、私の父のファンで、というか、父の音楽が好きで、音楽学校の学生の頃、よく、私の家の庭先にもぐりこんで、父のヴァイオリンの練習だの、父たちが作った〝東京絃楽四重奏団《ストリング・カルテット》〟の練習だのを聞いていらしたのだそうです。もちろん、家《うち》の家族は、そんなこと、夢《ゆめ》にも知りませんでした。

　数え切れない、いくつもの偶然が重なって、私たちは、人に逢ったり、仕事を選んだりするようになるもの、と、わかってはいても、びっくりしてしまうのは、こういう時です。

受付　（二二六頁）

　私が、昨年の冬、とても驚《おどろ》いたのは、田村町の、ＮＨＫのあった場所が、アイス・

スケート場になっているのを発見した時です。昭和四十八年に、NHKは渋谷に引越《ひっこ》し、放送センター、という風になりました。そして、長いこと、田村町のNHKだったビルは、灰色のまま、まわりの新らしいビルに、はさまれた形になっていました。そして、突然《とつぜん》ある日、「日比谷シティ」という、ヤングの人達の、よろこびそうな名前になり、お休みの日など、若い人が沢山《たくさん》、出入りするビルと広場に、姿を変えたことを、車の中から見て知りました。でも、それが、冬はスケート場になる、とは思ってもいませんでした。

民放テレビの放送記念日に、萩本欽一《キンちゃん》さんと久米宏さんと私の三人で、「テレビ」について話すことになりました。そこで、それぞれ、最初にテレビに出た場所に立って、当時を振《ふ》り返って話し、それを挿入《そうにゅう》の録画として使うことになりました。それで私は、放送センターに引越してから久しぶりに、田村町に行ったのです。今は、田村町、という名前もなく、交叉点《こうさてん》は、西新橋一丁目。そして、あの、ラジオやテレビのスタジオだった辺りが、スケート場になっていることを知ったのです。軽快な、いま風な音楽にのって、若い男女が、楽しそうに、腕《うで》を組んで、すべっています。（ここで、苦しんだり、泣いたり、悩《なや》んだりした人達が沢山いたのだ、なんてこと、みんな知らない！）。あたり前のことですけど、私は、多少、センチメンタルな気分になったのでした。

女座長（七八頁）

数年前のあるとき、小川宏モーニングショウから、「私の逢いたい人」というコーナーに出て下さい、とおはなしがありました。どんな人でもいい、自分の思い出の中にいる人で、逢ってみたい人を探して下さる、そして、御対面をする、というコーナーです。私は、ふと、この女座長さんに逢ってみたい、と思いました。あの終戦のゴタゴタのとき、父はシベリアの捕虜《ほりょ》、東京の家は焼け、身寄りもほとんどない青森で、長屋みたいな家に住んでた私のところに来て、熱心に女優にならないか、と、さそって下さった有難《ありがた》い方《かた》。若かった私に、なんかの意味で、自信をあたえて下さった、あの女座長さんに、ひとこと、

「あのときの、お礼を申しあげたい」

と思いました。そして、「あのときは、思ってもいませんでしたが、こうやって女優になってみますと、一番最初に、スカウトして下さったのは、あなたでした」。現在の私があのときの中学生だった、という事を知って頂きたい、とも思ったのでした。

小川宏ショウは凄《すご》いところで、ほとんど手掛《てがか》り、というものがない、この女座長さんを、とうとう、私の出演する朝までに探して下さったのです。いよいよ、御対面！という時が来ました。私は、ドキドキしました。そのとき、小川さんが、黒いリボンのかかった写真の額を抱《だ》くような形で、私に見せて下さり、そして、おっしゃいました。

「このかたですか？」

それは、まぎれもなく、あの日、薄暗い電球の下で私を尋《たず》ねて下さった、あの女座長さんでした。名前は、湊川《みなとがわ》みさ代さん。

残念なことに、湊川さんは、四十九歳という若さで、亡《な》くなってしまっていたのです。亡くなって、十年になる、ということでした。

「お礼を申しあげたかったのに……」

私が泣きそうになっていうと、小川さんが、御主人と電話が、つながっている、ということで、受話器を渡《わた》して下さいました。電話の向こうの、やさしそうな御主人は、そのとき、こう、おっしゃったんです。

「彼女《かのじょ》は、あなたがテレビに出始めた頃、〝あっ、この子だわ、やっぱり、なったわね〟と、見つけて、知っていました。そして、〝必ず、この子は、よくなるわ〟とも、いってました。そして、あなたの番組は、必ず、見て、いつも、よろこんでいました」

私は、涙《なみだ》が、とまりませんでした。

（ちっとも、知らなかった……）。

私のことなんか、よく憶《おぼ》えては、いらっしゃらないと思ってたのに。本当に、御対面、できなかったことは残念でした。せめて、「有難うございました」を、お伝えしたかったのに……。御主人は、「これからも、頑張って下さい」と、おっしゃって、電話をお切りになりました。

黒いリボンのかかった写真の中の女座長さんは、あの雪之丞変化《ゆきのじょうへんげ》で、颯爽《さっそう》としてた時と、ちっとも変っていないように見えました。

担任の先生　（八一頁）

大岡龍男《おおおかたつお》先生のことは、この、あとがきを書く頃、（こんなにも写生文の作家として、すぐれていた方《かた》だったのか！）という資料が集まって、私は混乱しています。「大岡先生」という一冊の本が書けるくらいです。

例えば、作家の富士正晴先生は、お作品の「高浜虚子《たかはまきよし》」の中に、こんな風に、大岡先生のことを書いていてらっしゃいます。

「「ホトトギス」は毎月やってくるが、父はその雑詠欄《ざつえいらん》を巻頭から見て、巻末のあたりでようやく自分の一句を発見して、嬉《うれ》し気に赤鉛筆《あかえんぴつ》で傍線《ぼうせん》をひき、句稿《くこう》の方にも同じ句に傍線をひく。（略）

わたしの方はその散文の方を時々退屈《たいくつ》まぎらしによんでいた。何しろ大分昔のことで、ほとんど記憶《きおく》していないが、NHKに勤めていた大岡竜男という人の文章（私小説的なものであったが、「ホトトギス」では写生文というだろう）が悲し気で、つつましやかで、おとなしくて、読むのが好きだった気がする。「山会」とか何とか称して、虚子のところに集って読む写生文が多くのっていたが、大岡竜男のそれと、虚子の以外、余り印象に残っていない。」

そして、また、ほかの頁にも正晴先生は、大岡先生の作品を、

「実に温和淳良《じゆんりよう》な精神の私小説（しかし、これも写生文である）は出ている度《たび》に必ず読んだ。きっと単行本になっていると思うから、それを知りたいと思う。読みたい欲望が非常にある。「ホトトギス」を見ればわかるが、父の死後、大阪府立図書館に寄附《きふ》してしまったので見ることが不可能である。」

と、書いてらっしゃいます。
また、大岡先生の「長篇小説《ちようへん》　嫁《よめ》」には、吉屋信子さんが長い序文をお書きになりました。

「　大岡氏の作品について

私が俳誌ホトトギスを毎月本屋から配達して貰《もら》つたのは、二十年も前からである。それは漠然《ばくぜん》と俳句といふものに興味を持つてゐたせいもあるが、その頃私は俳句を作つてはゐないし、その雑誌をとつてゐたのは、むしろ俳句よりはそれに載《の》る俳文随筆《ずいひつ》小説をよむためだつた。

その中でも、大岡龍男といふ人の書いたものには実に深い興味を持つた。その一つ一つが随筆の形をとりながら、すぐれた私小説の感じだつた。ことに（妻を描く）といふ長篇の分載《ぶんさい》されてゐた時など、この作品は文壇《ぶんだん》でも注視されてい丶優《すぐ》れた私小説だと思つた。これが単行本になつた時、たぶん正宗白鳥氏が褒《ほ》めてゐられたと思ふ。（略）

この書（嫁）のごときも、私の毎月愛読しつゞけたものである。これも私小説の類《たぐ》ひではあるが、単なるそれは自然主義的な書き方でなく、現実の生活の叙述《じよじゆつ》の裏に、いひ知れぬ柔《やは》らかな純粋《じゆんすい》な情味を湛《たた》えた――いくつになつても作者のどこかお坊《ぼつ》ちゃん気質を思はせる善意《グツトウイル》が裏打ちされてゐることで、読む人の心をほのぐ〵と温めると思ふ。

それが私をして、大岡氏の作品贔屓《びいき》にさせる原因である。また、氏は虚子門下の俳人であるだけに淡々《たんたん》たる文章の裏に、実に適確な表現がある。けれどもこの淡々たる表現を生む人自身は、こうした私小説的な文章に身を打込《うちこ》むほど、実にねつい生活への執着《しふぢやく》、愛着ともいふべき逞《たく》ましさを持つてゐられることは、この本を読んだ人にはお分りになると思ふ。

ともあれ、このやうな大岡氏が、何故文壇的に一人の小説家として坐《すわ》り込まれないかが不思議な気がする、しかし考へると、氏の文章の味《あぢは》ひは、むしろ職業的の作家としてでないところに深い余韻《よゐん》をふくんでゐるのだと思ふ。

しかも大岡氏自身は、文学に対して十分の鑑識眼《かんしきがん》を具《そな》へてゐられる。かの（煉瓦《れんぐわ》女工《ぢよこう》）で一躍《いちやく》名をなした野沢富美子を世に送つたのも、この大岡氏なのである。

それほどの大岡氏が、いま放送局の文芸に関するポストにゐられることは、放送文化のためにも頼《たの》もしいことで――或《あるい》は氏の才能は桝《ます》に被《おほ》はれた燭光《しよくくわう》のような気もするけれど、どうかこの書によつて大岡氏の文学の愛好者が沢山ふえ、氏の文学がます〳〵完成される機縁《きえん》になれば、氏の作品のファンの一人としての私もほんとうにうれしい。かくあらんことを祈《いの》る。

一九五〇年三月

吉屋信子」

あんなに、毎日毎日、お逢いし、話しをしていたのに、ただの一度も、自分が小説を書いたとか、いろんな作家とお知り合いだ、なんてことを、おっしゃったことはありませんでした。そして、残念なことに、NHKの私のまわりの方たちも、そのことを話題にしていなかったのです。

作家の尾崎一雄《おざきかずお》先生は、

「大岡龍男さんのこと」

という長い随筆を書いていらっしゃいます。大岡先生にお逢いになった、きっかけは、昭和三十年。尾崎先生が、志賀直哉《しがなおや》にインタビューをなさり、それをNHKがラジオで放送する、というときで、大岡先生はプロデューサーでした。

「(略)その時分、私はぽつりぽつりと本を出してゐたから、自宅《うち》へ見えた大岡さんに何か一冊差上げたかも知れない。そのお返しとして貰つたのかどうか分明でないが、今私の手許《てもと》に大岡さんの著『長篇小説　嫁』といふ本がある。

（略）

『長篇小説　嫁』の扉《とびら》には、ペン書きで私を名宛《なあて》に次のやうに記してある。

「私小説」……たゞ好きで書いてをります。私は「私小説」が好きなのでございます。それだけのことでございます。大岡龍男」（略）

ここまで読んで、この、いかにも大岡先生らしい扉の文章に、私は先生が懐《なつ》かしく、涙が出たのです。この、尾崎先生が志賀直哉にインタビューなさった、つまり録音した日のことを、大岡先生も書いてらっしゃいます。これが大岡先生の文章です。

「　直哉居を訪《おとな》ふ

大岡龍男

NHKの「藝談《げいだん》」の時間に、今度始めて小説家に出て貰ふことになり、語り手は志賀直哉、聞き手は小説家の尾崎一雄……これはい丶組合せだと思つてさうきめた。（略）

もう一つ意外であつたことは志賀さんの書齋《しよさい》がしごくむぞうさで新しいものづくめであつたことも思ひのほかだつた。凝《こ》つたもの、古色蒼然《こしよくそうぜん》たる道具類……そんなものは一つもみうけられず何もかも潔癖家《けつぺきか》らしい新《しん》きの品物ばかりがそろつてゐた。勿論《もちろん》い丶趣味《しゆみ》のだ……。

志賀さんは新しい黒いメリンスの兵子帯《へこおび》をしめ、かなり著古《きふる》した毛の夏シャツを袖口《そでぐち》からのぞかせてゐたが、著てゐる人が志賀さんなのでそれが立派にみえた。眉《まゆ》の濃《こ》い非常に志賀さんは氣高い美しい老人だつた。聲《こゑ》も人間ばなれのした綺麗《きれい》な聲だつた。（略）

志賀さんの書くものがさうなようにこの人は無駄《むだ》は云《い》はない人だなとさとつた。一體《いつたい》志賀さんは短篇の作品が旨《うま》い人だが、それだけこつちも長く話してゐる人ではないと思つた。用がすんだらさつさとこの家はひきあげべき家だなと思つた。（略）

志賀さんはたえず片手に蠅叩《はへたたき》を持つて氣にしては蠅を叩いてゐた。そして蠅の死がいをつまんでは窓をあけて捨て、その手を書齋の一隅《いちぐう》にしつらへられてゐる手洗ひ場で洗つてゐた。私は蠅なんか氣にならないたちの人間だから志賀さんの叩きはづした蠅が鼻の頭に來てとまつたりしても平氣だつたが……。志賀さんは赤い鉛筆がほしかつたらしく、自分のチビた赤い鉛筆を私等《ら》に示して、私等の持つて行つた長い赤い鉛筆を「それ僕《ぼく》に呉《く》れないかなあ……今、買つて來て貰つてるけど、もし買つて來なかつたらこれを貰つとくけどい丶かしら」

と云つたりした。まつたくさう云ふところは威張《いば》らなくつて、それで紳士《しんし》でいゝ人だなあと思つた。

やがて熱海《あたみ》から戻《もど》つて來た夫人がおかしわと小さい鹽煎餅《しほせんべい》の柿《かき》の實《み》を持つて出てこられ、志賀さんは夫人に
「赤い鉛筆どうしました？」

と早速《さつそく》訊いた。夫人は微笑《びせう》して
「アッ……買つてまゐりませんでした」

とさもあいすまなさうに叮嚀《ていねい》に挨拶《あいさつ》し、大變《たいへん》に上品なしとやかないゝ奥《おく》さんだつた。

志賀さんは私等にお菓子《かし》をとり分けて呉れ、自分も柏餅《かしはもち》をいくつもいくつもたべてゐた。

（略）

録音し終ると、志賀さんはお嬢《じよう》さんや、二人の女のお孫さんを呼び皆《み》んなで録音を聞いた。

志賀老夫人は志賀さんのかたへにつつましく微笑をたゝへ頭をたれて聞き入つてゐられた。

ペルシャの壁畫《へきが》にある美人のやうな若いお嬢さんも押《お》し默《だま》つたまゝつつしんでお父うさんの藝談に耳かたむけてゐた。

二人の小さいお孫さんも判《わか》つても判らなくてもおとなしく、お祖母《ばあ》さまのそばで錄音を聞いてゐた。

みると志賀さんの手に私のあげた名刺《めいし》があつた。私はその名刺をどうされるだらうと眺《なが》めてゐた。」

全文を御紹介《ごしょうかい》できたら、本当に面白《おもしろ》いのだけれど。湯河原と熱海の間にある、この家から海が見え、「志賀さんは、この海の色みたいな紺碧《こんぺき》のしま柄《がら》のそれはいい好みの着物だつた。私たちが居る間にたつた一度、志賀さんはあごの白い短かいひげを撫《な》ぜた。」

大岡先生に興味をお持ちのかたのために、経歴を簡単に書いておきます。

大岡先生は、明治二十五年四月四日、文部大臣や衆議院議長などをなさった大岡育造というかたと、芸者さんの間に、東京で生まれました。そして、育造さんの次男として育ち、慶応大学で学びました。中退です。芸者さんだった、お母さまの妹さんは、新劇運動もした歌舞伎《かぶき》俳優の市川左団次の、夫人。そして、このお母さまが、のちに実業家と結婚《けっこん》して、生まれた女の子の娘《むすめ》が、七尾《ななお》伶子《れいこ》さん。ですから、大岡先生は、七尾さんの叔父《おじ》さまにあたる、という事になります。

ここで、もう一つ、大岡先生についての随筆を。

劇作家の宇野信夫先生が、お書きになったものです。

「蜀山人《しょくさんじん》の狂歌《きょうか》」

という題がついています。

「(略）彼《かれ》は一見、温順実直そうに見える人だが、荷風《かふう》に心酔《しんすい》して、内々遊廓《ゆうかく》や玉の井に親しんでいた。そして虚子の弟子《でし》で、「ホトトギス」の同人でもあった。その頃《ころ》の彼の句に、玉の井にて、と題して、「涼み台遊女が読める主婦の友」というのがある。当時橋場に住んでいた私のところへ、前述の通り、彼はよく訪ねてきた。大岡氏は話なかばに突如《とつじょ》として「左様《さよう》なら」と腰《こし》をあげ、早々に帰って行く癖《くせ》があった。あとでわかったことだが、私を訪ねるのは私に用事があるわけではなく、局の車で私の所へ来て、適当に時間をつぶし、白髭橋《しらひげばし》を渡って玉の井へ行ったり、吉原へ通ったりしていたのである。

(略）その大岡氏も、今はもう八十歳《さい》である。一人息子《むすこ》が矢張り放送局へ勤め、山口の局長に栄転したので、今は息子と共に山口に住んでいる。言い忘れたが、大岡氏は、此《こ》の一人息子の母が亡《な》くなってからはずっと独身で、一人息子を小学生時代から男手一ツで育てた。だから、玉の井や吉原に凝っていた時分でも、文句を言う者は誰《だれ》もいなかったわけである。

　今でも、時々思い出したようにハガキをよこす。気がむくと、五枚続きのハガキをよこすことがあるが、これは私にばかりではない、ほかの人にも、時としてそんなことをするそうだ。」

　たしかに、大岡先生は、私にも、五枚続きの葉書やら、原稿用紙二十枚くらいの手紙を、ＮＨＫで渡して下さればいいのに、ちゃんと切手を貼《は》って、しかも、ほとんど毎日、郵便にして送って下さいました。なんで、年端《としは》もいかない私に、この写生文の大先生が、いろんなことを、あんなに、溢《あふ》れるように瑞々《みずみず》しく書いて下さったのか、わかりません。

　例えば、先生が新宿に住んでらした時、先生の家の前のアパートに、女装《じよそう》をしてバーにつとめる男の人達《ひとたち》が数人、住んでいて、その人達が、午後、揃《そろ》ってお風呂《ふろ》に、どんな風に出かけて行くか、といった事、そして、こってりお化粧《けしよう》をして、女装をして、おつとめに出かける時の様子、それから、夜中に酔《よ》っぱらって帰って来る、その描写《びようしや》が、まるで、物音も、においもするように、書いてありました。「猫《ねこ》に小判」という言葉は、本当に、こういう事を言うのでしょう。面白くは読んでも、全部を蔵《しま》っておく、というような考えがないまま、大岡先生の厖大《ぼうだい》な手紙はバラバラになってしまい、いま手許《てもと》には、何も残っていません。もしかすると、大岡先生は、私が書くことを、好きな人間だと思っていらっしゃったのでしょうか。これも、つい、この間、聞いたのですが、先生は里見京子《ソーヨ》さんに「トット様は、文章が、お書きになれるかたで、いらっしゃいます」と、おっしゃってたそうです。私は、先生が、そんなことを考えてた、なんて、全く知りませんでした。ソーヨも随分、先生から手紙をもらった一人です。

さっきの宇野信夫先生の随筆を読んで、思い出したことが、あります。ある日、仕事が終って夕方、帰ろうとしてた私は、スタジオのドアのところで、大岡先生に逢《あ》いました。帰り支度《じたく》をしてらしたようなので、「新橋の駅まで、御一緒《ごいっしょ》しましょうか」と伺《うかが》いました。大岡先生は、例の手の甲《こう》で口をかくすようにすると、こんなことをおっしゃいました。

「この間、私が新橋の駅の近くまで参りましたら、天使のようなかたが、お呼びになりましたもので、そのかたのお家にお邪魔《じゃま》して。生憎《あいにく》、持ち合せがなかったもので、拝借してまいりました。それを、今日、これから、お返しに上るんでございます」

「天使のようなかた？」「持ち合せがないから、拝借した？」私は、ちょっと、わかりませんでした。こういう事を、しゃあしゃあと、平気で私にいい、しかも「天使のようなかた」などと形容するところが、大岡先生の面白いところでした。もちろん、あとになって、意味はわかりましたが、その頃《ころ》、大岡先生は、もう六十歳はとっくに過ぎていらしたわけで。このことを、宇野先生のお書きになった随筆で、三十年ぶりに思い出した、というわけです。

昭和四十七年の十二月十一日に、大岡先生は八十歳で亡くなりました。御自分で、亡くなる一年前に遺言状《ゆいごんじょう》を書き、その中に、ちゃんと御自分の戒名《かいみょう》も作っておおきになりました。

「愛文院竜州居士」

この遺言状は、「桑《くわ》の実」という雑誌に、生きてらっしゃるときに発表し、一年後に亡くなりました。この遺言状の中に、「七十年の生涯《しょうがい》は短かいようでいて長いものでした。天国への道ははるかで、そしてたのしいものにちがいありません。天国へ行った亡き妻、亡き子に会え、虚子先生にもおめにかかれるでしょう」とありました。

私は胸が一杯《いっぱい》になったのですが、数えてみると、このとき、本当なら「八十年の生涯は……」となるはずなので、このあたり、大岡先生の、いたずら心か、それとも、間違《まちが》ったのか……。「トット様、どちらへ?」と、私に、一日に何度も何度も同じことを聞いた、あの大岡先生の、不思議な、そして物哀《ものがな》しい感じが、この「七十歳」という中に現われているようにも思えます。

大岡先生の最後の葉書の文面は、はっきりと憶《おぼ》えています。一緒に暮《くら》してらした息子さんの転任先からの葉書でした。たった、ひとこと。

「東京なんて、なにさ！」

前にはやった、松山恵子さんの歌の題名でした。

いま、ここに書きました色々な資料は「長篇小説　嫁」のモデル、大岡先生の息子さんのお嫁さんが、親切に山口から送って下さったものです。

それからもうひとつ。大岡先生と私たちが一緒に写ってる写真をここに御紹介しようとしました。ところが驚《おどろ》いたことに、私のところに一枚もないのです。山口の大岡先生の遺品の中、全部、探して頂いたけどそこにもありません。あの整理のいい新道さんのところにも、誰のところにもありませんでした。あんなに毎日、何年も一緒だった大岡先生の写真が一枚もない！　今まで全く気がつかないことでした。大岡先生は痕跡《こんせき》をとどめたくなかったんでしょうか。先生が後姿を絶対に見せなかったように。

一枚もないのが不思議、と思うのと同時に、でも、やっぱり、（大岡先生らしい）と、私は思ったのです。

若干名《じやつかんめい》（一一三頁《ページ》）

「合格と決定致《いた》しました」という速達の文面。また養成期間中の時間割、授業の内容など、すべて、こういった印刷物は、同期の新道乃里子さんから拝借したものです。天性、ものの整理の悪い私にとって、この頃の、こういったものを、きちんと、とっておいた新道さんは、本当に救世主のようなお友達です。また、「トットチャンネル」を書く前に、いろんな思い出を集って話して下さった里見京子さん、友部光子さん、新道乃里子さん、八木光生さんの皆《みな》さんにも、この場をお借りして、お礼を申し上げておきたいと思います。

そして、ストライキをしなかったことで、裏切ってしまった、第一次の養成で御一緒だった十一人の皆さま、お元気でいらっしゃるでしょうか？　ストライキしなくて、御免《ごめん》なさいね。今でも私、本当に、気にしているんです。御免なさいね。

テレビジョン　（二七三頁）

「トットチャンネルを楽しく読んでる」とおっしゃって下さって、吉川義雄先生から、よく、お葉書を頂きました。ここ数年、半身不随《はんしんふずい》で、それでも、ふるえる字で、心に沁《し》みる葉書を書いて下さってました。私も、よく書きました。この数年、私達は、お逢いする機会は少ないけど、文通は、なにかにつけてしていました。

私は、外国に行けば、必ず、絵葉書をお出ししました。体は不自由でも、口のほうは、昔《むかし》と変わらない先生でした。この「テレビジョン」を読んで下さったときの葉書です。

「啓《けい》　いま大阪の『露《つゆ》の五郎』の対談を見終つた（注・「徹子の部屋」）。夏は上京の自動車の便ないので、殆《ほと》んど毎日トットちゃんと逢つている。恋人《こひびと》でもこう逢ふまい。大恋人だ。今日の洋装はガラッと変つて落語家と会見するにふさわしく、且《か》つ上品な衣裳《いしょう》なのにうたれた。こうも人柄《ひとがら》の感じが違ふものなのだろうか。

終了後《しゅうりょうご》に、昨日来着した「小説新潮」を読む。いかなる放送史にもとり上げていないテッド・アレグレッティをとり上げていたので、ビックリし感銘《かんめい》を新たにした。彼はテレビ演出の日本の草分けだからだ。わたしがアメリカで契約《けいやく》して来たイタリヤ系の人で、永山弘君の育ての親でした、まさに——、」

思ってもいなかったことなので、私は、とても、この葉書を読んだとき、うれしかったです。

二宮金次郎《にのみやきんじろう》　(三八二頁)

「窓ぎわのトットちゃん」という私の本が英語に翻訳《ほんやく》され、アメリカの本屋さんの店先に並《なら》ぶことになったので、私は、アメリカに行き、世界で一番有名なトークショウ、あのジョニー・カースンの「トゥナイト・ショウ」を始め、十くらいのテレビに出ました。トークショウの他《ほか》は、ニュース・ショウや、ニュースの時間です。このとき、なんといっても驚いたのは、「テレプロンプター」という、テレビのカメラを見て喋《しゃべ》る職業の人《ひと》用の、電気仕掛《じか》けカンニングペーパーです。

鏡を応用してあるんですが、とにかく、机の上の原稿《げんこう》を見る必要もなければ、カメラの横のカンニングペーパーを、横目でチラチラ見る必要もないんです。まっすぐ、カメラに向かい、どんどんしゃべるテンポで進んでくれる拡大したタイプライターの字を読めば、いいんです。まるで、何もかも、すっかり、おぼえこんで喋ってる、とにかくカメラにむかって喋る人には天国のようなものです。

「わあ、こんないいものがあるのに、なんで、何もかもアメリカ方式を取り入れたNHKが、一緒に買わなかったのかしら……」と私は叫《さけ》びました。私がショックを受けていると、CBSだったか、どこだったか、局は忘れましたが、そこの人達が慰《なぐさ》めてくれました。

「いや、これは極《ご》く最近、開発されたもので、昔からなんかは、なかったよ。レーガン大統領の命令だよ。大統領は百パーセントテレビを利用したからね。そのために、テレビを見てる人には絶対にわからない、最もすぐれたカンニング方式を開発しろ！ってことでね。それで、これが出来たわけ」。なるほど、と、私は納得《なっとく》しました。レーガン大統領が、テレビ出演のすべてに、これを使っているのではないにしても、少なくとも、スタジオで、余裕《よゆう》しゃくしゃく、ニコニコ笑いながら、何も見ずに、長時間にわたって演説なさる時など、これをフルに使ってらっしゃるに違いない！と思ったからです。こんな兵器があったとは！それにしても、アイゼンハウワーは、テレビを最大限に利用して大統領に当選し、そのころ、アメリカのテレビは著《いちじる》しく、発達しました。いま評判の、アメリカの女性副大統領候補のフェラーロ女史は、とてもテレビ写りが良く、人気は、うなぎ昇《のぼ》りだそうです。日本の政治家の皆さんは、テレビを、それほど重要！　と考えていらっしゃらないように、私には思えます。日本に、このテレプロンプターが導入されれば、恐《おそ》らく、政治家の皆さんの人気は、もっと上がるでしょう、と、私は考えるのですけど。

初めての旅　（三九七頁）

清水寺《きよみずでら》の皆さま、本当に失礼いたしました。今になって考えてみると、あの時の偉《えら》そうな、お年をお召《め》しのお坊《ぼう》さんは、百七歳までお元気で、五つ子ちゃんの名付親として、数年前、よくマスコミに姿をお見せになった、あの大西良慶貫主《おおにしりょうけいかんじゅ》さんでいらしたようです。お許し下さいませ。

「実家に帰ってます」　（四一三頁）

渥美清《あつみきよし》さんとは、夫婦役だの恋人役だので、誰よりも御一緒に仕事をしました。そんな訳で、私と渥美さんが恋人同士ではないか？　という事で、昔、何度か週刊誌に、のったことがあります。寅《とら》さんの、ずーっとずーっと前のことです。浅草の舞台から来た渥美さんは、ＮＨＫのテレビのスタジオの外《そと》に靴《くつ》をぬいで、スタジオに入った！　というので有名でした。ピカピカの床《ゆか》を靴で踏《ふ》んではいけない！　と思ったのだそうです。そういう頃でした。おかしかったのは、私と噂《うわさ》が出たとき、週刊誌にのった、渥美さんの写真です。必ず、チンドン屋さんの恰好《かっこう》をしてるんです。というのも、当時、渥美さんの写真は、ＮＨＫには、それしかなかったんでしょう。いつも、それが、のるのでした。

……以上が、「トットチャンネル」の本篇《ほんぺん》の後日談として、つけ加えたい部分でした。

永山弘さんを始め、いろいろ昔のことを思い出して、御協力下さった皆さま、ありがとうございました。特に、テレビの初期の頃の資料を探し出して下さった、ＮＨＫの愛宕山《あたごやま》の放送博物館の後藤義郎さんに厚くお礼を申し上げます。

最後に。これの連載中《れんさいちゅう》に悲しいことが、ありました。もう終りに近づいている頃、吉川義雄先生が、亡くなった事です。その一寸《ちょっと》前、私が、放送文化賞を頂いたとき、

NHKホールに、わざわざ車椅子《くるまいす》で来て下さって「よかったね」と、珍《めず》らしく、にくまれ口じゃなく、おっしゃって下さり、そのすぐ後《あと》に、やさしい葉書を下さいました。それが最後でした。

それから、NHKのディレクターで、「夢《ゆめ》であいましょう」「ステージ101」「ビッグショウ」「この人を」そして「紅白歌合戦」と、私がNHKに入ってから、ずーっと仕事を一緒にして来た、末盛憲彦さんが、昨年の夏に、まだ五十四歳という若さで、突然《とつぜん》、亡くなった事です。この「あとがき」の、森繁さんとのテレビ二十五周年のときの演出も、末盛さんでした。私が「五十周年のときの演出も、末盛さん、やるのよ」といったら、

「そんなに長くNHKにいられないよ」

と、笑いながら、いいました。どんなに偉くなっても、紅白歌合戦で、私が司会をするときは、そばについていてくれて、ストップ・ウオッチを持って、静かに、

「まだ五秒ありますから大丈夫《だいじょうぶ》ですよ」とか、

「少し急いだほうが、いいみたいね」

とか、いってくれた末盛さん。どんなに安心だったか、わかりません。

そんな訳で、昨年の暮《くれ》、やはり紅白の司会でNHKホールに立った時、

「ああ、末盛さんが、もういない！」

と思ったら、あまりにもＮＨＫホールは悲しくて、賑《にぎ》やかな番組だけに、困りました。「戦友」というものが、どういうものか、本当には、私には、わからないけど、もしかすると、私と末盛さんは、テレビの中での、戦友だったかも知れない、と思うのです。もうじき、一周忌《いっしゅうき》です。

そして、私の父が、昨年の四月三十日に死にました。思ってもいないことでした。そのとき私は、仕事のため、新幹線に乗っていました。

「芸人は親の死に目に逢えない」

とは聞いていましたが、それが、自分の身に起るとは、思っていませんでした。私が支援《しえん》してる、ろう者の俳優さん達の狂言《きょうげん》の初日で、私はプロデューサーでしたから、東京には帰れませんでした。次の朝、神戸のホテルのドアの下に配られた新聞の、死《し》亡欄《ぼうらん》の父の写真を見たとき、もう一度だけでいいから、生きてる父に逢いたい、と思いました。

丁度、「トットチャンネル」の締切《しめきり》が迫《せま》っていて、「ヤン坊《ぼう》　ニン坊　トン坊」の（Ｉ）を書きかけているときでした。

父の音楽を好きでいて下さった方に、あらためて、お礼を申し上げます。

こんな長い、あとがきを読んで頂くことに、なってしまいました。終りに。テレビという新らしい仕事にたずさわりながら、志を半ばにして亡くなった沢山《たくさん》の方達に、心からの感謝と、「お疲《つか》れさま」を、お伝えしたいと思います。そして、御家族の皆さんが、みんな元気にお暮しでいらっしゃることを、祈《いの》っています。

一九八四年　七月

ロス・オリンピックの開会式の衛星ナマ中継《ちゅうけい》を二十億人の人が見たという日に。
（いまのテレビは、ここまで発達しています）

解　説──ユーモラスに描《えが》いたテレビ発達史の本

飯　沢　匡

この紹介文《しょうかいぶん》を書いてる私の前には昨日の新聞が堆《うずたか》く積んであるが、それらの第一面の政治面には大型間接税─売上税のことが大きく出ている。そして真中《まんなか》に女優さんの写真が大きく載《の》っている。そのためお固い政治面が、まるで社会面のような印象を受けるが、その女優さんとは黒柳徹子さんなのである。

政府の役人の知恵《ちえ》としてはこの日が税金の納入受付の初日なので「皆《みな》さん、お早めに税金を届出しましょう」というキャンペーンのため女優さんを動員したものであろうが、知らせを受けたジャーナリズムの方は「それ売上税だ！」とばかり政府が触《ふ》れて貰《もら》いたくない方にピントを合せてしまった結果らしい。

スポーツ紙の如《ごと》きは「黒柳大いに怒《いか》る」などとプロレス並《な》みの大見出しをつけている。かと思うと共産党の機関紙「赤旗」は「軍拡はいやです」と反戦のスローガンにしてしまっている。何《いず》れにしても、今や黒柳徹子の発言は世の中を動かす原動力の一つになっていることは否《いな》めない。

そのため か黒柳さんは発言に、なかなか慎重《しんちょう》である。そこを狙《ねら》ったのか国連など国際政治家たちは彼女《かのじょ》をユニセフ親善大使に任命してしまった。この大使は世界に四人しかいない。曰《いわ》くアメリカのダニー・ケイ、イギリスのピーター・ユスチノフ、北欧《ほくおう》の女優のリブ・ウールマン（ベルイマンの前夫人）、それに有色人種を代表して黒柳徹子である。

彼女がこの大使としてアフリカに二度インドに一度と行って、餓《う》えた子供たちの救済運動をしていることは皆さん御承知《ごしょうち》の通りだ。

そのため宮中の園遊会に招待されて天皇陛下と親しく談話してる姿が、これまた新聞の第一面を飾《かざ》ったこともある。

有名人、知名人になれば世はすぐさまこの通り最大限に利用しようとする。遠藤《えんどう》周作《しゅうさく》氏によると今は「知名度」ではなく「知顔度」だそうであるが、この分析《ぶんせき》は、よくテレビ時代の革命の本質を捉《とら》えている。そのせいか遠藤氏はよくテレビのコーヒーのCMなどに出ていた。このように遠藤氏は時代の趨勢《すうせい》を逸早《いちはや》く把握《はあく》しているが、文壇《ぶんだん》とか学界とかいう保守的な空気の濃密《のうみつ》なところではテレビは目の敵《かたき》で、今日もはや活字と映像の勝負はついたと見られる時にも頑迷《がんめい》な人々はテレビを認めないのである。

私は長いこと文章を書くと「筆者は放送作家」と書かれていた。今は「筆者は日本芸術院会員」と書いてくれるようになったが、三國一朗《みくにいちろう》さんの如きは自ら「筆者は放送タレント」と書いて、この風潮に抵抗《ていこう》している。この退嬰的《たいえいてき》な風潮は日本の社会の底辺でまだまだ根強く残っているのであって私はこの本を読んで、それを強く感じたのである。

黒柳さんは遠慮《えんりよ》深いので——というより怖《こわ》いのでといった方が適切かも知れないが——もっと、もっと書いた方が後世の人のためになる数々の世の迷妄《めいもう》無理解についてロでは洩《も》らしながら筆にはしていない。私などは、そんな点が歯がゆい点もあるが、まあ諺《ことわざ》でいうなら「勝てば官軍」ということであろうか。本来この諺には負けた人間の怨恨《えんこん》と諦《あきら》めが入ってるが黒柳さんは今や官軍の総大将ということかも知れない。

この本は一口にいえば「日本国テレビ発達史」あるいは「日本のテレビ創世紀」ともいえるもので私もこの目で、それを見て来たし、その中で戦って来た。黒柳さんはこの本の中で「戦友」という古風な表現を使っているが、私は余り「戦友」たちに友情は感じないのである。私の卒直な感じだと「敵」といいたくなるほど風当りは強かったので今でも、その風圧は続いてる気がしていて戦いは続いてる。多分この戦闘《せんとう》は私が息を引きとるまで終らないことであろう。

この本を買われた人は黒柳さんを好ましく思われた人たちであろう。多分「窓際《まどぎわ》のトットちゃん」でお馴染《なじみ》になった人が多いことであろう。

「窓際のトットちゃん」は日本だけで六百五十万部という数字を保持してまだ増えつつある。外国語では十二ヶ国に訳され、また準備中のところがあるそうだが、ニューヨーク・タイムズの日曜日の書評に大きく出たのは一つの評価の標準といってよい。

しかし日本の有力新聞の書評面の冷たかったことは呆《あき》れるばかりである。彼らは本質をつかむ能力を忘れてただ風潮で、ものを判断するのである、だから「タレント本」という大ざっぱで軽薄極《けいはくきわま》る分類でしか判断しなかった。そして漸《ようや》くその判断が誤りと判《わか》ると、自分の立場を守ることしか考えず未《いま》だに、その態度をかえまいとしているのは、まことに笑止《しょうし》という他《ほか》ない。

現在の新聞読書評欄《らん》の多くは学者という大学の教授連によって占《し》められているのであるが彼《かれ》らは外国の学者の説を紹介することが学問と、はきちがえているらしい。

社会学者と称する人がテレビで書評していて「窓際のトットちゃん」がこんなに売

れる現象はグロテスクだといっていた。その大学教授が日本の県民性を当てるクイズに出演して、しきりとアメリカの学説を援用していたが一向に正解が出ないのは、まことにグロテスクであった。この学者と称する男がニューヨーク・タイムズの書評を読んだ時の表情を知りたいものである。

黒柳さんの文章の持っている「上質なユーモア」を人々は見逃《みのが》している。今は笑いが日本の社会にも迎《むか》え入れられているが、テレビなどで見かけるのが果して「上質」かどうか。私には「悪ふざけ」としか映らないのである。「窓際……」をはじめ、この「トットチャンネル」に、ちりばめられたユーモアは私は大いに珍重《ちんちょう》したい。日本人は「窓際……」を教育の書として読んだふしがないでもないが、外国人は、むしろあの上質なユーモアを喜んだのであろう。「窓際……」からこの上質なユーモアをとり去るとセンチメンタリズムが大幅《おおはば》に残るであろう、それでは、とても国際的評価は得られなかったので「窓際……」があれだけの評価を海外で得ている原因は日本人の書くものには珍《めずら》しいユーモアの裏打ちがあったからであろう。このユーモアがこの「トットチャンネル」には、ふんだんにあるのが大きな強味である。しかし私にはこのユーモアは大へん悲しく映るのである。ということは、よく考えるとこのユーモアは総《すべ》て「錯誤《さくご》」から来る笑いである。いうなら失敗譚《しっぱいたん》の連続なのである。

失敗譚でないユーモアはないといえるかも知れない、必ずそこには「笑い者」にされる人間がいるのである。私は「笑いには必ず加害者と被害者《ひがいしゃ》がいる」といってるが、この際、被害者は黒柳さんであり加害者はまだテレビに不慣れであったNHKのスタッフたちなのである。私もよくNHKのスタッフには泣かされたものだ。今でもディレクターと称する不慣れなプロとはいえないていのサラリーマンたちが背延びして失敗するのの飛ばっちりを受けることがあるが、私は老人であるから怒《おこ》って彼らを畏怖《いふ》せしめることが出来《でき》る。こんなことをすればイージイ・ゴーイング（事勿《ことなか》れ主義）なサラリーマンから敬遠されるのは理の当然で仕事は来なくなるから始末はよいが黒柳さんは新入社員、しかもタレントの研究生から出発したのであるから正にこの一書は今日のお若い人々が大好きなサクセス・ストーリイ（成功物語）といえるかも知れない。私は新劇の世界で一応サクセスしてから放送界に身を挺《てい》したのであったから大幅に自由がきいたが黒柳さんは正にその逆であった。

この本を読むと私もいろいろ思い出すことが多い。この書によるとオーディションと今では当然のことを私の提案でNHKで最初に行ったことになるが、子供の声を大人でやるとか私も放送の技術革新はいろいろやって来たのだなと今さらのように思い返すのである。他にもいろいろ新しいことをやって、それが今では普通《ふつう》になっていることが沢山《たくさん》あるにちがいないと思うが（何しろ三十年以上NHKに携《たずさわ》ったから）世の進歩というものは、そういうものであって一々、数え立てて手柄顔《てがらがお》にいうこともないと思っている。

しかし大岡龍男《おおおかたつお》氏にはなつかしい思い出がある。是非《ぜひ》あの人の著作集を出したい気がする。年とってボケて来てから氏の一生の写真をまとめて私宛《あて》に送って来られたがその意味はよく判らなかった。私はそんな大切なものに責任もてないのですぐに御家族に返送申上げた記憶《きおく》がある。今になると後事を托《たく》されたのかも知れないが、かといって私と氏とはそんな間柄でもなかった。黒柳さんが氏の手紙とも作文ともつかぬものを亡失してしまっているのは惜《お》しんでも余りあることである。だが大岡氏の行動はこの本の中で実に巧《たく》みに生かされている。

きくところによると、この「トットチャンネル」が映画化されるそうだが大岡氏を誰《だれ》がやるのか、変に女性ぽくやられては耐《たま》らないと思う。明治の元勲《げんくん》に近い爵位《しゃくい》のあった人の息子《むすこ》であったから上品だったが決して女性的ではなかったことは申上げておく。

「海老《えび》さま」といわれた中川忠彦《ただひこ》課長、いつも巫山戯《ふざけ》ていた吉川義雄《よしお》部長、永山弘《ひろし》プロデューサー……と私が頼《たの》みにしていたNHKの人々はみな鬼籍《きせき》に入ってしまった。

その意味ではこの本は私にとっては「鎮魂曲《ちんこんきょく》」（レクイエム）の役もつとめてくれるのである。

（昭和六十二年二月、劇作家）

「ヒモとチャック」～新版 解説・とても個人的な～

タイトルの種明かしを半分だけ。チャックは、黒柳徹子さんとも黒柳さんとも徹子さんとも言えずに、昔からそう呼んでいた彼女のペットネームです。理由はわかりません。ヒモについては、のちほど。

チャックより三つ年上の　岡　崎　栄

まず初めに。この解説の筆者が、半世紀以上前に、それは、まだ三十二歳といううら若き青春時代でしたが、胃潰瘍《いかいよう》で倒れてほぼ半分の胃袋を切り取られた元ＮＨＫのディレクターであるということをご承知おきいただくところから始めたいと思います。

忘れられない、バインダー式でＡ４判ぐらいの大きさの古いアルバムがあります。アルバムというより、写真のアルバムを借りたサイン帖と言った方が正しいかもしれない。

誰がこのアルバムを選んだのか、“I will never forget the past.”～筆者訳〈過ぎ去った日を忘れない〉～と白抜きのプリント文字がある表紙、もともとは鮮やかな緑色だったのが変色して、周辺はもう茶色に変わっているクロス張りのハードカバーを開けると、最初の見開き（本文二九七頁《ページ》。以下、読んでいただきたい本文の頁数だけを書きます）片面に、鮮やかなパッチリ目の女性のイラストがある。そして吹き出しふうに書かれた**「早く早く出てきてね、首をナガークして待ってます」**のコメント。ほんとだ、たしかにこの女性、首がナガーイ。書いた、描いた？人のサインは、**「棚尾《たなお》ケイ子＝淡路恵子」**。

対面の頁には……。ああ、懐かしい、松村さん！**「早く治ってね！　専務＝松村達雄」**。

お二人とも、淡路さんも松村さんも個性味いっぱいの素晴らしい俳優さんでした。でも、松村さんは十年ほど前に、淡路さんは二年前に亡くなった。

頁を一枚進めます。これはこれは、マジックのペン書きなのに、よくまあこんな達筆な毛筆ふうに書けたものだと見惚《みほ》れてしまうぐらいの流麗な文字。**「岡崎さん、待ってますよ。沢村のおさわ＝沢村貞子」**。名脇役《めいわきやく》として芸能界の誰もが慕い尊敬していた沢村さん。こちらは、亡くなって、もう二十年になる。

四頁。**「白木ヨシエ事・水谷良重、化粧室のトークバックがあくびして待ってます**

…早くね！」今も元気で活躍している水谷八重子、新派の大女優だったお母さんの名跡を継いだヨシエ。

五頁。「**心にもないことをいうんじゃないよ！　テチコ**（つまり、テッコ）」と注文（？）書きがついた「**もう遅刻したりして、セワをやかせないようにするわ　横山道代**」（「ヤン坊、ニン坊、トン坊（Ⅱ）」二二八頁、「インタビュー」三五一頁）。

そして、六頁目。

「**ワァ〜オ!!　お腹を切ったヨ、ワーオ!!　頑張って下さい、一日も早く、「チャック、ヨコ！」と、どなって下さい、さびしいようヨ！　黒柳徹子**」。

ここまで書けば、もうお気づきの方、特に六十代七十代、プラス八十代の方は、あ、あのテレビと、若い頃、毎週日曜日の夜に放送されていたある番組を思い出される方が多いでしょうね。

〽ワァーオ　ワァーオ

お腹の底からワァーオって、ザ・ピーナッツの主題歌で始まるあれ。そう、本当はドラマっていうよりコメディ、でもドラマということにしておいて、昭和三十六年から四十年の終わりまで三年九か月続いたＮＨＫの連続テレビドラマ、ぼくがディレクターだった「若い季節」です。プランタンという化粧品会社で起きる笑いあり涙ありの、いや、爆笑はあっても涙はあんまりなかったかな、そんな番組で、その会社の棚尾ケイ子社長が淡路さん、松村さんは重役の専務さんでした。

水谷良重、横山道代、黒柳徹子、それにもう一人、こういう言い方をしたら三人から猛烈な抗議を受けるのがみえみえなんだけど、でも言っちゃうと、正統派ポッチャリ系の美人女優、宝塚出身の峰京子、この四人が化粧品の宣伝をするチャームガールという役で主役。それに会社の近くの割烹《かっぽう》「沢村」の女将《おかみ》沢村さん、「沢村」で働く板前平吉役アツミちゃん（渥美清）、キュー坊（坂本九）、宣伝課長野呂勘平＝ノリちゃん（三木のり平）、モリミッチャン（森光子）、このお二人は

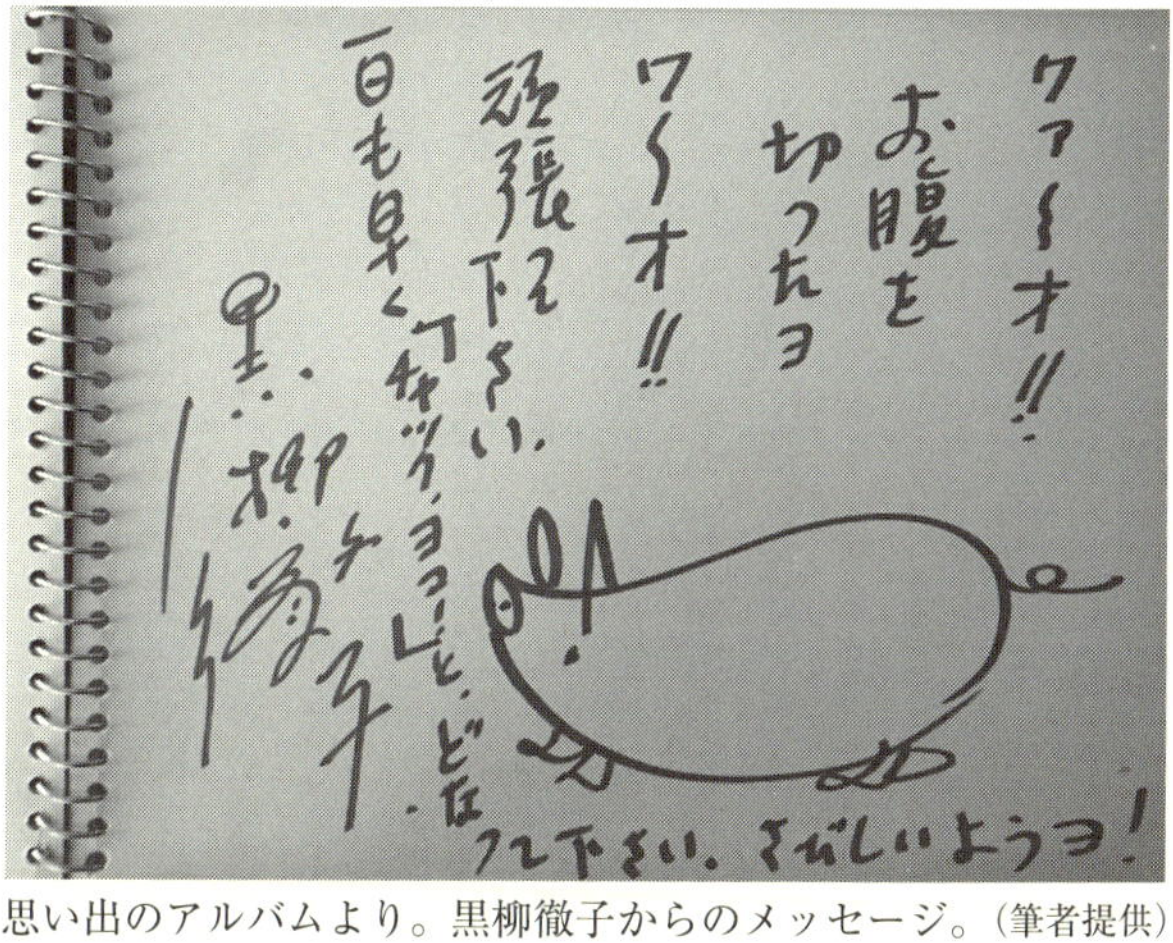

思い出のアルバムより。黒柳徹子からのメッセージ。（筆者提供）

夫婦、それにジェリー（「遠くへ行きたい」を歌ったジェリー藤尾）、ファンファン（岡田真澄）、ハナ肇とクレージーキャッツ、ダニー飯田とパラダイスキング、少し後で参加してくるユミコ（九重佑三子）、シンチョウくん（古今亭志ん朝）、ショーちゃん（小沢昭一）、テルテル（西郷輝彦）、中尾ミエ、伊東ゆかり、園まりの三人娘、時々はバンジュンさん（伴淳三郎）、ハッパちゃん（八波むと志）、アリちゃん（有島一郎）、バンサ（藤村有弘）、アッちゃん（芦田伸介）、ユキエちゃん（朝丘雪路）、関西からは藤田まこと、芦屋雁之助のお二人などなど、この面々が、テレビを観《み》た人から「この会社、この人たち、いつ仕事してるんだろう」って言われるぐらい、あっちでワイワイこっちでガヤガヤの、とにかく底抜けに明るく賑《にぎ》やかな番組でした。それでとてもいい視聴率あげて、たくさんの人に観てもらえたということなんですけど、ただ、問題、それも、とてもとっても大きな問題が一つありました。それは、この番組、最後の最後まで全部ナマ放送だったんです。

ナマ放送がどんなものだったか、その物凄《ものすご》さは、この本『新版　トットチャンネル』のあちこちに、たとえば「**にわとり**」とか「**終**」とか「**拙者の扶持**」とかに、実況中継でもここまでいかないぞーっていうぐらいにイキイキと事細かに書かれているんで、全部お読みになってください。読んで、「ウッソーッ！」なんて言いっこなし、これ、全部本当なんだから。

そんなナマ放送を毎週、いや、「若い季節」は演出三人でやってたから正確には三週に一度で、一年五十二週を三で割って十七週やったんですね。もうこれ、放送始まる十五分ぐらい前になると、胃袋がシクシクヒクヒク泣き出すんです。またヨシエが変なことやるんじゃないかな、ノリちゃん、カンニングうまくいかなくて（「二宮金次郎」三八二頁）おかしなこと言うんじゃないかな……。

キュー坊との二人のシーンが忘れられません。ノリちゃんとキュー坊が向き合って顔を寄せ合って、横からカメラが二人のアップを撮ってる、ノリちゃんがキュー坊に何か色々言うシーンがあったんです。そしたらノリちゃん、セリフ、途中で全然出てこなくなっちゃって、なにしろ目の前にはキュー坊の顔しかなくて、まさかキュー坊の顔にセリフ書くわけにいかないし（書けばカメラに映っちゃうし）、それでカンニングできないもんだから、そしたら、急にキュー坊にいろんなこと言い出して……、もちろん台本にはそんなのあるわけない、「ジャガイモ、トウモロコシ、カボチャ、ヒョットコ、フグ、デメキン」、他にまだ何か色んなこと言ってたなあ。で、どうなったかというと、ソレ言われたキュー坊、最初ビックリしながら我慢してたけど、とうとう吹き出して笑い出しちゃって。それ、みんな映ってて放送されてるんだから！

あの時、ノリちゃん、頭コンガラかって、死にそうなぐらいだったんだろうと思う。

同じようなことなんだけど……、ショーちゃん、セリフ思い出せなくて、またセットト出てっちゃったりしないかなあ（ほんとにあったんです。それをカメラは、カット割りに「小沢フォロー、どこまでも追う」なんてあったものだから、セットのないところまで追いかけて、最後は照明もない薄暗い隅っこでカメラに気がついたショーちゃんが、あら、まだ撮ってるの？　って、物凄くビックリした顔まで映っちゃって）。

セット倒れたりしないかな（「壁とパジャマ」）。「若い季節」では一度、鉢花をずらーっと並べた喫茶店の間仕切りがありますよね、座って腰の高さぐらいの、三間、十メーターぐらいある長ーいあれが、カメラに向かってドドーッと倒れたことがありました。その傍に座ってた三人、チャックとヨシエとヨコ、そりゃビックリしたでしょう、ビックリして立ち上がって、それでも芝居やめるわけにいかないから（やめたら放送事故になっちゃうから）、カッコつかなくなってるセットの中で、必死にセリフ言ってるんです、三人で。あれ、エラかったなあ！

まだまだ。スイッチャー（三台から四台のカメラを、副調整室というところでボタン押して切り替える技術の人）、スイッチング、間違えないかなあ（しょっちゅうです。毎回十個ぐらい平気で間違えるんです。平気じゃないか、ごめんなさい）、エトセトラ、エトセトラ。

　で、ここで、アルバムのサイン帖につながります。番組が始まって丁度一年目の四月に、ぼく、とうとう胃をやられて、練馬区の向こうの、当時は周りが畑ばっかりの田舎の自宅で、夜中に大吐血して意識なくして、救急車なんて呼ぶ、いや、救急車があったかどうかも怪しい時代だったから、隣の自動車修理工場のご主人が自分のところの軽トラック持ってきて、多分荷台に乗せられて、一キロぐらい離れた開業医まで運んでくれたんですね。病室なんかないちっぽけな医院だったので、看護婦（当時）さんの控室みたいなところに寝かされて。翌朝意識が戻ったら、見慣れない天井見て、あれ、オレ、どこにいるんだろうって。

　結局、次に運ばれた都内のまあ大きな病院で、一週間輸血して、体作って、あげく、初めにご紹介した通り、胃潰瘍で、胃を半分切られてしまいました。つまり「ワァ〜オ!!　**お腹を切ったヨ、ワーオ!!**」ということになったわけです。

　解説だというのに、自分のことばかりですみません。ここで漸《しばら》く、この解説のタイトルの片割れ、「**ヒモ**」の謎《なぞと》解きです。本文で言うと、「**競馬**」とか、「**内縁関係**」と結びつくお話ということになりますね。それを、「トットチャンネル」ふうに書いてみます。

＊「チャックのヒモ」

それが何だかわからなかったトットは、台本を持って、休憩時間で化粧室前にワイワイガヤガヤ集まっている人たちの方に歩いて行った。「すみませんけど、ヒモって何ですか？」中にいた渥美さんが、あきれた顔になって言った。「お嬢さん、ヒモはヒモでござんしょ、それがどうかなさったんでございましょうか」

でも、トットが渡された台本には、トットのセリフで「ヒモの関係」って書いてある。渥美さんが言った「ヒモはヒモ」の普通のヒモじゃわからない。キューちゃんが、テッコちゃんが変なこと訊《き》くなあって顔してる。だから、トットが少しモジモジしていたら、そこへ、その台本の回の演出をする岡崎さんが来た。「どうしたの？」って聞くもんだから、トットが台本をひろげて見せたら、みんな覗《のぞ》き込んできた。で、一斉に笑い出した。岡崎さんも笑いながら言った。「これさあ、男が女働かせて、それで稼いできたお金、巻き揚げちゃうの、そういう男と女の関係、たとえばさあ、チャックが金稼いでオレがその金セビリ取ったら、オレ、チャックのヒモってことになるわけね」

彼女が、あ、「内縁関係」と同んなじなんだって思ったかどうかはわからないけれど、これでぼくは、以後、チャックのヒモということになりました。メールも、最近のメールは「ヒモだけど」で送り、返信も「ヒモどの」で返ってきます。でも、こういうやりとりの中には、その根っこに、どんどん身辺から遠い旅立ちをしてしまう人たちがたくさんいて、気がついたら、昔から親しかった人たちがいなくなってしまっているという寂しさがいっぱいいっぱい詰まっているのかもしれません。
渥美ちゃんと三人で、東京の代官山にあるレストランで食事をしたことがあり、その時にもらったハードカバーの「トットチャンネル」には、「ヒモどの」ではなく、こう書いてありました。

「岡崎栄さま
あなたさまと、同じ頃NHKで仕事を始めたものとして、一緒に苦労したものとして、あの頃のことを書きました。読んで頂けたらうれしいけど。
一九八六年四月十六日
黒柳徹子」

ここでもう一度、アルバムのサイン帖から、見るたびにいつも胸がいっぱいになる頁をご覧いただきます。最近は使ってはいけない言葉もあるけど、当時は、そう呼ばれた職業もあったということで、そのまま紹介します。

「給仕のキューーです。キューーが入れたお茶をのませてあげたいです。早く元気に」

昼間はプランタン化粧品宣伝部の給仕で働きながら、夜は定時制に通って勉強しているという役のキューー坊、二十一歳の坂本九ちゃん……。チャックが、弟のように可愛《かわい》がっていたキューー坊には、ぼくは、多分死ぬまで、いや死んでも忘れることのできない思い出があります。

あの日、代官山の食事の、たった八か月前、昭和六十年八月十二日、日航ジャンボ機の事故の日、キューー坊はＦＭラジオの音楽番組の収録でＮＨＫの五〇五というラジオスタジオに来ていました。このスタジオは、放送センター五階食堂の隣にあって、たまたま食事に行き、そのスタジオの前を通ったら、スタジオ入口のホワイトボードに坂本九という名前がありました。全く久しぶりだったのでたまらなく会いたくなり、スタジオの重い扉を開けかけたんだけれど、どうも収録中のようだったので、じゃ食事のあとにと思いながら、そのまま忘れてしまって、会えずじまいになってしまいました。

　会っていたら、あの事故が、もっといたたまれない痛切なものになっていたと思う。とりわけ、キュー坊が、あの機内で、絶望しかない状況の中で、耐えに耐え、遂に最後の激突の瞬間を迎えたかと思うと、もう身を引き裂かれる思いで、いつも居ても立ってもいられないような激しい感情に追い込まれます。

　今は、キュー坊が入れたお茶を、みんなで飲みたい、美味《おい》しいよキュー坊って……、飲ませて欲しい……。テッコちゃんだって、……チャックだって、そうだと、……思う。

　解説という場所を借りながら、また私事の話をしてしまいました。

　最後に、最近出版された「トットひとり」の関係で、ある月刊誌に載った彼女の「昭和のテレビは面白かった」から一部を抜粋して、この解説を終わります。


　最近、これまで出会った人々について本を書きましたが、森繁（久彌）さん、沢村貞子さん、渥美清さん、向田邦子さん、坂本九ちゃんたちのことを書いていたら、「ああ、これだけ素晴らしい人たちも、みんな死んでいくんだ」と思えてきた。「老後は三人で一緒に住もう」と話し合っていた山岡久乃さんと池内淳子さんも、もういません。昔、私が「百歳になっても舞台に立ちたい」と話したら、小沢昭一さんに「そうなったら『あのときにさあ』と話してもわかる人がいないよ」と言われ、ワァワァ泣いたことがあります。でも、それは本当だなと実感するようになりました。

でも、先に亡くなった方たちのことを思い出しながら書いているうちに、なにか死ぬのが怖くなくなったような気もします。

文藝春秋・二〇一六年新年特別号「黒柳徹子　昭和のテレビは面白かった」より

ダメ、まだまだ頑張らなくちゃ。文化功労者だからとかじゃなくて、「徹子の部屋」の五十周年のために、百歳まで舞台に立つために、『トットチャンネル2』『トットひとり2』を書くために、ヒンズー・スクワットを、希望をもって毎日欠かさず続けて。それが、ヒモの、先に逝《い》ってしまったみんなの、森繁お父さんの、沢村お母さんの、アツミちゃんの、キュー坊の、池内さんの、山岡さんの、それから、あんなこと言ってたけど小沢ショーちゃんの、チャックへの、切なる、そしてファンの、視聴者と読者の皆さんの、心からのお願いです。

（平成二十八年一月、テレビ演出家）

この作品は昭和五十九年十月新潮社より刊行され、昭和六十二年三月に文庫化されました。新版にあたり、「はじめに」と新たな解説を増補しました。

JASRAC 出1601360-602

新版 トットチャンネル

新潮文庫 く-7-2

平成二十八年 三月 一日 発行
平成二十八年 四月 二十日 二刷

著者 黒《くろ》柳《やなぎ》徹《てつ》子《こ》
発行者 佐藤隆信
発行所 株式会社 新潮社

郵便番号 一六二―八七一一
東京都新宿区矢来町七一
電話 編集部(〇三)三二六六―五四四〇
読者係(〇三)三二六六―五一一一
http://www.shinchosha.co.jp

価格はカバーに表示してあります。

乱丁・落丁本は、ご面倒ですが小社読者係宛ご送付ください。送料小社負担にてお取替えいたします。

印刷・二光印刷株式会社 製本・株式会社大進堂

ISBN978-4-10-133410-3 C0193